天一言

〔法〕**程抱一** 著

杨年熙 译

人民文学出版社

著作权合同登记号　图字 01-2017-9261

图书在版编目(CIP)数据

天一言/(法)程抱一著;杨年熙译.—北京:
人民文学出版社,2018
ISBN 978-7-02-013680-3
Ⅰ.①天…　Ⅱ.①程…②杨…　Ⅲ.①长篇小说-法
国-现代　Ⅳ.①I565.45

中国版本图书馆 CIP 数据核字(2018)第 012779 号

LE DIT DE TIANYI
© Editions Albin Michel，Paris，1998

责任编辑　朱卫净　杜玉花
封面设计　高静芳

出版发行　人民文学出版社
社　　址　北京市朝内大街 166 号
邮政编码　100705
网　　址　http://www.rw-cn.com
印　　制　山东临沂新华印刷物流集团有限责任公司
经　　销　全国新华书店等
字　　数　210 千字
开　　本　889×1194 毫米　1/32
印　　张　10.75
插　　页　2
版　　次　2009 年 6 月北京第 1 版
印　　次　2018 年 10 月第 1 次印刷
书　　号　978-7-02-013680-3
定　　价　49.00 元

如有印装质量问题,请与本社图书销售中心调换。电话:01065233595

目 录

中文版自序

抱一

　　这里呈献给读者的是一部小说。小说么，该是什么长篇的臆造或虚构了？并不。因为自首页至末页，透露于本书字里行间的均是活过的肉身体验和心灵感应。那么，该是什么纪实性质或自传性的文字了？又不。因为那些肉身体验和心灵感应并不只限于某某同一个人的经历，就是说，并非绝对只曾由同一个人去活过。它们来源多端，然而经由交错、综合、凝聚、转换之后，终于被化入一个真实的主要人物——不用说，也化入其他人物——的生命里，最后形成其独特的命运。是的，在深渊彼端，那滋生于人间的种种，总得有那么个独特的灵魂——也许更破损，也许更伤痛——去收纳，去消融，去提升成拒绝飘散为飞尘的话语，再向人间道出。这就该是那种由主要人物自叙的第一人称小说了。

读者可能已经了解：这里所说的小说，不是按照通常的理解，而是如同法国作家普鲁斯特所设想的。他撰写《追忆似水年华》时一再表示："真正的生命是再活过的生命。而那再活过的生命是由记忆语言之再创造而获得的。"不用说，乍看起来，没有比现场活着的生命更真实的了，然而那真实只是表层的、片面的。因为现场人物被卷入事件，急切应付当前，无闲暇亦无距离使他得以透彻地去把握全面的关系，以及更深远的牵连与蕴藏；更何况，在意识的思与行之下尚摊开那难以探测的潜意识层。可是，不接受让生命无端流逝的人，总能以记忆的反思和更上一层楼的观照去追溯一切。在追溯中，如果他不止于战战兢兢地觅回一些表层细节，而学会在其间掺入其他具启示性的因素，那真正的生命乃会以更丰盛、更深沉、更具涵义的方式显示出来。不是么？人的命运固然脆弱无比，却也发生了奇迹：他创造了一个工具——语言，使他得以抗拒失落，抗拒摧毁，使他得以在某种程度上承托出比真实更真实的真实，包括所有完成了的、幻灭了的、梦想过的、寻索过的。看，大难之后，在荒原腐尸之间依然蜿蜒着那并未灭迹的心路历程。

心路历程！这个久违了的词，今天还有谁敢再用它呢？这个人类进程中何时曾被发扬过的意念——在《楚辞》中，在曹赋中，在《红楼梦》中？在但丁的《神曲》中，在弥尔顿的《失乐园》中，在乔伊斯的《尤利西斯》中？——今天确乎显得过时甚至可笑了。在这片动荡而裂开的难土上，从此何来空间铺陈心路，何来时间延展历程？我说难土，广义是指我们这个共同赖以生存的大地。然而倘若回到本书，则特指那个自名为"中"的国度，读者既然念此中文译本，对那个国度该不会陌生的了。

我们之中有谁，自从投身、长大在那片土地上以后，得以忘怀其河山之锦绣无边呢？有谁不曾聆赏其"千里莺啼绿映红"，领略其"秋水共长天一色"，倾心于"海上生明月，天涯共此时"，会心于"此中有真意，欲辩已忘言"？可是我们之中又有谁不曾为那片土地上回环不断的大苦大难而困惑，而震惊？那亘古未绝的频频天灾，那比天灾更为惨烈的人祸，那值得自负的悠久文化却五千年未能带来一次持续数十年的平安和谐。历史的深渊，当代的深渊，不可思议的黑暗、专横、残暴、荒谬；无尽的欺骗、冤屈；无底的迫害、酷刑……

"昔我往矣，杨柳依依；今我来思，雨雪霏霏。行道迟迟，载渴载饥；我心伤悲，莫知我哀！"就只这样槁木式地叹息了么？就只这样死灰式地吞声了么？不尽然吧。从万千数不清的被侮辱与被损害的人群间，漫起了形象，脆弱然而执著的形象，平凡却又独特的形象。他们有血有肉地活过，刻骨铭心地活过。发生在他们身上的事件真切地发生过；而面对事件他们的所作所为亦真切地作为过。面对生命与创造之大奥，他们尽管卑微，也不懈地发掘过、探求过、质问过；尽管无声，也在苦恋之尽端，拯救了人性，拯救了尊严。那生命与创造之大奥终于得到解答了么？这可能不重要。那解答可能正是那些心路历程本身，无论那历程是悲剧的，抑或是超脱的。

　　然而，亲爱的读者，你也可能真心地遗忘了那些原生的饥渴与想望，真心地认为如此历程未曾有过。那么，悄悄把这本书搁置一边吧。也许它毕竟是为未来世纪的人写的，那时也许会有人以更宽容更平允的心境来翻阅它。也许他们会惊讶地发现，在这个时代的这角地域上，竟曾有过那样激情的人物以那样激越的方式步过了人间。

二〇〇〇年十一月七日，巴黎

前　言

　　二十世纪五十年代上半期，我在几次机会里见到天一。他那张经常显得焦虑的脸和他的画作令我印象深刻。他的画有如一种奇异的炼丹术，丰盛、紧密，却又蕴藏着最为精纯的轻盈。在他那间几乎空无一物的画室里，我同时结识了薇荷妮克。一九五六年年底，我从薇荷妮克口中获悉天一突然返回中国。虽然当时对他的离去感到惋惜，倒也不觉得惊讶。许多留学生在学业结束后，或是出于自愿，或是因为在他乡异地生活不下去，而和他一样选择了回乡一途。

　　我自己也很快地投入了学习流亡生活的艰苦奋斗中。接下去悠长的岁月里，我初到法国时所见过的面孔，大部分最后都从记忆中消失，包括天一和薇荷妮克在内，他们像压在抽屉底下的一张偶然拍下的老照片。

一九七九年，相隔二十多年后，我意想不到地接获天一的一封短笺，他希望我和他联系，尤其替他打听薇荷妮克的消息。当时中国刚走出"文化大革命"，正在尽力舔舐创伤，处于一个"拨乱反正"和"对外开放"的时期。风刮进半掩的门窗：夹杂在国家民族集体悲剧中的，数以千万计的个人悲剧被摊了开来。

经过多方打听，我才知道薇荷妮克已在十多年前车祸身亡。不知出于何种顾虑，我没有立即转告天一，可能因为我注意到寄信的地址是一处收容所，而且他显得焦躁不安的字迹使我怀疑，他的精神可能已经不太正常。不过，我决定回国探望他：既然他捎来了音信，我怎能不响应他的呼唤，不去了解一下他这些年是怎么活过来的呢？

直到一九八二年我才得以成行。当时是趁一所大学邀请我返国讲学的机会，找到一个"正式"的借口，在中国停留了颇长一段时间。忙完公务后，我在夏天到了东北的S城，找到了天一地址上的那处收容所。那是一种无所不收的大杂院式的救济机构，住着无家可归的流浪汉、残障者，以及被认为"精神有问题"但行为上没有暴力倾向的人。满是灰尘的会客室闷热难当，负责接待的人把我安排在走廊的一张长凳上，从我坐的位置正好望见院子里走动着形形色色的社会边缘人。

不久，一个满头白发的人，从走廊的另一头步履不稳地朝我走来。他一面走，一面瞪大了眼睛望着我，眼睛大得和他瘦削的脸不成比例。我初见他时的震惊远比不上他获悉薇荷妮克已不在人世时所受到的打击。他回过神来之后，把我带到他窄小的房间里，背比刚才驼得更厉害了。房里一张简陋的桌上堆着许多纸，他从里面拿了一叠给我看，我发现这叠纸是用一些粗糙的草纸一张接一张地粘在一起，再折成手风琴的形状。我估计这样折了五十多叠，全是写给薇荷妮克的；天一说都还是未完成的草稿。既然收件人已经不在了，他把这些一股脑儿都给了我，说如果留在中国，迟早会被丢进垃圾堆里或拿来当柴火烧。

但是，这些手稿怎能替代当面诉说？那么多年压抑在心底的声音，难道不该向一个专程远道而来聆听的人释放吗？这样便开始了我一生中活得最紧张的一段日子。

天一可以不停地连讲几个小时。他一边诉说，我一边记下我的听觉能够抓住的全部内容。我有一台小录音机，但深恐录音带会磨损或在我离境时被没收。天黑了，天一的诉说因疲倦而停顿，我却依然不得休息，继续阅读他的手稿。由于字迹潦草，多处涂改，他这个亲身经历或出于想象的一生的故事极难阅读。此外，叙事上也有许多不连贯和遗漏之处。但是在这些急急倾泻的文字浪涛中，有时会找到一片条理清晰的安静沙滩。反正天一也认为这只是一块"十字绣花布"，他还得从里面抽出一条主线，定下刺绣时可依凭的点。

我不得不向他提出一些很确切的问题，以便填补故事的空白。有了我作为对话者，他也希望把心里所有的东西和盘托出。聆听天一说话时，我有充分的时间观察他，脑海里仍然盘旋着这个疑问："他真如人们所说的疯了吗？"我知道他是怎么被送到这里来的。他因严重的肠胃病住院治疗，却经常从医院里跑出去，沿路捡拾干马粪，装了一口袋，说是马粪让他想起以前作画时所用的纸。此外，从说话和画作中也看得出来他的精神有些错乱，这便已构成让他到这里来的充分条件了。天一说，他的发病期和清醒期继续交替着出现。

"他疯了吗?"我不知道，只是对他的双面性感到困惑：一方面他意识到身体里有自己无法控制的部分，另一方面他在叙述过往的生活时又是如此清醒。他说话中间，有时会颤抖着手不由自主地搜寻着什么，眼里闪出一点茫然的落寞。但他从未失落叙述的线头，总是很有耐心地深入每个细节。随着时间一天天过去，他愈来愈能掌握叙述的材料，即使时间的先后仍然不免混淆——我在转述时也尊重这种乱序。他谈的都是些往事，然而一旦谈到某些印象最深刻的记忆时，会突然变得像是在谈眼下发生的事，尤其是返回中国后这段生活。他不再是一个为了组合往事碎块而要求别人聆听的人。他克服了疲倦和痛苦，寻回尊严，整个模样都变了，变得谦和而平静，从他口中似乎产生一股超然的力量，重新再造了一个命运。在光线昏暗的屋里，他的脸围绕着一圈纯真炙热的光环，令我想起在德国时见过的诗人荷尔德林年轻时的那张画像。

回到法国后，我自己却面临重病的考验，大部分时间都躺在床上。当那个被磨损耗尽的人过世的消息传来时，我都无法考虑再回中国一趟；天一希望将部分骨灰撒在卢瓦尔河里……肉体痛苦和精神烦恼交杂着的长年岁月，像沙子似的从我的指缝中流过。我并未忘记天一，他的影像使我感到安慰，同时也因为不能替他做什么而深感歉疚。一九九三年，我动了一次大手术，事后很意外地发现自己竟然……还活着。于是，我开始像还债般艰辛地重组天一的故事，我答应过要用法文把它写出来，下面就是我的成绩。

在一切尚未尽失，在世纪尚未结束之前，有个人，从无以探测的土地深处，仅靠语言的力量，得以将"充满狂暴和滋味"的一生所累积的珍宝，呈献给世人。

第一部 出发的史诗

一

一切肇始于午夜的叫唤声。一九三〇年秋季。中国拥有五千年的悠久历史，而我，出生于一九二五年初，到这个世上还不到六个年头。我刚随父母初次来到乡下，离开仍然在秋老虎肆虐之下的南昌，和街头喧闹的斩首场面。抵达的头一天晚上，父母忙着和接待我们的姑妈叙旧，完全忘记了时间。我和妹妹在隔壁房里玩弄放在一张粗木大床旁的一些摆设，突然，黑夜里传来一声长长的呼喊。起初声音很远，哀怨凄凉，然后愈来愈近，愈来愈刺耳，最后变成一些短语，刻板单调地反复着，听得人昏然欲睡。这是个女人的声音，像是发自她的肺腑，或是来自地心深处，震响了远古的回声。我渐渐地听清楚她在念些什么了："游魂啊，在哪里，在哪里？……游魂啊，回来吧，回来吧……游魂……"我完全被这个声音和咒语般的词句给迷惑住了，多半也是为了安慰已吓呆的妹妹，我用几乎是愉悦的声音答道："我来了，我来了……"

外面那个女人的喊叫声愈大，我愈是提高了音量回答。这时大人们在开门关门的乒乓喧哗声中冲了进来，姑妈跑在前面，父母亲紧跟在后。他们连声叫着："闭嘴！闭嘴！"然后毫无回旋余地地命令道："睡觉！还以为你们早睡了！"这个突然且粗暴的命令，没有任何解释，加上大人们面色凝重如临大祸，使我惊愕得说不出话来。蜡烛吹熄后，我在黑暗中睁大了眼，无法入眠。隔着墙，我听到了一些大人们的谈话，大致弄懂了所发生的事。叫魂的那个女人刚死了丈夫。这晚，她呼唤死者的灵魂，以免他在阴间迷失。根据习俗，他的妻子于守灵的第三天，在为死者烧了纸钱后，便开始叫魂。如果活人中有人偶然回答了她的呼唤，死者飘泊的灵魂便进入此人体内，借此投胎，重返阳世。而失去肉身的那个人的灵魂就从此游荡寻觅，直到也找到一个他能够栖居的肉身为止。过了一会儿，我又听见大人们自我安慰地说："童言无忌，这个不算的！"但我心想：他们怎么知道呢？我既然没有了身体，不就是已经死了！

我知道什么是死亡，一个不知轻重的家仆曾带我看过当街处决"革命党"。我骑在他的肩膀上，穿过激动鼓噪的人群，一览无遗地看到了全部经过。开始时也是一声喊叫，这是跪着的死刑犯身后的刽子手发出来的。他高举大刀，喊叫声短截干脆，紧接着刀光在空中一闪，鲜血从犯人的脖子中冒出来，他身子瘫软下去，头颅滚落在沙地上。因此，死亡是人们屡经试验而加诸他人身上的一项万无一失的技术。我当时就知道，千万不能被刚落地的头咬到。被咬到的人会变成死者的替身，他将死去，死者则借他的身体还魂……

现在我答应了这个女人的呼唤，游魂一定逮到我了。我还能逃得了命运的摆布吗？我就这样叨念着昏昏睡去，睡得很不安稳，噩梦连连。父母的担忧看来是有道理的。整个晚上，我发着高烧，不断产生幻觉。第二天醒得很晚，感觉筋疲力尽，精神恍惚。我从湿透的床单里爬出来，好像从尸布里钻出，发现自己还活着。但是我突然觉得变成了另一个人：我知道我以前的身体被什么人拿走了，而躺在那里的这个几乎了无生气、可以触摸得到的身体，是另一个人的，我的灵魂只是攀附在上面罢了。

以后我就再也摆脱不了这样一个念头：按照常理，凡人必有一个连带着灵魂的肉体，而我，是一个迷失了的灵魂勉强地借住在某个肉体里。从此，我身上的一切都将是错开来的，任何事情再也不可能完全吻合，我对此深信不疑。甚至认为，那便是我生命的本质，或者，生命本来就是如此。

二

叫魂之夜后两年，我随父母迁居到江西北部，离长江不远的庐山，在山脚下一栋破旧的茅屋中住了好些年。这期间，妹妹死于流行性脑膜炎。这个每晚睡在我身旁的小妹妹，既是我的游戏玩伴，也是我的知心好友。某天早上，她不再张开眼睛，不再对我微笑，不再响应叫唤。突然间，她就不在了，永远消失，在我们生活的周遭挖出一个又深又大的黑洞。父母亲伤心欲绝，我也觉得自己的心被挖空了，但我相信她仍然在某处，在和我玩捉迷藏。多少次，房间里家具吱嘎作响，小路上脚踩落叶的沙沙声，都使我回过头来……

父亲的身体也不好——他一直有慢性气管炎，最后成了肺疾。因此，他决定搬离城市，来到这个青山环绕、以种茶为业的偏远乡村。我们住的茅屋在村里一栋年久失修的庙宇附近，父亲将破庙加以整理，改成供村里和附近孩童上学的私塾。此外，他也兼做代书，这和他的"老师"角色一样是当地非常需要的。除了代人写信和拟订契约之外，他也应人们的要求在婚丧喜庆、破土建屋或商店开张时，写对联、判决书、碑铭、短诗、招牌等。

我非常讶异地发现，尽管村里的人大都是文盲，对文字却有一种由衷的崇拜，以至于无意识地、深深地受到这些书写符号的潜移默化，对它们的象征力和造型美都非常敏感。有时候，父亲应付不了过多的索求，尤其当他气喘发作时，我就得挺身帮忙。我对写字颇有天分，也开始认真地学起书法来。继父亲之后，我学会了临摹古代大师留下的碑帖，同时仔细地观察大自然的各种景物：花草、树木，以及梯田上的茶园。对茶园观察多了，我记住了它们所有的造型，感受到组合中所包含的道理。这些规律而有节奏的线条，虽然是由人所强制加予的，却极其贴切地吻合了土地表面不断变化的形状，显示出深层结构中的"龙脉"。我在练字的过程中摄取了这样的影像，使我自觉正与周遭风景进行实质的沟通。

渐渐地，除了形状之外，我开始熟悉茶树茂密的叶子的颜色及从中发出的香气，我和它们之间几乎有一种默契。它们使我的生活不再单调寂寞（村里的孩子绝大多数都必须帮父母干活，只有在少数几个月的农闲时期才来上学），茶园在每一个季节、每一天，甚至每一个小时都会产生微妙的变化。这些变化不光是因为这个地区多变的气温和光线，也是来自庐山特有的、终年不消的云雾。云雾中的田野有时罩着一层半透明的蓝色，有时又密不透光，厚厚实实，如同屏风上的雕刻。

"庐山云雾"自古闻名，因此有"不识庐山真面目"之说，意指一个不可解的神秘现象，或一种并不外现，但令人迷惑的美。因为它们的律动变化多端，难以臆测；因为它们的颜色飘忽不定，或淡红或浅紫，或翠绿或银灰，它们把山幻化成匪夷所思的魔景。云雾在庐山的山巅和丘陵间游走，在山谷中停留，再往高处爬升，使山终年充满着神秘。不时地，它们会突然褪去，将整座山慑人的美呈现在人们眼前。这些云雾状如丝绸，气如潮湿的檀香，像一个既有血有肉又虚幻莫测的人，一个来自天外的使者，随兴地和大地作或长或短的对话。在某些晴朗的早晨，他悄悄地穿过窗棂，进入屋里，抚摸、搂抱所有家具摆设。你想抓住他时，他却和来时一样悄然离去，使你扑个空。

有些傍晚，浓雾升上来，碰上行云，造成气温下降引来阵雨，纯净的雨水流进村民放在墙脚下的瓶罐和水盆里。村里的人就是用这种水冲泡当地最香的茶。大雨过后，很快，云破天晴，庐山的巅峰便豁然显露。山巅被丘陵围绕在中间，云雾散开了，山依然保持着它神秘和高傲的美，峥嵘嶙峋的岩石巍然耸立，周遭是一圈圈同样神奇的树木杂草，坦然地反射着傍晚闪烁不定的天光。这时，集中在西边的云层构成一片无垠的云海，云朵托着落日，有如一条梦之船，焕发着万紫千红的灯火。过了一会儿，山巅蒙上了紫霭，再度消失在雾里。这并不奇怪，因为这是庐山每天去拜会西天王母娘娘或佛祖菩萨的时候。这一刻，宇宙像是在向世人揭示它隐藏的真相：原来生命是恒动的。看起来稳定的，不断融合在律动中；看起来有限的，终于淹没在无限里，不再有固定或永远的状态。这难道不是最真切的吗？因为所有活着的物质都只不过是"气的凝聚"而已。

从那时开始，我就直觉地感到（虽然还有些模糊），云将是我的要素。这个东西并非物质，却是一种实体，这个天外的景象，又几乎可以触知。我后来明白——当我懂事后——为什么中国人那样迷恋云，为什么他们用"巫山云雨"来指性爱，为什么诗人和道士会说"吞云吐雾"、"腾云驾雾"和"卧眠云间"。实际而言，云是谁？它来自何处？要往何方？我有充分的时间观察，发现它是以雾的形式诞生在山谷里，然后往上爬升，直升到天上，在那里自由飘荡，随着天气和风变幻各种形状。偶尔，它似乎并未忘记原来的出身，会乐于以雨的形式落回地面，走完一个大循环。因此，它永远在什么地方，同时又不在任何地方。那么，它是什么呢？什么也不是。

但如果没有了它，天和地就会显得单调无趣了。

我母亲倒是看得很清楚。当她发现我神情有点恍惚时，常会说"你又去云游了"，而要我从这辆天上的马车上下来。她所不知道的是，我并没有坐在被云托着的马车上：其实我就是云。如此认同这个会消失于无形的物质，使我再次预见到自己的命运将是一种流浪。我将既不在这里，也不在别处，甚至也许不在地上。这种悲哀的体认，加上妹妹的遽逝，和我的肉体可能已经离我而去的想法，以及母亲无一日间断的念佛声和父亲一阵阵的咳嗽声，变得愈来愈深沉。家里镇日弥漫着熏香和药水混合的气味，我常蹲在角落里自问："我有一天要离开父母吗？他们会离开我吗？……"

不过，有时会有一种透明的轻快穿过我的脑海：既然事情已是如此，何不随手摘取土地可以给我的一切！就和那边草堆里藏着的大番瓜一样，用手抚触瓜的表层或往瓜心里探索，感觉都一样美妙。若能探索土地所展现和揭示的事物，即使是短暂渺小的生命也有其存在的意义吧？是的，所有能够看得见和感觉到的，即使昙花一现，应该都是一种奇迹。我们必须为此做些什么。每当我很兴奋地这样想时，便感觉身体里升起一股无以名状的喜悦，它在胸腔膨胀充塞，几乎使我窒息。有一天，我突然领悟到，所有外界在我内心引发的东西，都可以用我能掌握的工具——墨水，将其表达出来。

事实上，每天早上，我在练字前都得磨墨，将墨条在装了水的砚盘里慢慢转动，直到清水变成浓稠的墨汁。我很熟悉它的气味。当墨汁准备好了，就是我永不厌倦的时刻。为了试浓稠度，我将吸满墨汁的毛笔随意地放在细薄透明的宣纸上，纸立刻吸收墨汁，同时任由汁液"灌溉"。然后，又过了好久，墨汁在纸上一直保持住新鲜的亮度，像是表示它很高兴那善感敏锐的纸愿意品尝它的滋味。这种纸吸收墨汁的魔术，古人比喻为带着一层薄粉的幼竹上落下的露珠。我呢，我喜欢将它比喻为一个人正在吃精制的米糕，舌头上感觉米糕一截截地溶化，留下难以磨灭的余味。

因此，这一天，当我的目光落进这摊透着蓝彩、看似无底的液体时，早晨所捕捉到的云山影像便在眼前出现。我立刻动笔画画，努力将这个影像尚可触知的一面和逐渐淡化的另一面呈现在纸上。可惜画出的结果并不是我所预期的，这也是意料中事。但我完全被笔墨的魔力征服了。我感受到这将是我的一个武器，也许是我在抗拒"外界"的强大压力时唯一的武器。

三

在新环境度过最困难的搬家阶段后，我看见母亲的精神也逐渐恢复。事实上，是她在独力支撑着这个小家庭。这个外貌毫不起眼、几乎是文盲的妇女，面临各种考验时，表现出一种坚定的执著和来自民间灵魂的智慧。如果父亲的情怀是由古籍和他经常背诵的唐诗中的名句来传达，那么母亲则是藉由她在日常环境中脱口而出的许多谚语，像"留得青山在，不怕没柴烧"、"种瓜得瓜，种豆得豆"、"良药苦口"；或者她所信仰的佛教道理："救人一命胜造七级浮屠"、

"佛陀烛光不怕风"、"老天有眼"。另外一些比较神秘的佛教成语她不一定全懂，但也会挂在口上，诸如"既是给的，丢失不了"或"色即是空，空即是色"等。凭着耐心的坚持，她创造了一种单纯的幸福模式。她因礼佛而吃素，自己开辟了一个菜圃，我充当助手。我从她那里学会了找各式各样可以食用的野菜，以及去除毒性的各类方子。许久以后，当我在劳改农场，陷入因所谓的"自然灾害"而遍及全中国的饥荒时，得以充分利用到这些常识。

我们住在庙宇旁，母亲便依循佛教教理行善布施。一有路人乞讨，她必定慷慨供应。几年后，她甚至在地方上建立了相当的名声。路过的人形形色色，无奇不有：包括朝圣者、临时工、逃兵、私奔的恋人、被追缉的强盗、想遗世独立的文人、苦行僧等。而古老的中国似乎也在这个穷乡僻壤中毫无变化地永续下去。在所有这些"过客"当中，有两个人我始终铭记在心：一名带伤的强盗和一名游方道士。

强盗来的时候，是夏天的某个黄昏。他自报姓名后，便径自跨进庙里。当我跟在母亲身后进去时，看见一个粗壮的男人坐在阴影里，头发扎在脑后，神情有点恍惚。他古铜色的皮肤此时黯淡如土，不失威严地要母亲把小孩子支遣开，声音沙哑但低沉有力。不得已，我只好走开，但好奇地躲在门槛后窥探。壮汉利落地从宽腰带里抽出一把闪亮的尖刀，母亲骇然往后退了一步。男人说：

"嫂子你别怕，我不会害你的，不过你要是告发我，有人会来报我的仇的，这就害了你全家啦。现在，过来帮我一下！"

说着，他卷起了黑布长裤的裤腿，露出小腿上一大块伤口，伤口周围已经开始腐烂发炎。母亲惊叫一声，退了开来。但事不宜迟。男人斩钉截铁地命令道：

"把这刀拿到火上烤一下，再带个脸盆来。先给我一碗高粱酒。我到庙后的树下等。小心看着，不要放任何人过来。"

尽管母亲好说歹说地要我留在屋里，我还是跑过来赖在她身上，她口里不停地念着："阿弥陀佛，阿弥陀佛……"我感觉她的手在发抖，心跳得厉害。我们母子俩隔着一段距离在庙门口观看这可怕的一幕。已被高粱酒灌得半醉的强盗坐在树下，背对着我们，正弯身向前用他的尖刀刮掉伤口上的腐肉。随着他手臂的动作，急遽的低吼声愈来愈急切。这一幕令人头晕目眩，在这块荒寂的土地上，有个孤独的男人，正顽强地抗拒生命加之于他的暴力。

除了远处飞翔的几只燕子，一切都静止了。宇宙仿佛在惊惧中凝固。地平线上，太阳正要下山，一轮红日，像一个淌血的巨大伤口；抑或是一张血盆大口，正伺机吞噬受伤的野兽。一头受伤的兽，痛苦地伛偻着自舔自抚。就像母亲念念有词的祈祷文，他确实让人怜悯。但是在我看来，这个黄昏余晖笼罩下的暗影，简直是宝座上的国王，正在完成祭祀仪式。他使得周遭万物像面对神灵一样敬畏噤声，不错，他确实是个国王。可怕的疗伤工作结束了，男人涂上所有名副其实的强盗都会随身携带的油纸药膏，绑上绷带。他仍有力气走回庙里，在里面待了十几天，母亲按时照顾他的饮食，直到有一天早上，他不告而别。全村的人都知道了这件事，但没有人告发他，大家知道这是一个劫富济贫的义盗。在中秋节前的两个多月，母亲在祭桌上发现一些值钱的珠宝，她知道是谁送来的。她拿来买了瓜果蔬菜，放在祭桌上，让所有路过的村民依各自的需要取用。一座荒废已久的破庙，就这样变成了一处祭祀的地方。有人说这里出现了治愈疑难杂症的奇迹，朝圣者于是络绎于途。

中秋节时，一个京戏班子在当地搭台演了几天戏。演出的戏目正是满腹冤屈、不平而鸣的《林冲夜奔》。我生平第一次看戏，发现演员用多么自由的方式表现不同的时空！抬起一条腿，就跨过了屋子的门槛；挥一下马鞭，便已骑在马上；把背驼着，就等于老了二十年。总之，并没有真正存在的时空，有的只是一个在舞台上活动的人，时空因他而生。因此只需要一块方形的空地，长宽数公尺，就足以演出人世间的悲欢离合与七情六欲。

大家一边看戏一边嚼着瓜子、花生米，要不然买一包糖梨片来吃。戏演完了，明月当空，我和村里的孩子们不由自主地朝着银光闪烁的小河走去。我们用网子捕了一桶鳗鱼和小虾，带回家替晚餐加菜。这是我平生最温馨美好的一个中秋节。

至于游方道士，人们老远就认出了他的大草帽和飘逸的道袍。他总是在春天和秋天时出现。一来就坐在庙前的草坪上，等我母亲端来一大碗热气腾腾、盖满了菜的白米饭。他一言不发地吃着，只听见咀嚼声，每一口饭他都细细品尝。那样普通的饭菜，我有时还会剩下来不想吃，这时竟然变得滋味无穷，令人看了口水直流。吃完后，道士站起来，双手捧着空碗递还给我母亲，姿态像是在奉献，但从不道谢。他转过身来，梳理了一下他的胡须便扬长而去。只有当他最后一次来，把碗递还给我母亲时，才说了几句话。他说：

"谢谢太太善心，善心会得好报唷。"

然后，他指着遮掩在云雾后的山巅说，"我要到那上边去了，以后不再回来啰。"

说完，他便转身走了。他渐行渐远，一面用近乎轻快的声音唱起歌来：

"莲花洞里有神仙，源源清流流不完……"

走得更远一点后，他飘动的袍子消失在雾里，轻得像一只飞鸟。

当我长大成人后，尤其是旅居欧洲期间，经常必须思考一些有关中国的问题——这个偶然成为我的出生地的国家；因为不管走到哪里，人们都叫我"中国人"。我知道中国有很多缺陷，但一般还是认为它不无独特甚至伟大的一面。是由于它的面积和人口？还是因为它的古老和亘久？但我以为，更是因为它对宇宙苍生全盘的信任，或者存在其间的莫名默契：它相信宇宙间运转流通着一股元气，而这股气联系着一切。中国人不同于其他民族的生活态度也许就是源于此。然而，每当我试着探讨中国的民族性时，不禁会把强盗和道士拿来对比，有如比较两个象征图腾。它们看起来完全相反，细想之下其实相辅相成，有如一体的两面。

前者脚踏实地，就像他靠着的那棵盘根错节的大树。他是个道地的庄稼汉，具有无限的耐心和活力，如同托载着他的土地。不论打击他的对手是谁，都绝不退让。他对自我生存的这份信心，不是天真得顽固，就是顽固地自以为是；他将这种欲望和宇宙相比。随着情况的不同，他会从本性的温顺蜕变成粗暴，同时又设法沿袭几千年来一种直觉的智慧。他的步伐缓慢而有节奏，即使当他被生活的重担压得弯腰驼背时，仍然设法保住尊严。他重视荣誉，维持住"面子"对他事关紧要。

但是，在他的伦理观念里，"面子"绝不仅指表面。身为一个种田的乡下人，不断每年翻一次土，使他相信在地底下，表面也就是底层，底层就是表面。历代多少暴君都失败在这类看起来如此谦卑和顺从的人手中，而没有料到他也会反抗。对"面子"问题的极端敏感，使得他挺直腰杆。更何况他深信，即便不能和"天子"一较长短，但他和每个人一样，都拥有一份天命。是的，即使贴着地生活，他也不会忘记，下界的生命是在宇宙异动的定数之中，就像他能够背几句的《易经》里所写的。只是，他不需要把头抬得太高，或看得太远，不需要迷失在云雾中或一脚跃进未知里。从冒起的雷电，吹拂的风；从扩散的雾，落下的雨；从收拢拥抱一切盈亏的满月，他不是随时都在和上天交谈吗？因此，他生为庄稼人，永远就是庄稼人。他相信地上的黄土和他本身血肉的本质相同，他的命运要靠土地，土地也要靠他。土地依靠他这个必不可少的链环而得以易变。随着土地的易变，他和子子孙孙也跟着改变。变成什么呢？他不知道，但他有信心。等待期间，他所关心的就是好好完成上天的嘱托。如果有人破坏天命的期限，他便会起而反抗，以暴力相向。

如果他被逮捕并判以死刑，他将挺身面对。在最极端的那一刻，他会表现得很有尊严，维持面子到底！既然命运这样要求，他便投身于大轮回的运行中。

道士则几乎从出生就为天道所缠绕。他终其一生都在培养超脱的精神，要减轻负担，往上伸展，伸向一个原始的梦境。他惯常的态度很像中国建筑的屋顶，四个尖角朝上翘起，有如欲展翅高飞的巨鸟。目前，他在地上暂时停留，带着一种嘲讽式的无忧无虑和一种平静的冷漠，这样他可以嘴角带着微笑承受命运的打击，或面对暴君的压迫。也就是这种冷漠使他得以尽情地享受当下的生活，品味大地所赋予的单纯幸福。毕竟，他可以只靠吃草喝水生活，他的要求很低，近乎一无所求。人还在下界，便已属于全能的上天了。

四

道士离开后，我便一直梦想着庐山的山巅，风偶尔吹开那层烟雨蒙蒙的薄幕，星光乍现地露出它炫目的美。当我听见父亲谈到山峰的最高处，并要到上面找草药时，我的梦就更加鲜明了。

我逐渐熟悉了半山上的情况，尤其是位于高地中央的牯岭。这个地区呈圆形，围绕在景色优美的山谷中，很容易进入，也很适于居住，因此很早便成为文人、艺术家和出家人的聚集地；十九世纪末来到中国的西方传教士也认为在这里避暑最为理想。夏天时，他们躲开长江河谷的酷热，来到这里暂居。很快地，木屋、楼房和独门独院的别墅如雨后春笋般遍布在山区里，中心地带有个美丽的市中心，传统的中国商店和西方的各类小店混杂一处。每次随着父亲到牯岭买书或送去他写好的对联时，对我而言都是一个不平常的节日。上山时，我们总喜欢走不同的小径，如此一来，便可以欣赏到不同的风景。沿路会经过一些上头刻着写景诗句的大石头，挺拔的松柏以缕缕清香迎接我们，耳边传来瀑布的湍流声，蝉鸣规律地打着节拍。

登山的日子终于到了。父亲和我一路停下来采摘药草，抵达山顶时已近黄昏。直到最后一个巅峰，一切都还被茂密的植物遮掩着，但是只要再多跨一步，壮丽恢弘的景色便豁然呈现。越过错综交杂的巍巍岩石和奇形异状的千年老树，山峦和丘陵叠叠伸展，一路往远处的平原奔去。在刚被一场暴雨洗刷过的平原尽头，有一条长长的银色带子辉映着向晚的日光，这便是长江。这条我听大人们讲了又讲的大河，没想到能亲眼目睹，更何况是在如此特殊的环境下。它就在那儿，既是在显示无限，又是一个无以逾越的障碍，平静地载负着水面上滑行的小船。

我忍不住叫喊它的名字，连喊了三声："长江！长江！长江！"像是要说服自己这是真的，并且将这个景象永远记在心头，也好像我已预见到这条河将在我的幻想生活里扮演的角色。当我注视着小船的动静时，一只无形的手在河的上方放下一道形状完美的虹，虹桥的顶端轻触着白浪翻滚的云。但是没有多久，云朵晃动起来，将空中拱桥一块块地拆卸，拆卸的工程有着惊人的秩序，如此轻巧敏捷，就如同中国传统杂耍团里的叠罗汉，将巍巍然叠在一起的椅子一个个拆下来，最后空无一物。现在地平线上只剩下落日，一面巨大的锣，振聋发聩地送来一首前所未闻的歌曲最后的回音。我迷失在世界的高处，站在父亲身旁，静默地注视着这片奇异的景色，稍顷它即淹没在烟雨中。

归途上，我们本想抄短道，结果却迷了路。山岚升起得非常快，我们担心会愈走愈远，便决定在山里过夜。父子两人朝一个小亭子走去，很快搜集了一堆干树枝和断落的树桩，围在亭柱之间，以防遭到野兽袭击。月色清亮。虽有夜鸟凄凉的叫声，我并不真正感到害怕，反而觉得和这个亮得透明的仲夏夜有种神交。满天星斗从不曾如此接近，苍穹像屋顶般覆盖着我，引起我的遐思。我把自己想象成一颗流星，突然一闪，划空而过，旋即投身银河之中。

半夜开始感觉到凉意时，父亲突然把我紧抱在怀里，然后抽抽噎噎地哭了起来。面颊上感觉到他的气息和泪水，我不由自主地做出退缩，甚至拒绝的动作。退缩，是因为在我心底——我不愿意承认这点——我一直害怕感染父亲的肺疾；拒绝，是因为我不习惯这类身体接触的亲密行为，不论来自母亲还是父亲。中国的孩子长到一定年龄后，除非必要，父母几乎从不碰触他们，更遑论搂抱了。再者，和所有小孩一样，我认为一个男子汉是不应该哭的，身为父亲更应该进退有据，做一个尊严和智慧的楷模。与此同时，早已遗忘了的一幕又浮现在我脑海里：在南昌一条没有人行道的街上，我走在父亲旁边。一辆黄包车迎面而来，车夫显然很着急，一面跑一面拉响车铃。父亲可能正在想心事，根本没有注意到，自然也没有让路。他其实不是非让不可，路是给大家走的，并没有特别留给车子专用的车道。车夫紧急刹车后，车上的乘客，一个大胖子，从车上跳下来，是个霸道的典型地方权贵。他冲向父亲，抓住他的衣领，连叫带骂地把他摇晃了好一阵子。在父亲口齿不清地说了几句道歉的话后，才把他放下来。在路人的围观下，父亲调整好被弄歪了的眼镜，牵起我的手，一言不发地走开。我非常气愤那个粗鲁的大胖子，同时又为父亲感到难堪。这是一种什么样的情绪？是羞耻吗？或是因为他的懦弱？我从未真正想过答案。只记得当时试图把手从父亲轻微颤抖着的潮湿的掌心里抽出来。

因此，这天夜里，我借口尿急，很快摆脱了父亲的拥抱。这种直觉性的推拒，我后来多么的自责！这件事变成了一个自己造成的、后来再也没能愈合的创伤。我还记得凌晨时父亲不怕着凉，脱下外套披在我身上。也是在这个冒险之夜后，父亲的健康大坏，乃至一年半后病逝，时间是一九三五年初。

父亲很难得开口讲话。好像他全部精力都被他的各种病痛，以及照料这些病痛所花的工夫给消耗殆尽了。但是，当他说"最好是……""哪天我们会看到……"——他的口头禅，当他不直接表达感情，而以引经据典的方式代替时，难道不是在以他的方式来乞求别人的了解和好感吗？为什么要像传统教育的训示那样，仅要求从父亲这单方面出发？身为儿子的我，为何不能用一些天真自发的言语，哪怕有失敬意，来推倒父亲这个腼腆沉默的自闭之墙？

后来，从母亲的叙述中，我获悉父亲是多么懊恼他一生总是遇到失败，受到羞辱，总是活在边缘，无法有所成就，包括在他所生长的家庭里。

五

父亲出身大家庭。我们住在庐山期间，每年春末或秋季时，他必定带着妻儿回老家扫墓，他将其视为必尽的义务。这个大家庭和中国许多大家庭一样，四代同堂，围着中央的内院分住在各层单元的护龙里，当全家族的人都到齐时，多达五十人。父亲虽然在这个复杂的环境里吃了很多苦，但家之于他始终是个神圣的依据。至于我，成长于一个日渐开放、剧变中的社会，我常想，这样一个沉重、僵硬的制度，如何能够维持数百年不坠？家庭是古老社会的基石，自然有它传统上的优点。这是个本身即已完备的活体，每个成员自幼就已见识到生活中的基本问题。他们了解到人类世系的价值和建构在互助及分享上的人际关系——使任何人都不会感到孤苦无依；他们知道感情上亲疏有度，责任上不分个人和群体；他们懂得年节和祭祖的意义。

大家庭里有各式各样的性格脾气，很难避免冲突，也因此构成一个大熔炉，按照自古以来的理想塑造出一代代的人。但是，当家庭的根基不稳定，碰到家势衰败，兄弟阋墙时，这个熔炉就变成了滋生虚伪、自私、算计、勾心斗角等恶习的温床，各种腐化堕落和阴谋诡计也随之而生。我的家庭就是最好的例证。受苦的不只父亲一人，我也蒙受其害。但我还是心怀感激，毕竟他们尽管有的腐败卑鄙，也有的风雅可亲，我从他们那里很早就学会了分辨人的真情假意。

祖父是前清举人，曾在家乡的省里做过县官。民国成立后，他高傲地不再过问世事，只和几名同代的前清遗老来往，唯一的消遣就是点上一炷香，在烟雾缭绕中摇头晃脑地朗诵古诗，或不时去摸摸他那口放在隔壁房里的漂亮棺材，他每年都叫人替它上一次漆。

我的二伯暴躁易怒又贪得无厌，大伯去世后他掌握了财政大权，和妻子联合推行一套严厉的家规。这位二伯母，永远一手捧着水烟袋，另一手拎着一把小茶壶，抬着张看似和善的笑脸，却到处惹是生非。每当她像京剧里的人物般踩着碎步穿过大院，并不时轻咳几声再眨眨眼，我们就知道她正心怀鬼胎，设法中伤什么人了。这是她的日用鸦片，为她带来无穷的乐趣。此外，她总是挖空心思用各种方法虐待媳妇——那个现成的受害人。不幸的是，她自己的日子也不好过：二伯对别人的道德要求极为严厉，却被人撞见调戏女佣。二伯母倍感受辱，最后仍然同意为他纳妾，条件是人选由她决定。她硬是拒绝了那名十六岁的小女佣，因为后者从小就以低廉的价钱买进来，受了那么多罪，做了姜室后不免会伺机报复，至少不再顺从。这个可怜的女孩后来被转卖给一家妓院。

四伯喜欢莳花弄草，饲养各类小动物，包括鸟、蜘蛛、乌龟、兔子等。他嗜赌，功夫也深，不论下棋或打麻将，都没有人是他的对手。除了应付在省政府的一份闲差外，他无时无刻不在找棋友或牌搭子，总见他腋下夹着象牙雕花的麻将盒或棋盒，从一间房走到另一间房。他也经常上朋友家，要不就是泡茶馆。他到哪里从不需要通告，总是老远先听到他大步迈进的脚步声和一路吟唱的戏词，不是"桃园三结义"，就是"八仙晋见玉皇大帝"。历史和武侠小说是他最喜欢的读物，久而久之便融入其中，把自己设想成某个广受爱戴的民族英雄或绿林好汉。他很能掌握和人物行为搭配得宜的古代语言的韵味。这位风格独特的伯父，不论语言或姿态都优雅而精确。他打麻将时，将选中的牌一张张地在面前排列整齐，从其中抽出一张，用指尖弹得砰然作响，然后砸翻在桌面上，同时抛出一句极具意象的成语，诸如"花开四季"或"三星拱月"，连他摸完牌后哗啦啦洗牌的动作，也无不保持着韵律与和谐。家里有时打牌打到深夜，我倒不在意让和牌的喧哗声作为我的催眠曲，听着它们慢慢睡去。

四伯的手非常纤细灵巧，几乎人见人夸。任何东西一经他手，就立刻脱胎换骨。比如细瓷的小杯碗，一代代人使用下来已经陈旧不堪，但一经过他的手便又开始铿锵作响，璨然生辉，像新的一样。不管是学变戏法，从简陋的胡琴中拉出悦耳的音符，用粗糙的木头雕出一朵小花来，或是替老旧的盒子着色，他做来都显得轻而易举。我们出门旅行前喜欢找他帮忙整理箱子，因为他总有办法把三四个箱子才装得了的东西，有条不紊地全塞进一个箱子里，以至于我们不敢再去翻动，生怕亵渎了这个和谐的整体，无法恢复原状。许多人看来，这种与生俱来的对美和均衡的敏锐是一种天赋。但他却用在微不足道、毫无用处的事物上，似乎只是为了消磨时间，没什么积极的作为，倒是很符合我们这个日落西山的大家庭形象。

日落西山？若谈到二伯最不能忍受的七伯，那就不只是衰败，而是堕落了。七伯迷上鸦片，虽然娶了一房人人夸赞的妻子，却老是在情海里纠缠不清。他可以爱上唱女角的男戏子，之后又看上酒馆里的琵琶女，或社交场所的交际花。大人们嘴上不好明说，暗地里都尽量阻止孩子们跟他来往。我呢，我是被他的人，以及他那间总是拉上丝绒窗帘的大屋子里散出的鸦片烟味所吸引。里面充塞着一种奇异莫名的气氛：昏暗的室内，烟灯一明一灭地眨着，在老长的鸦片烟筒上照出光来，加上七伯贪婪的吸烟声，以及他在吞云吐雾后随即出现的平静酣畅的表情……他在家里无人理睬，因此很乐意把我当作倾诉的对象。吸饱后，他咳了老半天，清理掉喉咙里剩余的痰，幽幽地叹一口气：

"唉……人生好苦啊！苦啊！"

"为什么苦呢？"我有一次试着问他。

"你还不懂。不过要记住。我们这辈子啊，没法子做自己喜欢的事，而往往做些不想做的。做不想做的事嘛，就像这只木烟斗，它是在那里，但没有生气。一旦我们做了想做的事，那么，就像灯上的火苗，可是烧完了就变成灰烬。是的，就像这些烟灰。烟灰，那还能不苦吗？"

七伯用灰烬来打比方，当时没想到的确非常贴切。他自己的骨灰后来也变成这块他度过一生的土地上的肥料。他说生命是苦的，实际上他还是以自己的方式享受了生命，就如同他爱吃的苦瓜，正因为苦，最后变得甘甜。他在抗日战争期间得了重病，群医束手无策。只好将他送进修道院里让修女们治疗，结果竟得以痊愈。于是他决定留下来打杂帮忙。五十年代初期，政府掀起斗争教会的运动，将他们冠上掠夺人民财产、杀害婴儿等莫须有的罪名。当局要求七伯揭发他们来交换获释。七伯不仅一口拒绝，甚至为修女们做的善事作证。他和别人一起被送进最严酷的劳改队，没多久就过世了。人们遵照他的意愿，将骨灰混在肥料里，撒进了劳改农场的菜园。

　　和父亲最亲近的十伯也让我印象深刻。十伯喜欢现代中外小说，也常将这类书借给我父亲。他十分注意对我的教育，我第一次读到安徒生和格林童话便是透过他的关系。此外，我也学了一些粗浅的英文，经常陪同他一起散步。他在银行工作一阵子后，有一天决定到上海去，然后再转到日本学建筑。临别前，他在我的一本小纪念册上用英文写了一句朗费罗的诗："生命苦短，艺术永恒。"

六

　　父亲是祖父的妾室所生，在十一个儿子中排行老幺，因此他在家中的地位永远是最卑微的。再加上我母亲不是来自上等人家，而是一位在家里工作多年的奶妈的女儿，他们分配到整栋大屋子里最潮湿、最阴冷的角落似乎也是理所当然的了。再者，不论是住的地方或其他问题，父亲向来习惯了忍气吞声，母亲则天生胆小害羞。两人根本抵挡不了那些有意无意地玩弄着二伯夫妇那套残酷游戏的人恶意无理的对待。

信奉佛教的母亲，遇事谦卑忍让。她的耐心换来部分家人的好感，我们的日子总算还能过得下去。有一幕情景始终萦绕我心。这天，母亲从后门走向一名在外面悄悄徘徊了好几天的妇人。这女人不久前才将她三岁的儿子卖给嗜赌的四伯。四伯有了三个女儿，却没有继承香火的儿子，于是和伯母协议买下小男孩。形容憔悴的女人每次在门外一等就是几个小时，期望能从门的开关间瞥见自己的孩子。我看见母亲把一块里面可能包了礼物或者钱的手帕放在女人手中，然后安慰她说，孩子会被四伯当作亲生骨肉，和其他孩子一视同仁。这个可怜的女人哭着走了，但总算安了心。从这天起，我等于有了一个小弟弟，因为母亲确实非常爱护他，何况四伯夫妇经常被牌局占去大量时间，也很乐于将义子交给母亲照管。

家里有个人总是在各种情况下替我父母亲说话，那就是云英未嫁的姑妈。她很有个性，擅长讲故事，她丑到了极点反而焕发出一种奇异的美，只有她敢挺身和二伯及二伯母对抗，一有机会就敞着沙哑的嗓子揭穿他们的虚伪险诈。

从这位独身姑妈的身上我发现，在大家庭里，若说许多妇女被窒息人的环境所箝制而变得刻薄寡恩，一旦拥有点权力就妄加滥用，其他的则相反很值得敬爱，有些甚至比男人更有尊严、有勇气，也宽厚慷慨得多。像另一位姑妈，她很勇敢地挣脱一桩不幸的婚姻，不在乎娘家和婆家的耻笑。二伯和其他人过了很久才允许她回家。她后来和一位女性朋友合办了一所专收弃儿和孤儿的学校，很快在省里建立起名声，终于赢得那些排斥她的家人的尊敬。据说这位姑妈直到少女时期都活泼好动，近乎调皮捣蛋。经过生活的历练，她变得喜欢沉思，郁郁寡言，即使对向她表示好感的人亦是如此。但是，当我白天在后院碰见她时，她总习惯性地将一只手按在我肩膀上，仍然没有说话，但以热情的笑容向我打招呼。当时我没有想到，多年后，我会在一个生命的关口再次碰见她。她的手势和微笑将把我从彻底的毁灭中拯救出来。

另一位远亲姨妈虽然只是短暂出现，也让我记忆深刻。在那个年代，她已是个相当开放的女性，在大学里学的是历史，后来到法国待了两年。以前我从不知道家里有这号人物，直到有天吃午饭时，听见二伯宣布说：

"你们知道我今天碰见谁了？姜家小姐（姜家是这位姨妈的娘家）！她从法国回来了。你们猜她怎么着？嗳，她把手伸给我，就这样！你们说我还能怎么样呢？好，我也把手伸给她，就这样，我只碰了碰她指尖，就赶紧把手缩回来了！"

中国人见面打招呼以拱手为礼，不碰触对方身体，男女间只有在订亲后，才能互牵对方的手。这位"姜家阿姨"不久到家里探访，并带来一大堆她从法国带回来的礼物，其中那些翻印卢浮宫艺术品的明信片我特别感兴趣，有希腊维纳斯、各类裸女图，尤其是两幅以一名裸女背影为主体的油画。但是大人们很快就把卡片都收了起来，觉得这些"不知羞耻"的图画简直不成体统。然而，图画已深深地震撼了我，要阻挡为时已晚。这些强烈的景象使我深受感动，在我的想象世界里留下了无法磨灭的印象。这是我生平第一次见到赤身裸体的女人画像，她们那样美，那样奇异，刹那间搅动了我最隐秘的激情，我怎能忘得了呢？更奇怪的是，对于正面的裸女画像，虽然她们完美的曲线令我目眩，丰满的乳房像磁铁般吸引人，但是反而没有新奇感，因为中国的母亲和奶妈们不在意当众敞开衣襟喂奶。然而裸露的背影，也就是女人们看似无意识的展现，这种肌肤颤动的丰润和敏感的凹凸起伏，刹那间，揭示了女人全部的胴体，同时又保持着女人本身无法知悉的、令人迷惑的神秘美。

另一个我常记起的，则是一个不存在了的女人。父母亲房间的楼上有一间永远关着的小房间，禁止任何人进入。据说里面曾住过一个上吊自尽的女人。照理说这是极为恐怖的事实，却因此激发了我的好奇心。我知道所有大家庭里都有一些藏着秘密的阴暗角落，大人们努力不去提它。堂表兄们之间说话比较没有顾忌，我和他们一起玩久了，学会了观察那些"违反规矩"的事情，诸如某某人和他的小姨关系暧昧，另一个又和他父亲的姨太太有染。我听说从前在家法严厉的大家庭里，这类关系可由家庭理事会处以死刑。

我们家还不至于走到这一步。这名自尽的女人是一个蛮横、酗酒的叔祖父的妻子，她的自杀，是由于不幸的婚姻呢，还是因为犯了错？总之她不想在这个大家庭里活下去了。她死后，家人担心她的鬼魂回来寻仇。这件命案自然为本来就对鬼故事着迷的堂表兄们提供了最佳素材。他们喜欢编些恐怖的情节来吓自己，为了增强效果，通常选一个刮风的夜晚来讲故事。年纪较小的听得聚精会神，被讲述的人比手画脚的描绘吓得不敢回头，最后大家只得背靠背地紧紧围坐成一圈。我和其他小孩一样，很喜欢听这类故事，有时也会被吓得鸡皮疙瘩直起。但是我惊异地发觉，事实上我并未真正感到害怕。凭着以往经验，我认为黑夜里鬼魂的出没无可避免；我甚至认为这样很好，否则夜晚也就太无趣了。而且如此一来，白天也跟着变得没有意思——白昼不是从夜晚过来的吗？

我相信如果我迷失在鬼魂中，也能听懂他们的语言。万一有鬼魂要借用我的身体，我也不会反对，在我看来，这不过是一种交换罢了！我不小心把这种想法透露给其他小孩。他们立刻要我证明我真的不怕鬼，单独到那间"鬼屋"待一段时间。我接受了挑战。有一天，大伙打开门锁，让我心惊胆战地走进屋里。刚进去时的恐惧过去后，逐渐习惯了里面浓厚的灰尘和长年的霉味，我镇静下来。房里的布置很简单，除了几个柜子，就是一床一桌，桌上铺着褪了色的绸布，放了一张显然是世纪初照的相片。上面是一个容貌端庄的年轻女子，她有一双充满感情和梦想的眼睛，眉宇间却有种固执的锋棱。她的眼神，包含着所有她未能说出来的东西，看起来超然独立于时间之外。仿佛她因为在人世寻不着真爱的对象，乃义无反顾地穿透无限的空间，不再停留，将她唯一的希望托付给来生。外面大宅院里每时每刻都有人来往喊叫，而这间悄无声息的小屋子里，一种从未体验过的祥和宁静逐渐包围了我。我不记得和活人是否有过如此深入的沟通。若不是堂表兄们真的担忧起来，在门外叫唤，我会在里面一直待下去。我出去时，对他们焦急的追问只轻描淡写地说了一句：

"奇怪得很，但是好极了！"

这次冒险之后，我这个内向苍白的人突然变成了英雄，在其他小孩的眼里简直拥有超自然的异禀。他们甚至要我在七夕时替大家向老天爷说情祈福。据说这天晚上，会有一些银色的绳子从银河垂下来，若有具备异禀的人抓住其中一条，便可带来好运。总之，从死去丈夫的女人叫魂之夜起，到现在"鬼屋"里的独处，我确定我和死人的世界是有来往的。

不久，父亲也到这个世界去了，在一次返家探亲中间，他气喘病发，窒息而死，就在他出生的屋子里告别人世。他带着安慰的笑容躺在灵床上，那样平静，母亲和我失声痛哭，却又混杂着一种说不清的感谢。父亲过世后，他的灵魂从身体里解脱出来，好像反而较有能力保护他活在世上的家人。母亲不愿意继续留在老家，把想法透露给一位从南京赶来奔丧的郭叔叔。这位父亲的童年好友建议母亲到他家里去做管家。秋季时，我随着母亲动身前往当时国民政府首都——南京，开始了我们的新生活。

七

一九三七年中日战争爆发，我刚满十三岁。侵略者原以为短短数月就能一举拿下整个中国，没想到在这样一个疲惫不堪、军备落后、接近于无政府状态的国家，竟然遭遇到顽强的抵抗，狂怒之下，他们开始滥杀无辜。仅在南京这个沦陷的城市，丧心病狂的日军用尽各种残酷手段，不是用军刀残暴砍杀、机关枪盲目扫射，就是集体活埋，数周内竟杀害了三十万人。恐怖的屠杀场面摧残人心，中国老百姓因极度惊骇而哑然失声。这些情境往往由日本人自己留下了记录，有的是正式指派的摄影师拍下了集体镜头，大部分是动手杀人的日本兵自己拍照炫耀"功劳"，或是留个"纪念"。从照片上可以看到士兵正在活人靶子上练劈刺，或者手上拿着长刀，骄傲地站在满地的尸首中。其他比较少见的照片上，显示一些被强奸的妇女，不管是死是活，无不光着身子。甚至还有几张，受害人被迫站在穿着制服的侵略者身旁。

这些女人在光天化日下被无情地暴露在众目睽睽之前，这也许是她生平的第一次——即使在丈夫面前，也没有习惯如此——也可能是最后一次，因为很多受辱妇女事后自杀了结，给瞎了眼的疯狂世界留下这唯一的影像。她们为了设法保持尊严，曾做了多么可悲可泣的努力！

我把这些从杂志上剪下来的照片藏在秘密的地方，每次观看都不免心惊胆战。但是我发现它们却吸引着我，令我着迷，使我内心升起一种无以名状的欲望。这些影像自然而然地和姨妈从卢浮宫带回来的图片相互重叠。那些是我唯一看过的裸体女像。两者之间如此相像，却有着天壤之别！同样站立着的，柔和完美、令人无限向往的曲线，但是一边是被崇拜颂扬的理想形象，女人的身躯像蕴藏着永不枯竭的神秘，值得我们以毕生精力去追求；另一边，则是被玷污、被羞辱到极限的女人，以至于对她们兴起一丝欲念都是可耻的狎辱。

当时的我，性意识正开始觉醒，因此有个疑问像把尖刀似的梗刺在胸口。同样一种美，怎会同时激起最高超的赞美和最卑鄙下流的残酷行为？罪恶莫非就藏在美的核心里？是美？还是罪恶？以后我将必须面对。那时我还太年轻，无法明白就里。不过当时我有种想法：常听见人们谈到这些恐怖的屠杀场面时，总说这是一段"血泪史"或受害人"只能以泪洗面"等。我就想，人体里的泪水要比血少得多，那么即使以人类所有的泪水都洗不了流出的鲜血了。

在这段翻天覆地的时期，母亲和我跟着郭家卷入逃难的人潮，走过山腰的小路或挤在临时凑合的船上，顺着长江而上，穿过以天险闻名的三峡，逃往四川。我们在俯视长江及其支流嘉陵江的高地城市——重庆，得到相对于战乱的平静，但也未能持续多久。人口达到饱和的重庆市区，挤满了仓促盖起来的屋子，除了在岩石上挖出无数的防空洞，几乎没有空防能力，很快就被日军密集的轰炸破坏殆尽。居民又开始往乡下逃亡，高度的混乱更增加了原已惊人的死亡人数。郭先生任职的"教学资料研究中心"也被疏散到离重庆两天脚程的郊外。

一九四〇年初，研究中心的三十几名员工和眷属们，走过和一贫如洗的农民成强烈对比的绿意盎然的乡野，抵达卢老爷的大庄园。

在穷乡僻壤能有这样一处所在，令人难以置信。屋前有座大花园，宏伟的主建筑是一栋老式的大屋子，和我们的老家一样，中央庭院四周有一排排的房间，但整体上要大得多。这便是我们今后的安身之处。卢家则住在一栋现代式的大楼房里，位于我们下榻庄园后面的山脚下。政府能得到这栋老屋，可能是和卢老爷达成了不明言的协议：对他吸鸦片和在地方上欺压善良、作威作福的事不予过问。

我们也很快发现，卢家长子出门必定带着几名保镖，另有一批打手听他指挥。他们经营赌场、妓院，以恐怖手段控制附近乡镇，经常敲诈勒索或强暴良家妇女。其余几个儿子到外地念书去了，只有两个例外，一个做生意，另一个年纪还小，留在家里。女孩子大都嫁了人，最小的刚订亲。

我们住下来没多久，就碰上这名小女儿出嫁。女孩被打扮得像个假娃娃，罩着盖头，祭拜祖先，叩别父母，然后坐上大红花轿。迎亲队伍出发时，我觉得纳闷的是，结婚在这里不是人生大喜事，而是伤痛的别离：母亲哭着，新娘也哭着，全家人都跟着号啕痛哭。新娘知道她将从此面对一个未知的命运，得和一个从未谋面、对其一无所知的男人生活一辈子。送花轿的尖锐唢呐声，事实上和葬礼中吹奏的没什么不同。

一九四〇年秋季，我进入县里最大的镇上新设的中学就读，离卢家庄园有半天的脚程，因此只好住校，周末时才回家。次年二月一个星期天的早上，我独自在卢家花园散步，突然在一条小径的转角处看见一个陌生少女，若有所思地踯躅而来。当我们擦身而过时，她抬起眼看见了我，眼眸有一层忧郁的神色，随即笑开来，落落大方地说道："你看这些报春树在冒绿芽呢，春天来了！"我后来才知道她是卢老爷的三女儿，也曾听过别人低声说过她的名字——玉梅。她十六岁时爱上了在姊姊家里认识的一名飞行员，但她当时已和附近地主的儿子订了亲。她的长兄从来就不赞成妹妹过于特立独行，于是遵照父亲的命令，把她关在面朝后山的一间隔离的房间里，长达一年之久。现在，她自己似乎也随着春天复活了。

第一次见面后，我就在内心深处把玉梅称为"情人"。我有种莫名的感觉，好像她就生活在我身边，和我是不可分割的共同体，甚或比自己的身体还要亲密。我愿意相信，她诞生于我的欲望里，她的形象正是我梦寐以求的，要不然就是——这个想法连我自己都感到惊讶——那名老家幽室里自杀的少妇，又在她身上复活了。

因此，我们的相遇并未在我身上造成束手无策的失魂落魄，而是一种深度的激荡，一种近乎宁静的战栗，沉淀在底层的情愫不慌不忙地升上来，一层又一层，浮出表面。仿佛玉梅注定是要来赴约的，仿佛她的到来是按照一个永恒的规律，有点像这些冬天的树，对春风的到来稍感惊讶，却从不怀疑。

我小心地不让玉梅察觉心中的情感，总是不露痕迹地夹杂在一群不时围绕着她的年轻男孩当中。她耀眼的美貌、优雅的姿态、高贵的举止，以及讲述家乡传奇故事或唱起川戏时婉约的声调，在在吸引着每一个仰慕她的人。此外，她还有一种说不出的魅力，既保守又活泼开放。当她和大伙在一起时，有时安静地聆听，有时也会突然以她清新善感的心，看出普通事物不平凡的一面而欢欣鼓舞。和她在一起，我们不禁感觉是有生以来第一次看清这个世界，同时又实实在在地踩在这块熟悉的、古老的土地上，体会它最纯粹、最细致、最真实的一面。

八

六月里，在玉梅提议下，我们决定探访村子附近一条河的源头。这趟郊游预定要花一天的时间，事前没有什么特殊的准备工作。除了几个水壶，就只带了茶叶蛋、叉烧肉和烧饼，以及几个橘子和柚子，都是嫌家里的菜太油腻或太讲究的年轻人喜欢的简单食物。在破晓时分的乳色天光里，我们在河边潮湿的蜿蜒小径上列队而行。清朗的微风扑面而来，一种难以言喻的快乐笼罩着我们，自由得像摆脱了世间一切的约束。浸满露水的草地很快弄湿了我们的鞋子，却无损大伙的兴致。

玉梅走在最前面，她穿了一件浅蓝色的旗袍，襟上绣着一朵玉兰花，看起来容光焕发。她不理会跟在旁边的几个大男孩的嬉闹，专心地迈着步子，也使得整个队伍保持着规律的前进速度。在值得纪念的这一天，我在她身上证实了我已预见的一面，就是在她平静的温柔下，有一股顽强而任性的力量。她确实是色彩明朗、对比强烈的四川的"川娃儿"。这块呈淡紫色的土地上散布着杜鹃和灯笼花，以及金色的橘子和艳红的辣椒，它曾孕育出倜傥不群、思想开放的杰出人才，其中最有名的自然是李白和苏东坡。

玉梅不时停下来和身后一些年纪较小的孩子说话，我便是其中之一。每次当她转过身来，将乌亮的长辫子甩到一边，便不经意地显露出她颈项上的一粒黑痣，但立刻又被她清澈的眼神盖过，然后她笑着说："你们看见那个了吗？"或者，"听见那个声音没有？"于是我们不断发现一些未曾注意过的东西。她一下指着远处河对岸的高地，一下要我们看近处那些色彩斑斓、毫不避人的蝴蝶，一下又要我们倾听两只鸟的对答，要不然就是远处丘陵传来的回声，这是一名年轻农人在唱山歌，很可能是向对面山上的哪位姑娘传送情意；或者——从这里我看见母亲的身形动作——她拨开浓密的树叶或草丛，采摘野果及能做香料的草。她把跃动的生机传达给大家，同时也企图重新发现自己。是的，经过那样长久的禁闭后，她是多么热情、贪婪地在开怀生活。

看着她站在我的眼前，蓝色的身影融进泛蓝的周遭，我觉得她就是大自然的灵魂和声音，将这一切揭示给世人。

我们陆续走过几个村落。玉梅所到之处无不受到热情的欢迎。"啊，是三小姐来啦！""你们看，三小姐来了！"在当地，人们憎恨她的哥哥，却喜欢她。这一天，她除了一些橘子和柚子，没有什么好送给村民的。令郊游的这一群惊讶的是，这些土产的普通水果，在农民的眼里竟然是难得的奢侈品。孩子们还太年轻，不知道这些没有耕地的农民必须将有限收成的一半缴给地主。因此，农民接到水果，并不立刻吃掉，而是放在供桌上，等家人都到齐了再一起分享。到吃的时候，他们先用长满老茧的手万般爱惜地抚摸着，然后小心翼翼地剥开来，一片片慢慢地仔细品尝，水果因此显得无比珍贵，我们这些年轻人不曾想过水果会有这样的特质。为了答谢，他们回赠自己种的地瓜。地瓜肉白爽脆，第一口咬下去时稍微有点土味，但是嚼着嚼着，便涌出清爽甘甜的乳白色汁液来，愈吃愈令人回味无穷。于是大家一路上都在尽情啃着地瓜。

傍晚时，我们抵达河流的源头，一条简陋的河沟将河水引到村子中央。水清澈见底且流得很快。我们舀了一些来喝，又跳下去游泳。欢乐的气氛笼罩着每一个人，大家都很高兴完成了这次奇妙的远足，能够跟随滚滚流逝的神秘河流，并且一直探到它的源头。在河水的灌溉下，周围的植物特别茂盛。附近的屈家庄，是省里少见的一个整洁而富裕的乡野小镇。村里有个供奉大诗人屈原的寺庙，村民自称是他的后裔。他们接待客人特别讲究礼数，用上好的香片和蜜饯莲子招待我们这批又渴又饿的郊游者。

坐在寺庙旁的杨柳树荫里，面对阳光下青翠欲滴的稻田，犹如遗世独立般，置身于时间之外，或者更确切地说，置身在那个远古时期，当一切都尚未定形，人类有权替所有的事物命名：风、云、草、水……那时有受尊敬的贤达、被爱慕的女子，人们以节奏原始而明快的诗歌赞颂着，恰如后来屈原一生所做的一样。

踏上归途前，我们进入寺庙，玉梅在屈原的雕像前点燃一炷香，雕像左右挂着大小不一的牌子，上刻诗人的诗句。当地人告诉我们，这座庙建成于明朝，就盖在宋朝时立下的一个纪念石碑的所在地上。

村民说，寺庙建成后，香火从不曾断过。在这样一个偏僻而鲜为人知的地方，住着一些不识字的农民，他们竟然会敬拜一个两千年前的诗人——中国文学史上的第一位诗人，于流放期间投江自杀——，给人时空倒置的错觉，寓意深长。

返家的中途，天就黑了。大家知道反正到家时一定已错过晚饭，因此也不急着赶路，决定在河边野餐。我们用枯枝生火，烘烤村民们送的红薯，加上一些白天沿路采来的罂粟和香草。

唉！终此一生，我再也找不回那晚烤红薯的滋味！从此，不论在哪里，我都喜欢上烟的气味，它使我想起抽鸦片的伯父哀怨的叹息，也仿佛又听到玉梅点火时清亮如银铃般的笑声。

九

郊游之后几天，吃完晚饭，人们都跑到屋外乘凉。大家拿把扇子，在满天星斗下天南地北地闲聊。我一时兴起，抓了一些萤火虫放在玻璃瓶里，变成一盏手提灯，想拿给玉梅看。

进到她房前的小院子时，眼前的景象令人不敢置信。梦中的"情人"正在洗澡，全身赤裸地站在木头澡盆里，澡盆就放在院子中央。一名年轻女佣拿着小桶，一面谈笑着，一面将水从她肩膀上往下淋，流过她光滑坚实的身体。我提醒自己必须赶紧走开，却迟迟下不了决心，只能呆站着，听见一颗心怦怦跳着，整个人愣住了。第一次，一个活生生的裸体女人暴露在我面前。从我站的角度，能分辨出她的背部的侧影和高耸的乳房，因为水的关系，再加上月光，更觉冰肌玉肤，璨然生辉。洗完澡，她擦干身体，穿上睡衣，任领口不经意地敞开着，走过去躺在门前的竹床上，用一把草编的扇子扇着，继续和院子里忙着的女佣说话，然后她悄无声息，也许是快睡着了。我也在阴影里沉默着，双脚钉牢在地上。我到底停留了多久？一会儿，还是一生一世？我不知道。最后好不容易回到家里，像个梦游的人，或一个贼。

接下去的日子里，我深感羞愧，不许自己再去看玉梅。但是我一直在想，那天晚上看到的是不是幻影？或只是一场梦？我设法让自己相信这是一个梦境，而且几乎做到了。印在我眼里的这个发光的肉体，如此自然，难道不是我的想象力塑造出来的？尽管我努力不再想它，它却一再涌现，愈来愈频繁，变成一种执著意念。我不断看见自己在夜里悄悄地走近她，目睹她褪去衣衫，躺下来，进入梦乡。但是当我顺着脸部的轮廓抚摸她时，她清醒过来，定定地看着我，无邪的笑容使我手足无措。

有一天早上，当我醒来时，突然有一种强烈的欲望：一股不知名的力量催促我把这挥之不去的意念投射在纸上。我用一枝硬芯铅笔和一枝油性铅笔，开始描绘"情人"的头像素描。在急切的狂热中，我画出了内心里的意象。这张洁净如玉的鹅蛋脸留不住任何阴影，线条分明而敏锐善感的嘴唇有种内敛的肉感，深邃的眼里带着好奇的天真而益增神秘……随着我把影像转移到纸上，压在胸口的巨石也逐渐消失。看着奇迹在手底下成形，我不禁心跳加快。描绘头发时，我灵光乍现，有如神来之笔般，完全捕捉了玉梅把头发掠到耳后时，瞬间的动作与神情——刹那间，整张脸亮了起来。此刻，素描虽然还没有完成，我已感觉力不从心，必须停笔，不能再多加些什么，否则会破坏一切。我像个准备亵渎圣像的人一样害怕起来。我放下笔，任由一种解脱的轻松贯穿全身。

画像完成后，心情恢复了平静，我才敢和玉梅打照面。她看见这幅画，显得非常惊讶，不过她很高兴能有人把她的面孔和细微的表情记得如此清楚。她抬起头来，有点惶惑，深深地看进我的眼里。我知道，这时她第一次"看见"了我。

从那次以后，她经常陪我外出写生。我们最喜欢去的地方是树林里的池塘，可以从不同的小径走过去。每一次，我都有种说不出的感激之情，因为奇迹又发生了，因为她在那儿，在我对面或是旁边，跟我有说有笑，一待就是整个下午。当时是一九四一年夏季，抗战已经持续了四年。我快满十七岁，而她刚十八岁。在被世界遗忘的这个角落里，高高悬置起来的时间泛出永恒的滋味，就如同那座池塘，在它的倒影里，一切都是非凡的大事：掉落的断枝、飘过的云朵、点水而去的蜻蜓、俯冲的鸟、冉冉升起的烟、压抑不住的云雀叫声……

我们随兴而含蓄地交谈着。我画图，玉梅就在一旁看书、写信或是沉思。我从来不敢吐露心里的想法，也不敢向身旁这个女孩提出一些我认为不得体的问题。有一天，她看见我画出一排远处的树，背景是虚构的，她问我：

"你常做梦吗?"

"嗯,常做梦。"

"尽梦些什么?"

"喔,都是些噩梦。"

"噩梦……你心里有什么不痛快吗?"

"现在很好,可是平常不像这样。"

"和你母亲一起过得不好吗?"

"当然是不错的。可是我只有她,她也只有我。她老是担心我。我也一样,总是害怕她会有什么事情,久了很累人的。"

她沉默了一会儿,然后说:"你看,我有父亲、母亲、兄弟姊妹,但是却没有一个人关心我,这不是同样很累!"她苦笑了一下,接着说,"这点,我们倒是一样的,对吧?"

我还在思索着该怎么回答,她又说:"我们的一生真难解释。没有人真的享有自己的生活,好像总是在为别人活着。你看这朵野花,甚至连名字都没有,却能完全做它自己。我把它摘下来,借口说是爱它,却把它弄死了。这个世界上也是一样,有人无忧无虑地过他的日子,就有些人自认对他有权力,不经心地做了个动作,从此中断他的生活。然后,有一天那些人自己也消失了,没有人知道这到底是为了什么。真的,为了什么呢?"

经过这次谈话,我开始注意起玉梅的沉默。这时她的眼里飘浮着一层忧郁的阴影,有如雨前的池塘。我于是知道,首先她得挣脱宿命的枷锁。

次年开学不久，一个星期五下午，我一从学校回来，便去找玉梅。走进卢家客厅半开的大门，我万分惊骇地和其他几个已在场的人，看到令人血脉贲张的一幕：卢家长子正将暴虐的家法强加于妹妹身上。他一手拿着一条短铁链，另一只手紧抓着女孩的右臂，后者极力挣扎着想摆脱他的控制。男人双眼外凸，气喘吁吁地弯身朝向他手中的猎物。他强奸女人时的表情和现在一定没啥两样。我甚至可以肯定，这个"土霸王"乐在其中，我自己就曾体验过这种暧昧混浊的快感，那是在四合院的中庭里和一个小女孩玩耍时，我突然抓住她的肩膀，把她紧紧抱在怀里，可怜的女孩呻吟着拼命挣扎，企图咬我的手臂，然后渐渐在我的威力下瘫软下去……

卢家长子突然意识到有外人在旁，于是喝令把门关上，赶走围观的人群。到了晚上，消息传了开来：卢家三小姐又被禁闭了起来。不久，就禁止任何人上后山。长子的打手们在周围巡视，因为他们发现玉梅又联络上那名飞行员，有人在附近见过他和一批伙伴。他们身上也带着枪，一场流血冲突在酝酿中。

怎能忘得了这个骚乱的夜晚，人和狗的叫声混成一片，整个院子像一锅沸腾的水。"三小姐给绑走了！""三小姐逃走了！"我们在研究中心的宿舍里屏息倾听。妇女们含着泪，为逃跑的人祈祷，希望她不会被抓回来，更不会受伤。远处已经传来枪响。我在黑夜里冲了出去，几近发狂。我想大叫，但喉咙里只迸出窒息的呜咽。我绊到一截儿横在路上的树桩，摔倒在地。天空闪烁着无数星辰，地上的灯笼和火把在远处晃动。

对我而言，玉梅的出现，就像我们初次相遇的花园里的花：春天绽开，夏天怒放，在秋天结束前枯萎。除非她的消失正是要和这些花儿一样，为的是让她的形象从此超然于时空之外，永远留在我心里，并在我欲念的核心，以"情人"的姿态永存下去。

十

战争一直延续下去，生活愈来愈不容易，母亲已经负担不起我的学费。我只好转到一所公立中学，离家更远了。这所学校本来是收容流亡学生的，如今临时改成所谓的中学，由政府给予少量补助，和我以前就读的学校完全不同，教学品质低下，学生良莠不齐，有心念书的和来自各处浑水摸鱼的学生掺杂一起。

这是我第一次离开母亲，离开原先熟悉的环境。我突然陷入了残酷的现实。学校的物质条件极差，校舍是用编扎的竹子和黏土建成，窗子糊上半透明的纸，权充玻璃。对四川的大陆性气候而言，这样的房子只是聊胜于无罢了！夏日炎炎，屋里热得连桌椅都烫手。到了冬天，又冷得手指头都长满冻疮，根本无法握笔。嘈杂拥挤的宿舍毫无卫生可言，床上爬满了臭虫、跳蚤和虱子。虽然学校定期扑灭和消毒，但这些足够让整个连队丧失斗志的虫子却日益猖狂，它们迅速繁殖，钻进人们最隐秘的地方，日夜不停地吸血，噬咬肉体和灵魂，使人处于一种濒临绝望的焦躁状态。

学校的伙食也难以下咽，带着杂质的粗米饭配一点蔬菜，大家匆忙地站着囫囵吞下，从来没有吃饱过，老是感到饥肠辘辘。家境好一点的就到学校附近开始多起来的小吃店里补充养分。店里飘出来的牛肉面或叉烧面的香味，浓得化不开，对于没有能力享受的人，可望而不可及的"涅槃"意境想必就是如此了。这些穷学生们只有在碗里加一小块猪油，让它在热饭中化开来，靠这点些微的油脂，便足以让人心满意足，要不然就是嚼几粒大蒜或辣椒好下饭。

在这样体质普遍不好的情况下，疾病乘虚而入也是意料中事：肺病、痢疾、伤寒、疟疾和盲肠炎时有所闻。我自然也无法幸免。先是痢疾，一度使我病得死去活来。后来痊愈了，却似乎遗留了潜伏的副作用，因为往后，我时常突然肠胃绞痛，在床上打滚，医生却说不出所以然来。不久，疟疾又找上虚弱的我，我毫无招架能力。这种邪恶透顶的病将两股极热和极冷的气吹进病人体内，将他一分为二，再用布条密密实实把他缠裹起来，迫使他像个活木乃伊似的徒劳挣扎。

经过这场病，我从此对自己的身体感到害怕，它并不完全属于我，会对我做出最恶劣的背叛行为。它可以让外界的敌意潜伏在里面，不经意间成为我"内在"的一部分。我一会儿发高烧，一会儿打寒颤，眼见肉体从内部撕裂，根本由不得我控制，就像旁观一场空前剧烈的夫妻争吵，却无法干预。我独自留在凄凉的宿舍里，陪伴我的只有一个缺了口的热水瓶和几只老是刨抓床脚的老鼠，我只能不断地反刍回忆。事实上，在我那样的处境，这是我唯一能做的事了。我的生活内容就是生病。疟疾看来已经在我身上住定，因此发病期来得很规律，总是在上午十一点钟左右，我在之前就惊恐地等着它的"造访"。我很惊讶它是以探访者的形式抵达。这位访客的容貌令我迷惑：我觉得它一点儿也不陌生，同时又发现它和我记得的模样完全不同。它出现时产生的幻觉式恍惚，和我们以为在人丛中看见熟人的感觉相同，正要上前打招呼，却从某个细节上发现其实是另一个人。是的，只要细微的差异，熟人就变成了陌生人，"几乎对的"变成了"完全错的"。

刚开始，造访者的面目十分可亲。它用发亮的眼睛注视着我，令我昏昏欲睡。当热度欺身而上，我就往深渊坠落。直坠到深渊的底部，只看见上面仅有的一点光亮：对方的眼睛。为了避免窒息，我拼命朝光亮处攀爬。我的双手、臂膀、胸脯和两腿，贴住粗糙、长满倒刺的墙壁，有如攀在劈开磨尖的竹片上，弄得血肉模糊。因此，我的肉身经历了与自己割除腐肉的强盗相同的痛苦。为了克服更多痛苦，我死命抓住一个念头：至少做一次"英雄"吧！至少在这一次里去体会那名传奇强盗做得到的事，感受一个人能够加于自己，而且让别人了解的无以名状的痛苦。接近深渊的边缘时，我鼓起勇气，上面那双愈来愈明亮的眼睛鼓励着我，并露出放肆的笑容。我终于看见他伸出手来要拉我一把。

不幸的是，它的动作不够精确或者缺乏决心。我的手指在它的掌心里滑落，残破不堪的身体再度掉进黑洞里。如果不是上面的光亮继续吸引着我，我是不会有勇气重来一次如炼狱般的攀爬过程的。

第二天，我满身创伤，加倍惊恐地等待着发病的时刻，对造访者的光临心存感激。我仍然把它视为救星。因为我确实将思绪集中在它发光的注视上，才得以凝聚攀爬时所需的精力。但是，访客虽然表面看来很有善意，他的援救动作依旧摇摆不定。我也就只好再忍受着不可想象的痛苦，重走一遍老路。

经过几天这种出入地狱的考验后，我只剩下一身皮包骨，和历经百战、残柳败絮的军旗一样可笑。我被缩减成这样可怜的状态，以至于一切都不再重要，全部接纳或全部摧毁，结果都是一样的。这一刹那，我猛然惊觉，有人在捉弄我！这个人是谁呢？当然是那名访客了！在这段日子里，他把我的痛苦当成乐事。比如，他每天作势要拯救我，实际上，是为了次日能够重新享受这种折磨我的乐趣。这一天，我决定留在深渊底下，任由自己窒息而死，或者，如果还有一点力气的话，就玩那个能奈我何的游戏。我在伸手不见五指的黑暗中等待着。等了很久，直到……噢，真没想到，上面那人竟然消失在烟雾里。

他是谁？一定是来自远处，来自无限大外界的一个邪恶的陌生人。不过我也猜得到，他同时来自我体内一个隐秘的，从不曾翻寻过的角落。在这种情况下，我又是谁呢？我依然是自己的主宰吗？我在做什么，在这块土地上我又能做些什么？

在这段无人关怀，连臭虫被压烂的气味都变得可亲的日子里，我第一次这样问自己。在那之前，我总被情势推着往前走，用不着思考：父亲的过世、战争、逃亡……进学校念书，因为大家都这么做，也因为母亲省吃俭用地为我筹措学费，一再对我说，这是摆脱困境的唯一办法。后来由于战争和家庭变故，我的学业受到耽搁；我快满十八岁了，却仍然在这所流亡学校杂乱不堪的环境里蹉跎。只有在文学课上，我才提得起劲儿来，不论是当代文学还是古典文学，当然，还有美术课。即使是我认为最拿手的绘画，老师一面称赞我"颇有天赋"，"颇有个人的眼光"，另一方面却又责备我缺乏"比例和景深感"，甚至联想我的视力可能不正常。怎么能不怀疑我的绘画才能呢？反正画图是不能拿来当成职业的。于是我清楚地看到地平线上勾画出来的未来：我将是个"一无是处"的人，我的一生，如果我能活得下去的话，将只是在一切的边缘上。我想起最近刚念到的两句杜甫的诗：

但觉高歌有鬼神，

焉知饿死填沟壑。

一种固执和反抗的情绪在我心底升起。怎么，这个不可忍受的痛苦，就该屈服于它的勒索吗？一切痛苦不都随着死亡终止吗？而我，是和死亡，或者应该说和死人有交往的。当然我和每个人一样，想到死，会全身僵硬起来；可我同时也深信，总有死者在保护着我。

最奇怪的是，一旦我接受了做个"一无是处"的人，并愿意付出代价做个"一无是处"的人，便感觉摆脱了自从玉梅离开后就悄悄缠绕着我的自尽的念头。高烧和冷颤退去了，一种新的欲望攫住了我，在耳边絮语：留在那儿吧，把事情看个清楚。

十一

有一段时间，为了改善饮食，也为了得到治病偏方，有的学生开始吃起蛇肉和狗肉来。根据传统说法，狗肉非常"刚阳"，具有热性，可以治疗肺病或疟疾等"寒性"疾病。捕杀野狗通常是在乡野的田地或道路上进行，有时竟公然发生在食堂里。那些不幸于餐后混进来寻找一点人类残食的瘦狗立刻成了众矢之的。人类将几千年所驯养的"最忠实的朋友"打得四处逃窜，躲到桌下，绝望地扑向窗口，最后倒毙在棍棒之下。棍棒的力道够凶狠，没有击中目标而落在桌面时，可以把木板桌一劈两半……

校方终于禁止打狗了。许多人的暴力就转到人的身上。学校里丢东西的情况很严重，许多所谓"贵重"的物品经常不翼而飞。在那个极端匮乏的年代，一双皮鞋、一件毛衣、一条呢长裤、一本字典或地图，都属于贵重物品。宿舍的建筑非常简陋，外人很容易摸进来。有一天撞见了现行犯，警报一发出，追捕行动于焉开始。不明就里的人会觉得这一幕荒诞离奇，或者滑稽：在稻田的细小田埂上，一个男人气喘吁吁地跑着，后面像流星尾巴似的，远远地跟着四五十个人，跑得上气不接下气。这条起伏的人龙在乡野的地平线上跑了好一阵子，龙尾的精力不断由后来的人补充，龙头则渐渐筋疲力竭。很快，龙头不见了，被它不小心长出来的长尾巴给整个吞噬。

大家瞒着学校当局，正式地组织了一个审判小偷的法庭。就擒时已吃了不少苦头的偷儿在紧张的气氛下，被几百双威胁性的眼睛盯着，很快也就招供了，他对所有指控的窃案，不管是不是他一个人干的，全都承认下来。他声音发颤，用求饶的语气说明他是在什么时候，怎么偷的。由于失窃的东西早已被变卖，收不回来，法庭只得采取体罚。把他的双手捆绑起来，吊在屋梁上；在脚下放一张凳子，但是只让他的脚尖沾边。大伙组成了一个看守的警卫队。到了夜里，又担心把他给整死了——这个可怜的家伙呼吸已经越来越困难——于是同意放了他，但不忘警告一番，如果他或他的同伙胆敢再犯，将被处以"极刑"。这场审判领先后来的"人民法庭"十余年，可说已出现了少年执法人的样板，另外再加上原来就存在的以强欺弱的帮派现象，我隐约感到，有一天我将是这个产物的受害者。

　　除了不时会爆发的残暴本能外，另一个宣泄的渠道就是性。年纪大的、较有经验的，会向"不懂事的"或年纪较小的炫耀。起初是语言渲染。在宿舍里，大家围坐在黑暗的角落中，年纪大的巨细靡遗地描述他们的性经验，讲他们如何上妓院，夏天时，如何和女人在墓碑上做爱，并夸说女人喜欢这种调调，因为墓碑粗糙的温热表面会使她们更加兴奋。说的人被自己描述的细节弄得愈来愈激动，尤其当他们看到年纪小一点的同学听得目瞪口呆，因而喘息亢奋起来。我猜想，在这样的晚上，欲望未得到发泄的后者，任由前者来满足兽性的事必不在少数。

　　这种暧昧关系仅发生在少数人身上，奇怪的是，他们却制造出一种粗俗的风气，认为无论谈什么都应该加上脏话，把自己伤风败俗的恶性表现出来，而且吹嘘一些并不存在的性经验。营养不良造成的体能衰弱使许多青少年的性意识开始得比正常晚，也减少了较年长者的性欲。但是，一种暗中涌动的亢奋仍存在，往往是被一个渴求填补的需要维系住，被想象力所夸大。学生们上课时可以好整以暇地观赏几个年轻女老师，更大大开启了肉欲幻想之门。

教英文的校长夫人就是一个例子。她的脸长得很普通，但身材丰满结实，稍嫌过胖却并未破坏整体的比例，反而增加了线条美。她个性率直，不拘小节，流露出与生俱来的性感，她自己一定想不到对青年学生产生了多大的作用。大家心里都在想，那个刻板无趣的丈夫如何消受妻子这种潜在的魅力？嘴巴坏一点的人就说是"鲜花插在牛粪上"！夏天的时候，她穿一件无袖旗袍，男孩子们抢着像用功的学生一样坐在第一排，等着她一个自然或不经意的动作，再多露出一些肉来。这时候，坐在最后排、喜欢偷偷自慰的瘦子也得其所哉了。有一天，老师注意到他心不在焉，突如其来地问了他一个课本上的问题，他张口结舌地答不出来，全班于是哄堂大笑。但是当女老师接着问他："你腾云驾雾去啦？"他毫不思索地答道："是，是，我是腾云驾雾去了！"全班更是笑得前俯后仰，因为大家都联想到"云雨之欢"。在满堂的爆笑中，我们仍然听见不明就里的老师称赞他答得很流畅。当时我们念的是华兹华斯的一首诗《黄水仙》：

关于性，我深感迷惘。除了意识到我的身体不过是一个奇异的载体，它的需要不一定就是我的，我没有办法用"解剖学"或"兽性"的眼光来看别人指给我看的女人。女人，这个永不可解的个体，怎么可能如此平凡？这一定是个我们必须长期追求，甚至愈追愈远的东西。我发现我是多么轻易被所看过的裸露女体所左右。卢浮宫的女画像，那样真实，那样肉感，却也那样遥不可及；至于"情人"，这个曾经那样亲近，但只是从远处看到的人，她的形象已经突然被夺走，没留下任何可供追寻的痕迹。

然后，还有这些被强暴的女人的影像。我无法不去想象强暴行为的各种面貌，以及男人能从中得到的快感。但是这些念头又混杂了对自己的厌恶，感觉这些被羞辱击败的女人的绝望眼神对我投以沉默的指责。

因此，关于性方面，我觉得我也是生活在边缘上，永远不会有机会真正"进入"女人体内。并不是我和别人不同，我同样被一波波的欲望淹没，被色情的念头包围，或者把潮湿的夜看作不可告人的疾病。但有时，在我的身心间会涌起激愤，于是以一个讥讽的旁观者的态度来看待勃起。我想起在田野里见到的一匹瘦骨嶙峋的马，它孤单地立在那儿，在灰败的天空下，吊着的生殖器像多出来的一条无用的腿，滑稽的、病态的，好像什么也没法让它满足，活脱一个宇宙性无能的标记。

有一天，我逛到离学校不远的小镇。逛完市场后，我蓦然发觉自己居然跟着一名挑着两个大空篮子的村妇，她刚卖完鸡，篮子缝里还留有一些鸡毛。我的视线没法离开这个女人规律晃动的臀部，她闪着油光的红棕色小腿，脚踝上的涡涡，仿佛每走一步都在发出笑声。我跟着她到了周围不见人影的郊外。仿佛被催眠似的，无法停下脚步。当路弯向一处丘陵时，旁边有一丛竹子和金合欢洋槐。女人突然停下来，转过身来叫道：

"这样跟着妇道人家不难为情哨？不难为情哨？"

我确实感到羞耻，但我直盯着她，一句话也说不出来。在我正预备像条狗似的落荒而逃时，我听见女人说：

"来吧，来呀！"

她一面说着，一面退到树丛后，旁边是一处沙坡，在没人看得到的一块凹地上，利落地脱掉用一大块布包扎成的裤子。再将布平铺在地，自己躺了上去。这个景象竟然一点也不粗俗，相反地非常赏心悦目。在洗得泛白的蓝布上，这个浑圆的、象牙色的躯体，有如一朵盛开的睡莲，摊开着茂盛的绿叶。我接受了肉体的邀请，但是和女人自然的本能相比，我的动作笨拙而慌乱。

仓促中，我想象了那样多次的行为，最后彻底失败。女人已经开始穿上衣服。她离去时抛下的暧昧笑声使我更加难过。我留在那儿，又窘又觉滑稽。

我在下一次市集时又见到那名村妇，并到同一地点重新来过。渐渐地，我进入了女人的节奏里，她发出呻吟，吐出一些完全无邪，但绝对淫荡的字眼；这些字眼使得我热血沸腾，把我带上了高潮。

有一天，我在市场里遍寻不着那个女人。我猜想她可能是在丈夫生病期间代替他的工作，因而才能出来的吧。

十二

班上有个四川帮，全是当地富有地主的儿子。这是一群从不念书，只是到处杀时间、混文凭的纨裤子弟。他们只对武术感兴趣，因为可以满足权力欲。一个有点痴呆、外号叫"兔子嘴"的男同学，就成了他们的出气筒。兔子嘴因为犯了无心的错误，被逮到把柄，只得任由他们颐指气使。事情是这样的：几名高年级的学生收买了一名印考卷的工厂员工，答应把题目透露给他们，于是便让兔子嘴去拿考卷。兔子嘴以为只是单纯跑腿的差事，很勇敢地答应了。不幸消息走漏，校方立刻修改了试题，但未能查出企图偷考卷的人。可怜的兔子嘴从此便生活在害怕被揭发的阴影下，长期受到帮派成员的勒索。帮里的人把他视为"国王的小丑"，来满足他们无理的要求。有一次，为了好玩，他们在放学后脱掉他的裤子，让他半裸着留在教室里。我冒着得罪他们的危险，拿一条长裤给他，否则他就只有等天黑了才出得了教室。我平常是不太受人注意的，这样做竟招来了他们的敌意，但是我不后悔，因为在一次集体打斗中，我结识了浩郎，总算结束了孤独的生活。

浩郎是东北人，才十九岁就已历尽沧桑。他幼年丧母，父亲又过世得早，由叔父抚养长大。在战争爆发前两年，他被送进天津一家五金工厂。有一次和工头发生争吵，他在没有任何其他打算的情况下离开。后来以打零工维生，几乎沦为罪犯。好在十六岁的他还相当理性，感觉出内心里有一股不妥协的火在燃烧，知道自己的生命不应该只靠强健的体力。他按照一张招贴的指示，到一群进步知识分子办的夜校上课。战争也就奇迹似的在那里把他接走。他加入了一个"抗日救国"文工团，到各地巡回演出，后来甚至到了前线。他年纪小，在工作上是生手，但周围有许多经验老到的艺术家，耳濡目染下，他爱上了诗歌，也以诗人自我期许。不幸的是，还不到两年，以共产党占多数的文工团受到政府怀疑，而被迫解散。他就是在那个时候来到我们的中学。这个北方男孩，个子比一般人高出一个头，古铜色的肌肤更显得气势不凡，阴沉而平静。我在战后看到一部美国片，非常惊讶地发现浩郎的神态和马龙·白兰度竟然有些相似。在方才我所说的那场打斗里，对方猛打我的腹部，为了保护这个要害，我像虾子似的躬着，拳头像雨点般落在我的肩膀和头上。浩郎正好经过，便拔刀相助把我救了出来。混战中，一本书从他的口袋掉在野草堆里。我将它捡起来，随着我的"救命恩人"离开。把书还给他时，我瞥见这是一本惠特曼的诗集《野草》。想到书名和刚才自野草堆里将之拾起的巧合，我们不禁大笑起来。

我和新朋友于是开始了热烈的交往，感觉像是沙漠里的旅人突然碰见了一处绿洲。最初的那段时期，为了弥补过去的空白，彻底驱逐孤独的魅影，我们不放过任何见面的机会。逃课、不做功课、牺牲睡眠，甚至可以不吃饭。浩郎最后不惜故意留级，以便和我同班。我们相互比较彼此的生活经验，毫不保留各自的想法。浩郎是个天生的诗人，又对文学着迷，交谈中自然流露了他广博阅读后的丰富文化素养。在他的导引下，我进入一个令我目眩神迷的华美殿堂。我的知识远比他贫乏，但是我觉得仍然在我们的交往中提供了我这方面的光亮。由于我的感性比较深沉、比较"病态"，加上对绘画的体认，我较能超越事情的表象，掌握其间的缝隙和裂痕。

这个投入了全部热忱的交往使我意识到，友谊的激情在非常情况下竟能和爱情一样强烈。我很自然地把和浩郎的关系拿来和玉梅比较。后者给我的触动深及肢体，她所引起的怀念或眼泪，温柔得让人以为是故土里漫出的泉源。透过"情人"的眼睛，组成宇宙的所有因素都是敏感的，它们之间又被一道独一无二的光辉连成一片。相反，和朋友的相遇则是一种爆发，产生了剧烈的震撼，将我带向未知，带向不断的超越。身体外形上的吸引，在我们饥渴的需要中不是主要的磁石。对方在我眼前展开的，是一个意想不到、深奥难测的精神境界。那么，在未经雕琢的自然中，另有一个用语言来表现的现实。这位年轻诗人热情奔放的谈话以及他的作品，让我了解到，对于一个长于思考和创造的人，生命中没有什么是关闭的，一切都永远开放着，并且滋生意义。在"朋友"的陪伴下，我整个人焕发开来，从此走向一个光彩夺目的未来。

浩郎对中国古典文学和现代文学涉猎颇深。此外，他又结交了一群青年诗人，他们继由胡风发掘推广的七月诗人之后，在云南的首府昆明——几个全国著名的大学在抗战期间迁移至当地——开始形成气候。他和穆旦的交情特别好，认为他是其中最优秀的。我对现代中国文学略有所知，读过一些大作家，尤其是鲁迅的作品。在浩郎的引介下，我阅读了许多其他作家的书，他们描写中国的许多现实，就像这是一个取之不竭的梦想和悲剧的矿藏。但是，我较倾向于挖掘一些根本性的质疑和震撼人心的揭露，因此，这些对冤屈和不幸的描写无法真正让我感到满足。我业已知悉，人类的灵魂里藏着浓烈的激情和探索欲，而到目前为止，文学语言都似乎太过于谨小慎微了。

当我认识浩郎时，他的兴趣正在转向，凡是能找得到的有关西方文学的书，他都一概不放过。当时这方面的出版特别兴盛。中国人对西方文学其实相当熟悉，从二十年代开始和整个三十年代，一窝蜂地翻译了大量的作品，没有任何规划，品质也良莠不齐，因为很多不是直接翻译原作，而是通过英文或日文的转译。但是，运动已经推展了。一九二五年时，鲁迅不是以他名作家的影响力，规劝青年读者们"尽量少念中国书，多看外国书"吗？在变动巨大的四十年代中，开放的需要格外迫切，引进外来文学的有利条件也较为齐备。由于战争的关系，大量知识分子和出版家都聚集到西南方的几个大城市中，像重庆、昆明、贵阳、桂林等地。此外，由于政治上的禁令愈来愈严格，以及创作资源的暂时枯竭，许多作家转而翻译，其间又得到联盟国家的代表——英国人和苏联人——在中国活动的鼓励。当美国人抵达时，除了成吨的器材和粮食，也带来了非常丰富的文学普及本。

我们把所有出版的翻译书都找来读，诗歌、小说、剧本和论述，不遗漏任何作家，包括北欧和中欧地区。那时，我万万没想到，有一天我和法国将有特别密切的关系。但是，两位本世纪的法国作家，罗曼·罗兰和纪德，对我和浩郎，以及许多这一代的中国青年，确实产生了决定性影响。他们在中国拥有这种超凡的地位，得归功于两位杰出的翻译家——傅雷和盛澄华，两人都曾留学法国，并和这两位法国当代作家保持着联系。啊，人类语言多么奥妙！声称文化是不可兼容并蓄的人绝对想不到，一句特别的话，能够从它的出处，穿越一切障碍，到达世界的另一端，被当地人了解。那句话愈是真理，被了解的速度就愈快。在这个世界的另一端，我们只要打开一本印刷粗糙的书，就能立即进入一个截然不同，但很快便熟悉的天地。我们生活在极度贫困中，有疾病，有轰炸，生命犹如系在一条线上。然而，透过想象，我们却过得滋味无穷！

只要是晴天，一定会拉警报。敌机的轰轰声朝首都冲来，一路散布死亡。我们已习以为常。课停了，大家躲进在山坡上挖出来的防空洞里。对我们而言，这算是意外的收获。在泥土和松香的气味中，我们任由微风吹动手中的书页，一连几个小时，沉醉在阅读中。陪伴我们的是约翰·克利斯朵夫，是普罗米修斯，是回头浪子。纪德的《地粮》，我们看了又看。这些作品真是文学的顶峰吗？我们不多过问，要紧的是它们直接和我们沟通。约翰·克利斯朵夫试图透过德、法、意这三种文化来完成自己，受到各种考验。在那个我们都对欧洲格外憧憬向往，又一味追求生命意义的时期，从他多灾多难的故事得到诸多领悟。进而了解到，在中国文化和印度及伊斯兰文化对话之后，西方不仅是最主要，更是绝对避开不了的对话者。纪德和一个中国人说话，就像这个回头的浪子和弟弟的恳切畅谈。他劝告他要从心底汲取自身的能源，找回热忱，扩大欲望，敢于突破家庭和社会传统铸成的枷锁，这正说进了所有在衰微古国里寻找理想的中国人的心坎。

这个古老的国家若要走出困境，首先，必须经历万般磨难。两位翻译家都未能做到纪德所说的"决心快乐"，或活到罗曼·罗兰小说中所谓"大器晚成"的寿命。二十多年后，"文化大革命"期间，当反西方布尔乔亚倾向的运动闹到最高潮的时候，傅雷眼见他全部藏书和手稿被抛散出去，或当着他的面焚毁。他的房子被充公，只能和妻子挤在一间窄小的房间里。他被戴上"人民公敌"的大帽子，日以继夜地被拖到红卫兵面前，承受没完没了的盘问和虐待。这对夫妻最后决定一起离开残暴的人世，以免留下活着的人受罪。盛澄华则被送入干校。他虽然健康很差，仍然被迫从事体力劳动。先是兴建营房，然后下田种稻，一整天双脚都踩在泥浆里，没有任何防备血吸虫叮咬的保护措施，他那高龄的躯体暴露在恶劣的环境下，以致肌肤黄肿，身上的汗积成了蜡。有一天，烈日如火，他在田中央倒了下来，头栽进水里，来不及吭一声，就这样过去了。

十三

西方的召唤，或者更正确地说，是欧洲的召唤。虽然那里正在发生可怕的灾难，我们却无法不将之理想化，把它看成"天赐的乐土"。我们从书上渐渐熟悉了莱茵河和多瑙河，阿尔卑斯山和比利牛斯山。只要一提到地中海，就有一连串神话和传奇空谷回音般地传来。是的，波德莱尔所说的"异国芳香"使我们联想到的，不是热带的某个岛屿，而是古老欧亚大陆的最西边。这个神奇的名字唤起我儿时在庐山居住时的回忆，山里住了许多西方传教士，我还差一点被他们"西化"了。过往的一切如今历历在目。

在各种芳香里，我最早认识的是书香。启蒙的记忆是英国传教士打开他那深色木箱时所冒出的气味。那是一个长形的箱子，摆在客厅的墙角，平坦的盖面上铺着软垫，可充当坐椅。这些砖块般的书籍漂洋过海，稍微有点发霉，在檀木箱里放久了，气味特别浓厚，带着时间磨出来的光泽。这一天，父亲应传教士的要求，送来几副对联，供教区的节庆使用。在等候父亲慢慢替他翻译解说中间，我好整以暇地沉浸在这个令人着迷的书香天地里，横写的蟹行文字中穿插了许多色彩鲜艳的图画。画上的人物那样逼真，魔鬼般的写实几乎让人害怕——这种写实是中国绘画无法接受的。我们不敢用手指碰触，生怕他们会从书上走下来……

然而，除了书的内容我完全无法了解外，书本的质感也令我惊讶不已。这些大小不一的书拿在手上很有分量，它们结实的躯体，硬朗的装订，和用半透明的细薄纸张缝制的中国书大异其趣，后者如此轻柔，古老的墨汁泛着红光，更加散发出一种说不真切的、混合着青草和干树枝的气味。若说中国书是植物做的，西方的书，在我看来，所用的材料是矿物，甚至是动物性的。有些书的封面是用厚纸板和硬壳纸制成，书内纸张的空白处偶有一些留了很久的印子，周围泛出一圈黄色，这使我联想到"梦石"（大理石或玉石的切割面上蜿蜒的脉络有如想象的风景），只不过这里的石头非常神奇，可以一页页地剥开来！有些书的封面使用真皮的材料，较为柔软些，但是很牢靠，摸起来甚至有点扎手，几乎以为在抚摸一头带有麝香的野兽：黄鹿或者野猪。

因此，在我的记忆中，书本的气味和西方人的体味又自然地混杂在一起。当中国人在窄巷里和西方人擦身而过时，不论对方是单独一人还是成群结队，都会闻到这种气味。到底是什么很难描述（西方人也不知道，和他们生活一阵子后也不再闻得出来），我猜应该是牛奶。很多中国人用"有奶味儿"来形容，其中没有任何轻视的意思，而是一种实际的观察。这个饲养猪和鸡鸭的古老农业民族，从来就没有尝过动物的乳汁。中国孩子们，除了母奶，就只知道豆浆。因此，当中国人初次品尝牛奶或者羊奶时，会感到反胃，甚至想呕吐。至于我，西方人和牛奶相连的体味完全不干扰我，甚至会令我觉得愉快，因为我第一次发现时就产生了美好的感应。那是一个夏天的早晨，在庐山的一条小径上，一群穿着露肩夏装的西方少妇和我们擦身而过——卢浮宫裸女的鲜活再现——她们预备到瀑布下的小潭游泳。

那段时期，父亲要到牯岭出售药草，再买一些其他的货色回来，常带着我一起去。镇上经过全面整顿，周围有好些花园洋房。通衢大街上有许多行政机关、旅馆、餐馆，以及中国的和外国的商店。有一天，走过一家店时，我被窗里传出来的熏人欲醉的香味给震住了。当时我不知道究竟是什么味道，我无法分辨奶油或香草，也闻不出什么是冰淇淋或巧克力慕斯，只是从这些气味中认出了再次令我振奋的成分：牛奶。商店明亮耀眼的外观证实了我的推测，这是一家新开张的西方糕饼店。

以后，每当父亲和药剂师在谈生意时，我就站在通气口的下方。这一刻令我心醉神迷！在温热香气的包围下，我目不转睛地看着玻璃橱窗里陈设的光亮物品。怎能不起遐思呢？怎么会看不出来，我所习惯了的和这个激起我欲念的东西，两者之间多么不同？就拿颜色来说吧，中国的糕点是用谷类和蔬菜为基本材料，表面大都颜色素浅，纯粹是以水彩绘成。有些蒸熟的面食甚至保持着面粉的原色。其他用麻油或猪油炸成的酥饼或饼干，咬起来很脆，而深棕色的外皮好像是抹了酱油烧烤而成。就橱窗里陈列的西点来看，虽然也有颜色浅的，但给人的印象是闪闪发光的金黄，有时带着奢华精致的层次感，只有牛奶、牛油或鲜奶油才能在烘烤之下产生这样的效果。有些糕点还覆盖着鲜艳的水果。水果柔顺的线条和装蛋糕的纸型模子形成和谐的对比。是的，西点的形状本身让人联想到别的东西。

和中国点心的柔软、浑圆、浑然天成相反，西点轮廓鲜明，几何对称，活像袖珍的雕塑品或建筑模型。西点店里年轻的女店员，胸前若隐若现的乳沟仿佛就是有一条细缝的金色小面包。然后我发现，这些糕点和她们的身体、头发和眼睛的颜色、偏于粉红的乳白色皮肤，以及上面要细察才看得到的蓝色筋脉，搭配得巧妙异常。连她们强健结实的骨架，都似乎反映在这些让人垂涎欲滴的点心里。我觉得，发明这些糕点的西方人，把自己投射进去，在里面寻找本身影像的忠实反映。他们等于不断在品尝自己的影像。

说到吃，在这段时期中，我脑子里无时无刻不在想着的就是"奶"这个字，及所有用这个字根所组成的词："乳房"指的是女人的胸部，"奶油"指的是用乳脂肪提炼的产品等等。我曾在一本儿童读物中看到隐形人的故事，于是幻想自己也成了隐形人，那么我就只有一个念头，在夜里悄悄潜进西点店，然后在一间灯火通明的房间里，看着奶水从这些少女膨胀的乳房流进水晶杯里。然后，她们用这些奶水做蛋糕时，我便到贩售部，不慌不忙地逐一品尝所有陈列的糕点……

这个令我苦恼的欲望，父亲很快也注意到了。这个始终穿得很差、从来没有进过一家高级商店的老实人，有一天因药材卖得不错，决定为儿子买一块最便宜的蛋糕，一个鲜奶油的锥形糕。吃的时候，我的嘴小心万分地包裹着这个圆锥体，牙齿嗑在香脆的外壳上，舌头溶化在向往已久的鲜奶油里！这种异国滋味，我在中文的词汇里找不到适当的词句来形容，但是我很满意地发现，这个滋味百分之百符合了我最极致的想象。总括来说，一切欲望的满足都蕴藏在欲望本身。现在到了十九岁，我不再有孩童时的纯真心灵，但这个微不足道的、和西方第一次接触的经验，使我有了迎接所有新事物的勇气，哪怕是来自最遥远的地方。

为了光耀滋养我的这块土地，我自许在未来成为画家。无可避免地，我将遇见西方的绘画。高更、莫奈、伦勃朗、维梅尔、乔尔乔内或丁托列托，所有用颜色来颂扬一切事物的大师，我将与他们展开心灵上的对谈。有种奇异且早就了解了的感觉：东方以一减再减的方式，设法达到了淡薄的原味，使个人的内在和宇宙的本质相合；西方则以人世的富裕，颂扬物质的光辉，一面推崇实存世界所显示的诸事万物，一面彰显他们最为私密和最为疯狂的梦。

十四

看过了罗曼·罗兰和纪德的书，《约翰·克利斯朵夫》、《贝多芬传》、《田园交响曲》……我们兴起了想听西方古典音乐的念头。文学和绘画，我们或多或少可以透过翻译和复制品接触，至于音乐，除了偶尔在美国影片或老唱片上听到一些，其他几乎一无所知。有一天我们看到交响乐团演出的告示——节目中正好有《田园交响曲》，演出地点在三十公里外的城里，得走一整天的路才到得了。于是我们前一天就出发，晚上便要求借宿音乐学院。我们睡在教室里，将课桌并起来当作床。音乐会是在次日礼拜天的下午。

这生平第一次的音乐会特别令人难忘。演奏到《田园交响曲》第三乐章，鼓声大作有如狂风骤雨时，空袭警报响了。指挥没有中断演出，因为第一声警报之后还会接着第二声，警示日本人的飞机即将抵达。结果，在两次警报中间，大家得以听完第三乐章，然后井然有序地躲进防空洞里。当音乐会在两个小时的警报解除后继续下去时，全场聚精会神地，带着欢欣的微笑，和激越之后平息下来的悠扬动人的第四乐章灵犀互通。

音乐会结束后，我们提着一盏灯笼，再走一个晚上的路回到学校。反正我们也兴奋得睡不着了。中国的音乐，矜持而幽远，往往如泣如诉，因此我们没有习惯欣赏如此威严、如此具有征服者气势的西方交响乐。后者不是在顺从自然，它撕裂表皮，刺穿血肉，变成脉动的本身。这首交响曲勾勒的，无疑是遥远欧洲的麦田和牧场，但它却如此贴近我们这两个漫漫黑夜里的行者的心灵！梯田里满是蛙鸣的聒噪，泛滥四溢的月光仿佛回应着我们节奏分明的步伐，一圈圈地、规律地扩散开来。对于已经醒悟的人，不论多么古老的土地，在他们的眼前仍像第一次受感动时那么鲜明生动！

好几个月后，才有另一场音乐会，这次是由美国乐团和一名中国独奏音乐家合作演出。我们说什么都不能错过。节目单上有两首德沃夏克的作品：《大提琴协奏曲》和《新世界交响曲》。从协奏曲的第一个音符开始，乐团散发的魔力就逐渐发酵。上一次，我深受感动，任由自己被贝多芬的音乐托载着。这一回，它触及得更深，直达肺腑。当慢节奏的乐章开始时，一只友谊的手牵引着我，带我进入这个不断上扬的旋律里，它愈来愈高昂，变化多端，但又不断地回到原地，每次都绕行不同的路径。奇怪的是，这个音乐如此遥远，如此奇异，却让我感到非常接近，犹如熟悉的中国古典音乐。如果两者有差异，则是在西方音乐里，旋律的变化可以节节击破，达到剧烈的割舍之情，然后发出无以安慰的悲叹，再返回到主旋律。

这个割舍和回转的想法，使我脑海里升起一个久别的旅人回归家乡的情境，就如同中国古诗里所描写的近乡情怯：当他离故乡愈来愈近时，步履也愈来愈沉重，为他即将发现的事实感到害怕。离家期间，家里是否曾发生意外或有人去世？只要村里的人随口主动告诉他一切安好，他的脚步就轻快了起来，几乎可以凌空而去。他又觉得自己拥有一种至高的权力，因为大家等待着他，现在轮到他来安慰对外面世界一无所知的亲朋邻里了……只要旋律不停，故乡就好像近在眼前。听着音乐，我任由情绪的波涛承载着，它让我感觉，我将随时随地和亲爱的人重逢：母亲、妹妹、情人……

聆听音乐会时，我被那位大提琴手和他的乐器给吸引住了。这是我第一次看见大提琴，对这件大型乐器和演奏者的不成比例也深感惊讶。这是一个苍白瘦小的中国青年，和当时所有的中国孩子一样显得营养不良，他的身高看起来根本应付不了这件乐器。但是他一旦开始全神投入演奏，人和乐器的不协调便消失了，就像一个发功作法的巫师，动作再是粗鲁不雅，看起来也自然不过的了。大提琴手夹紧双腿，用右臂环抱着乐器臃胀的躯体，一会儿粗暴地对待它，一会儿又温柔地爱抚，经过这番感人的近身格斗，他和大提琴这既吸引人又拒人于外的乐器合为一体，甚至令我们怀疑两者还能否分得开。主旋律不断重复，更加强了这种忧虑。有一会儿，我心想，演奏者会不会忘了乐谱，受音乐蛊惑而不得不一直延续下去。及至看到乐团沉着地继续演奏，我才放了心。在黄昏的金色余晖里，我仿佛身处幻境中，注视着台上这个活的整体，里面两个相迎又相斥的元素在内心进行交流，所有低贱的和高超的，痛苦的和欢乐的，先是互相对峙，然后掺杂混合。

由于主旋律一再回来，我突然有种疯狂的幻觉，它永远不会停了，而我也从此钻进女性聚集的大地母胎中。但是，乐章陡然结束，就像情人的不告而别。同样的眼泪和灰烬的味道哽在喉头，但这次我也许没有那样孤独，因为有朋友在身边，而且一种新的信念在我内心滋生。我发现自己在对渐行渐远的亲人们喃喃耳语：

"一切都已失去，一切均将复得。我辗转四方，无法再碰触到你们，但我会以别的方式和你们重聚。我们将会是不同的模样。是的，我不会忘记今晚所作的许诺，一九四三年五月三十号晚上。"

那一夜，在回程的路上，我第一次和浩郎畅谈玉梅。我们谈得那样深入，仿佛她来到了我们身边。自从我和浩郎相识以来，所有的时间和精力都用在相互发掘、同享友谊的激情上，几乎没有谈到女人。我约略知道浩郎在这方面有些复杂的经历。尤其是他在文工团的那段日子，团里的青年们的生活很开放。在中学里，他有过两次得来轻易也失望得快的交友经验。我则相反地经验贫乏，想象力格外丰富。在这次夜行中，我吐露了很多心里的话。我的诗人朋友给我的回应中有一句深印在我的脑海里，他说："我们这块古老衰败的土地，竟然还能孕育出玉梅这样的人才！也许这正是但丁或歌德所想的：拯救我们的将是女人！"

十五

德沃夏克原籍中欧，他的音乐拉近了人们和欧洲大陆的距离，俄国就更像是近在眼前。由于那里正在进行血腥战斗，这块土地比任何时候都备受瞩目。我们曾读过的一些二三十年代时翻译的俄国文学作品，现在更是炙手可热。四十年代中，接连出现了许多品质较佳的新译本。捧读这些书时，我们不自觉地将这个套着层层枷锁而强烈地渴望解脱、饱经磨难却仍然充满梦想的国家的命运，当成了自己的命运。我们学会了喜欢那里广袤的原野，不论是肃杀的冬天或是炎热的夏季。又因为陀思妥耶夫斯基和契诃夫深沉详尽的描写，我们甚至爱上了西伯利亚这块天谴之地。托尔斯泰则希望它能带来复活的消息。在中国内地穷乡僻壤的温热红土地上，我们以一种难以置信的心情想着这个生活了那样多可爱人物的地方，却万万没有想到，有一天，我们将去到它的附近，和它仅隔着一条河。

当时，陀思妥耶夫斯基笔下的"俄国灵魂"或"斯拉夫灵魂"等名词所引起的效应也困惑着我们。"我们是谁？这个人们称作中国，古老垂亡的国家是什么样的国家？它的灵魂在哪里？它的命运是什么？我们自己的创作之路在哪里？我们一味看着别处，难道不会迷失吗？或者我们已经迷失，包括所有内心的声音和一切至真的价值？"这些问题对浩郎的困扰更甚于我，我相信卓越的灵魂冒险和随遇而安的飘泊人生。他希望更新诗的语言，因此较有切身感。经过几天的思考后，他很肯定地宣布了立场：

"没有什么好犹豫的了。我呢，我绝对站在鲁迅这一边。灵魂，要么有，要么没有。如果有，就不会失去。不然，就是在我们必须寻找它时，才正在失去了它。如果我们必须死过之后重新再来，那就从死里复生吧。如果我们要消失了，就接受化为灰烬的事实，灰烬里也许会生出什么我们不知道的东西。就目前而言，救赎来自别的地方，来自外国。首先是西方。许多疑问在那里提出，许多创作在那里完成，我们不可能不予理会。但是要注意，我们不能盲目地将西方的一切移植过来。过分的理性主义和强权思想，将西方人对生命、宇宙及其他的国家文明隔离开来，在他们眼里，这都只是征服的目标而已，我们一个多世纪以来身受其苦，战争的摧毁和令人窒息的外强的占领接踵而来，连一点喘息的时间都没有。当他们把全世界都踩在脚下，找不到征服的目标时，就疯狂地自相残杀。你看看，美丽的欧洲如今变成了什么样的废墟！我呢，我说的是真正的创造者，是那些设法显示真理的人。他们的呐喊或歌声，在我们闻所未闻的自由中回响，划破了远处的地平线。是的，我们需要另一个极端的震撼，使我们得以剔除败坏腐烂的根茎。没有灌注新的血液，引进新的光线，你说我们怎么能够进入真正的生活？唯有如此，我们才能在庞杂的文化遗产中分辨出必须保存的价值。奇怪的是，读了这些西方著作之后，我更能了解自己的文化。我从里面挑选出百余名永远不该放弃的、最必须读的作者。你会说，对一个五千年的文化来讲，这个数目并不多。但已经足够铸造一个灵魂了，如果有灵魂的话。"

然后，好像为了缓和一下过于严肃的气氛，浩郎笑了起来，挥手在空中画了一圈，说道：

"如果我们每天打太极拳，就输不了。老师曾说过，太虚之中，元气运行其间，连接此方和彼方，说不定也可以连接过去和将来。"

他发表了这番讲话的次日，拿了一首刚完成的诗给我看：

当忧愁笼罩你时

把它推向天边去吧

你，划开云朵的野雁

身负衰朽了的季节

芦苇冻结，枯树焦黑

蜷伏于暴风骤雨下

而你却不再歇息

自由飞翔，抑或亡逝……

在故土和天空之间

你唯一的王国：呐喊！

我立刻把这首诗背了下来。我知道，浩郎在宣布他今生的道路。

我同时也明白，抉择的时刻近了。最后的灵光一闪，来自刚从美国寄到的《生活》杂志上几幅印象主义的油画。我当时便已发现，莫奈、塞尚和高更的画是多么超凡出尘，我尤其觉得和凡·高那些呈块状分裂的形状、颜色的大胆混合，以及他在生活的那一刻所捕捉到的独特感受特别贴近！他的作品在我的心里回响，有如一个友爱的呼唤。是的，我们这个下界，再是短暂，也需要有人来诠释表达。我虽然一无所有，今后将以绘画作为表达的工具。我用不着再寻找。这是一个天职吗？不是的，应该说是命中注定。

十六

当我和浩郎醉心于个人的创作时，国家的处境每况愈下。战争继续拖延下去，到处可见的贫困现象越来越严重，但是发国难财的也大有人在，尤其是位居要职的权贵之士，他们在战乱时期敛财致富，寡廉鲜耻。机关里从上到下贪污成风。牺牲庞大人力物力建造的滇缅公路让战时的中国得以和外界沟通，有人就从这条通道进口日用品在黑市出售，赚取天文数字的利润。舞厅里的香槟像水似的流，小老百姓和新涌至的难民则三餐不继。面对汹涌的民怨，政府只有加强警察镇压一途。滥用权势加上普遍失控，形成了贪污腐败的温床，最后导致荒谬悲剧的发生。报上每天都有丑闻。在我生活的角落里，就亲眼看到许多让人气愤不平的事。

比如权重一时的财政部长，在美国银行开了户头，存进巨额挪

用的公款，又在和我们相邻的镇上据有一座温泉庄园。庄园内设置
警卫队，专门负责他个人的安全。警卫队队员仗势欺人，日甚一日。
当大队长发现当地人的反抗情绪已有一触即发之势，便决定当众杖
罚一名队员，以收杀鸡儆猴之效。被抓出来的士兵趴在地上，两旁
各站了一排士兵。每排里面走出一人，用扁担打在他屁股上。指挥
官在一旁不停地命令道："用力，用力!"因为打的是同胞，开始时
都不忍下毒手。打了一阵子后，执刑的士兵退回队伍里，改由另两
人接替。这名替罪羔羊起初还硬挺着，忍着不叫出声来，只听到低
沉的呻吟声。到后来他突然明白，上面是要他的命，于是大声嘶喊
起来，同时不断求饶："求求您，队长! 饶了我吧! 饶我一命，队
长!"过了一段时间，他的叫声衰弱下来，晕了过去。大家把他提起
来，拖着他绕场一周。他清醒后，再继续杖罚。最后，这个垂死的
人臀部血肉模糊，内脏显然被打破了，才将他卷在一张席子里带走。

　　这次在镇民围观下采取的公开处罚，非但没有平息众怒，反而
更引起公愤，除了地方上的居民，大学生也加入了。大家要求公开
审判大队长的不法行为，指责这是一种"封建野蛮余风"。最后财政
部长的答复只是关闭庄园，将警卫队迁往别处。放弃这座庄园对他
其实毫无影响，他很快又在专供特权阶级享用的一处刚整修好的温
泉站找到了新居。

　　不论环境多么恶劣，关心国家命运的中国青年再次觉醒了。自
世纪初以来，每一次国家在危急存亡的紧要关头，站在第一线上的
都是青年人。抗日战争爆发后，他们就毫不犹豫地参加各种抗敌活

动。许多人为了革命理想，穿过封锁线，奔赴延安或其他共产党军队占领的地区。在这个动荡的年代，革命的熔岩又从地底冒出，它所经之处，不着痕迹地点燃了年轻热情的心。

在我们的中学和离得最近的大学的邻镇上，到处可看到这些青年共产党人和其他认同他们的年轻人。他们作风朴实而有尊严，眼里透出一种清明、笃实和坚决的神色，明显地与众不同，秘密警察其实也是靠这种特色认出他们来。他们的姿态和谈吐在周围的粗俗罪恶中显得鹤立鸡群。我在战后看到一部描写耶稣基督的美国影片时，又记起这种明显的对比，片子本身不怎么样，但有一幕令我印象深刻：最早期的基督徒脸上纯真的表情和罗马人脑满肠肥、荒淫无度的样子多么不同。后来，我也有机会看到满清末年中国基督徒的照片，他们的眼神和周围环境的迥异同样让人难忘。

在这些渴望正义并且心甘情愿为之牺牲——后来他们的命运也确实如此——的年轻人中流传着各种禁书，很快也到了浩郎的手中。他开始如饥如渴地读着，也让我看了很多在莫斯科出版的马克思、恩格斯、列宁，以及毛泽东、刘少奇、艾思奇等中共公认哲学家的书，再就是各类文学杂志。有一天，谈到他在战争初期参加过的集体行动时，浩郎对我说：

"我们将是革命家。要和共产党人并肩作战，或者必要时加入他们的阵营。不是说我要遵守他们的教条——除了有些我觉得有道理的历史分析外——而是我们别无选择。这是目前唯一有效的革命力量。在当前民不聊生、缺乏公理的时候，我们必须做些什么来挽救中国，哪里还能一味只想到个人的荣辱成败？"

若说我赞成他的观点，也愿意参加维护正义的行动，但对于加入一个严密的组织，绝对服从对方，并放弃一切个人思想，我仍然在根本上无法接受。更明白地说，我不相信个人的命运可以在事前被决定，也不相信这块土地可以成为一个自足的天堂。那始终存在的邪恶，我无法想象有一天会被根本剔除。一群人，尽管为数不少，如何能够自称替自己，尤其是替别人，合理地建造一个理想社会？

我的直觉接近道家思想，相信宇宙是在不断创造或改变之中，地球只不过是一个暂时的歇脚处。浩郎认为目前应该摧毁旧秩序：枷锁一旦去除，我们就进入一个新环境，再设法以别的形式求发展。我于是向他指出，这种有组织的革命力量，很久以来就在各处分枝发芽，一旦大权在握，是不可能自行退出的。我的理论在某个程度上动摇了他，但他心里仍在准备必要时加入革命的队伍。为了面对体能上的考验，包括忍受酷刑，他甚至叫医生替他割除盲肠时不要用太多麻药。

一九四四年的夏天，因战争而耽误不少学业的浩郎和我终于高中毕业，我们正在思考往后的出路时，命运之神来敲门了。玉梅的讯息辗转传到了我母亲手上，她在信中表示非常渴望再见到我。经过那次戏剧性的逃离后，她和飞行员在重庆生活了一段时期，后来他们分了手。现在她住在 N 市，一个河港城市，在一个川戏剧团里演出。我们立刻决定步行穿过广大的四川省去找她。完全没有想到，我们从此进入此生真正的冒险之中，再也不能脱身。

十七

教人怎能不响应大城市的召唤？我们已经被隔绝得太久了。重庆（"双重庆祝"）这个名字在脑海里回荡，有如一首不识全部歌词，但闲来无事时忍不住要哼唱的流行歌曲。我们犹如走向一盘渴望已久的美食，急切而焦躁地投入它的怀抱。那里挤满了人和各式各样的车辆，但所有干扰的因素都消减不了我们的热情。我们不在乎它的噪音、灰尘，也无视于它在八月底时火炉般的燥热，以及路边小吃摊散发出来的辛辣川菜的刺鼻气味，甚至沿路运粪车的臭味都让我们感到新奇。

四川被两条河包围着，嘉陵江在北，长江在南。重庆居高临下，有如一个半岛，由一连串顶部平坦的丘陵组成，两条大河相会的顶端，有一大块岩石山嘴。在丘陵顶部和山岩的斜坡上，一层层混杂着低矮的民房和高楼大厦，像是牢牢地攀附在岩石上的贝壳。街衢巷道到处都有数不清的阶梯相连。

高处伸展着或宽或窄、依照地形而建的大街，全部朝向十字路口延展，栉比鳞次地聚集着各式商店、餐馆、剧院、电影院、舞厅、茶馆以及美式酒吧。

有些多树木和石子的地段，就整建成公园，从特意安排的观景平台上望见的风景，气势之雄伟壮阔，只有中国水墨画长卷才足以尽情展现。

在岬角两侧流过的嘉陵江和长江均由西往东，前者呈宝石绿，虽然水流较为疾速，看起来比较幽雅、女性化。而长江，宽广辽阔，从遥远的青藏高原起源地开始，沿途携带的河泥将水染成了黄色。这两条河在半岛的顶端混合，激起怒吼的杂色浪涛，然后汇成一条壮观的大河，往前奔流，所经之处摧枯拉朽，长袖一挥分开了两岸的梯田，双肩一耸，划开山脉，任其往下游铺陈而去，一望无际。

当黄昏的暖色光线笼罩下来时，多彩多姿的景色总会让闲逛的路人情不自禁驻足停留。不论朝哪个方向，北方，南方，或者河的对岸，你的眼光一定会被形状各异的丘陵所吸引。它们就像在争奇斗艳，隔水唱和，以彼此强烈的对比，用心地构筑整幅大胆调和的风景。北边的丘陵覆盖着深色的高大树木，中间罗列着峥嵘的岩石，几座可望而不可即的寺庙坐落其间；南边的风景比较轻松愉快，绿色在淡粉的薄雾中显得柔和，散置着一些花木扶疏的庭园和可爱的独院房屋。

这个本来静止的整体因两条河不稍歇的流动，尤其是密集的人类活动而鲜活了起来。从此岸到彼岸，或者来自远方，数不清的各类大小不一的船只，从强劲的蒸汽船到努力和风浪抗争的舢舨，它们交错而过，相互回避，以便准确地到达各自的目的地。港口离半岛的尖端不远，永远热闹异常；人们上船下船，背负着行李或货物。天黑后，从市区的高度上，只听得见人们的吆喝声混杂在浪花拍岸的哗啦声里。两岸的灯火一点点亮起来后，我们不免假想是天上的神仙，从银河观看着下界的美景。

在一九四四年的夏季，战争爆发七年之后，重庆市的疾速发展到了惊人的地步。虽然有七年的战争所造成的贫困，难民不断涌至，城市本身一再被摧毁又一再重建，保持了繁华的表象，发了国难财的新富们在这里如鱼得水。在等候迟迟不来的胜利期间，重庆有一种末代王国的气味，有如烧焦的废墟下尚未掩埋的尸体臭味。

娱乐区内的餐馆和茶馆日夜爆满。在肉麻粗俗得令人恶心的音乐里，喝得满面通红浮肿的客人伏案大嚼，试图在这一刻遗忘一切。也常见一些休假的美国兵，比一般人高出一个头，带着一名"吉普车女郎"，在酒吧之间流转。

首先吸引我们的是美国电影。我们像发高烧似的在电影街跑来跑去，一点也不在乎排在电影院前的长龙，看完了一场又赶下一场。只要进了电影院，就像跨进另一个世界，那个大洋彼岸的国度，多么惊人的神游！这是另一种空间，另一个生活步调，一种从自然和人的身上发出的无穷活力。我们惊讶于这种经得住一切考验的生命力，这种直接、义无反顾地面对生活的方式，如此任由过分饱满的精力爆发出来，如此无忧无虑的自信，以及这种战时的中国人几乎不能忍受的物质宽裕。我们进入一个用另一种类型的环境和建筑构成的世界。这个世界里的居民和风景之间，以及他们彼此之间，都有一种截然不同的关系。他们有不同的需要，有另一类的满足，有其他的激亢、快乐，全都在一种无节制的变动中。电影明星们，不论男女，都过于光鲜照人，化妆得太完美无瑕而显得虚幻。他们似乎不是这个地球上的人，而是来自另一个星球。

新奇感是来自空间的差异，也是来自时间。中国人活在一个世纪，美国人又活在另一个世纪，要调换世纪或改变生活习惯都不容易。银幕上的爱情戏里，女人们忘情地施展魅力，长长的拥吻，刺穿了中国人腼腆的外衣。在黑暗的电影院里，人们承受着震撼，先是尴尬和惊讶，继而暗暗欢喜起来。他们感觉热血奔腾，深藏在想象里的龌龊念头浮出了表面。影片的内容若不是夸耀伟大的情操就是描写风花雪月的爱情故事。这些都不重要。透过布景和人物，我们得以在想象中，重新组合看过的美国小说，包括霍桑、杰克·伦敦、斯坦贝克等。

市中心的电影街旁有许多剧院。为了替我们和玉梅及戏剧圈的相逢做准备，我们也对正在上演的戏产生了浓厚的兴趣。当时剧院里演的是西化了的话剧，和讲究唱腔武打的传统京剧不同。在话剧里，不再有各种帮助演员演绎空间和时间的面具、道具及象征性的手势。戏剧在写实的布景前进行，时间有一定的长短。故事的情节紧凑，处理的主题比较接近现实生活。剧目里有一些外国作品——英美或俄国的，但主要仍是中国作家的创作。在观众热烈支持下，当代的剧作家们正处于创作的高峰。因为各地的人才集中于有限的空间里，出现了有利于戏剧文学发展的黄金时期。战争使得全中国的作家、艺术家和演员们都汇集到几个后方的城市：昆明、贵阳，尤其是重庆。其中的大多数，都是左派或属于"进步派"，演戏对他们而言并非儿戏。有的直接攻击现实问题，他们意识到正在参与一个非比寻常的历史时刻，在准备中华文化的复兴。

艺术创作的热潮，强烈对比着严格的查禁，以及秘密警察广大的监视网及镇压行动。多么怪异的情势，多么怪异的时代！重庆是战时国民党政府的首都。这个中国的合法政府一面展开对日抗战，一面集中部分军队包围中国共产党长征之后的定居处——延安。抗战初期，以"团结一致，共御外侮"的名义，国民党与共产党曾经合作过一段时期。共产党利用这段两党相安无事的时期，在农村和日本占领区有所发展。国民党政府有所警觉，于是基本上决定分裂，表面上仍然维持联合，也不得不允许一个共产党代表团留在重庆。他们便在当地积极展开各种活动，出版报纸、开书店、组织地下工作站。

这个代表团和知识分子、艺术家及美国记者们来往密切，赢得不少好感，并借此使中国共产党在国际上拥有某种声望，连带得到某种程度的保护。这样便形成了诡异的局面：拥有绝对权力的政府必须采取迂回手段方能镇压共产党。政府拨给秘密警察大笔经费，使它在各地拥有拷问处，以及精良的武器和众多的干部。秘密警察不分日夜地监视和追捕嫌犯，他们不能在光天化日之下行动，便制造各种暗中逮捕的机会，嫌犯或者被送往集中营监禁起来，或者就此失踪。

但是对于渴望改变现状的人，这些都阻挡不了他们的热情。在这种恐怖统治下，胸怀理想的革命志士仍然暗地里互通讯息。他们即使从未谋面，也可凭借信号准确地彼此辨识。一个交换的眼神或微笑，好像在说："啊，你是自家人！"然后义不容辞地卷入危险的地下运动。很久以后，我才意识到，战争结束前这短短几年，是一段宝贵的自由时期。中国这个长期在帝制统治下的国家，每当改朝换代时，总会在旧朝代崩溃、新秩序尚未建立的空隙中出现这样的时刻。此时，杰出的人才和英雄人物争相在各地冒出头来。他们奔波于广大的帝国，寻找其他同类，一起生活，甘苦与共。和古代小说中的那些人物一样，四十年代的革命者也无惧于危险，起劲地过着他们的地下生活：秘密会晤、私下传递消息、无声地拥抱；外界的压力愈大，他们愈是昂奋，如同偷情的恋人，在惩罚的威胁下，益感刺激。

我们到"进步派"开设的书店或共产党经营的新华书局买书时，就感受到这种生活在恐惧中的刺激。秘密警察多半在书店对面租下房子以便监视，书店里也有便衣混杂在顾客中，等他们盯上的人一出门就伺机追捕。他们眼神闪烁，心不在焉地翻着书，其实很容易被识破。许多顾客明知有危险，但渴望阅读和碰见其他面孔的欲望那样强烈，仍执意到书店去。如果只是翻阅而不购买，危险就比较小，否则一本"红色书籍"便足够秘密警察当作证据了。虽然有风险，我和浩郎离开时，两人口袋里还是装了书。

一到外面，我们即加快脚步。浩郎低声对我说不要回头。走到一条热闹的大街后，我们停下来看一张电影海报，发现果然被一名特务给盯上了，尽管他和我们保持相当的距离，但是很醒目。

浩郎一面走一面说：

"让我来教训教训他。"

"得当心，他有枪。"

"我会的，"他接着近乎愉快地说，"啊，这叫我想起过去在文工团的时候，我们也碰到过这类人物。"

"进这条巷子里去，"这个大胆的人说，"好了，就是这里。我躲到这个门后，你继续朝前走，走快一点，一副没事的样子。"

要抗议也太晚了，虽然我的脊背突然僵硬起来，腿也软了，还是尽量加快脚步。太阳本来就照不进这条巷子，重庆的雾远近驰名，在这九月初的下午，巷子已阴暗如夕了。

过了一会儿，我听见一声闷哼，接着是人倒地的声音。我还来不及回头，浩郎就跑过来了。两人快步走出巷子，下了几级阶梯，到了一条大街上，混进人群中。背后晚了一步的两声枪响，被浓雾和车辆的嘈杂声给遮掩了，更像是在向我们的解脱道贺。

浩郎大笑着描述了一遍他方才施展的招数：

"腰杆上一拳，下巴上再一拳，小腹上最后一脚！"

第二天，我们把这座令人又爱又恨的繁华大城市抛在脑后，踏上了旅途。

十八

继重庆之后，我们开始深入四川的偏远乡野。全部行程耗时一个多月。由于所带的钱很有限（政府发的助学金在中学毕业后就停了），中途我们必须不时替人打零工换取吃住。除了碍于情势坐了几趟公车和船，我们都是在艰难的条件下凭着两条腿赶路。但是，没有任何阻力能使我们气馁。即将见到玉梅的喜悦，以及我们一路发现到的景观，对我们而言都是独一无二的经验，这是一趟启蒙之旅。我们往后一生都会记得，而且明白：这里和重庆一样，虽然有强大的传统压力和政权的监控，但由于它的不稳定，对当时整个中国和个人来讲，其实也是最为开放而焕发的时期。

除了童年时住过的庐山外，我对中国乡间的了解极为有限。浩郎则几乎都跑遍了。他对北方的黄土高原和江南的运河湖泊了若指掌。内陆的大陆型气候和差异极大的自然景观，它们高傲的神态和光彩夺目的美景，令他赞叹不已。

根本不必走访诸如峨眉山或二郎山等旅游胜地。因为这块土地的任何一个角落，都完整地呈现它独特的样貌。深凹的红土山谷，血色的软泥，和它们穿插交错的羊肠小径，令人联想起原始土地的五脏六腑。小径像鞋带似的在山坡两侧错叠而上，在梯田中蜿蜒而行，或者直爬向顶峰，有的林木茂密，有的冒出凌空的巨石断崖。岩石上，叶片宽大的黄桷树荫下，可以一览无遗地欣赏山下的风景。诸色杂陈的山谷，参差不齐的丘陵，经常包裹在水光闪烁的稻田蒸发的氤氲云雾中。

素有"天府之国"美称的四川，养活了八年抗战期间逃难至当地的中国人民。这块物产富饶的土地，生产种类之繁多和数量之庞大，令外地来的人惊讶不已。除了多汁香甜的水果，诸如橙子、柚子、广柑、水蜜桃、柿子和李子，更不用说遍地的枣子和甘蔗，另有颜色鲜明、气味强烈的各种蔬菜。它们的外观往往有一种放肆的性感。芦笋从叶子中冒出来，巨大的萝卜长满了须根，很像亢奋中的性器官。白菜由光滑的叶片包裹着，带着玉石和翡翠的颜色，有如富态的女子丰满的双臂；至于茄子和番瓜，它们浑圆发亮的外形，不禁令人联想到蹲在水边的洗衣妇古铜色的大腿。

这种天然的富饶更使人难以接受农民普遍的贫穷，他们是不公平的土地政策的受害人；即使如此，和中国许多地区的农民比起来，已经算不错了。在某种程度下，战争对他们有利，农产品变得无比珍贵，但他们当中最为富裕的人充其量也不过小康而已。不论他们的生活条件如何，每个人一无例外地遵守待客的传统：大方地招待找上门来的旅客。尤其在农忙时期，对愿意帮忙做点农活的人，他们很乐意提供住宿。

我也观察到，这里的居民吃的是丰富多样的食品，无形中也被食物塑造出某种性格。农民很少有粗鲁无理的。插秧的工作需要耐心和精确的动作，也孕育了一个吃苦耐劳、心思细密的劳工族群。他们的说话声浑厚而有节奏感，具说服力的腔调使得所用的字眼饶有趣味，充满了很具象的形容词，和他们每餐少不了的干辣椒一样辛辣强烈。

我尤其忘不了向一户人家要开水，配吃中午的干粮这件事。我们敲门后，一名手上拿着长管烟斗的老人过来开门。浩郎问他：

"老伯，能要一点开水吗？"一面指指我们放在那棵树下的背袋，"我们在那边阴凉地歇一下。"

他观察了一下两个赶路人疲惫的神色，热情地回答：

"我的儿子和媳妇下田去了，我让孙女儿给你们预备开水送过去，"然后朝屋里叫道，"大妹子，烧点开水！"

当老农民带着一个十五六岁的女孩来送开水时，他看见我们正从袋子里拿出干粮，便主动提议道：

"这里太热了，你们到里面来吃吧。我们已经吃过了，你们可以用桌子。"

我们坐下来准备吃饭时，女孩看见我们只有一些干馒头和烧饼，便跑进厨房里，不一会儿就端出一盘加了青豆和香葱的蛋炒饭。蛋炒饭香味四溢，配色协调，引得我们食欲大振。女孩被两个狼吞虎咽的陌生人旺盛的胃口感动了，又跑进厨房端来了一盘有名的四川泡菜。这类泡菜采用特别的腌制法，蔬菜保持原来的新鲜和颜色，漆了蓝色图案的泡菜罐子使得菜的色泽更为可人。一口蛋炒饭，配上一口香脆的白菜或萝卜泡菜，就是少见的地方美味了。最后一碗菠菜豆腐汤更是画龙点睛。这顿临时张罗的午餐，虽是粗菜淡饭，却是我们永志不忘的盛筵。

我们用餐时，屋主人打破他的含蓄，问我们：

"你们从哪里来的?"

"我们是学生，刚念完高中。"

"所以你们是读书人。很好，很好。俗语说，'书中自有黄金屋'嘛。"然后，他又别有含意地笑笑说："'书中自有颜如玉'呢！"

"那不一定啊！您瞧，我们活像两个流浪汉！"

"以后会来的。在我们家里，一直梦想有个子孙能念书呢。但是日子过得那样苦，田里的活儿永远做不完。再说，拿什么来付学费呢？我的祖父不识字，父亲也没念过书，我和我儿子还是一样不识字。"

老人的眼神里闪过一丝遗憾，遗憾未能过另一种生活。

稍停了一会儿，他又问道：

"你们预备上哪儿去？"

我表示，我们要到N城找一个在戏院里工作的朋友。

"那很远啊。很好，很好。就像古人说的，行万里路胜读万卷书。啊，演戏！不久前，下过一场大雨后，村子里请来了一个戏班子。两年前，我们碰到很严重的旱灾，谷仓里的东西都吃完了，差点儿要挨饿。今年又先有一阵子干旱，请来道士念了经，不晓得做了多少次求雨的法事。男人们在太阳底下一跪几个小时，不停地在龟裂的泥土地上磕头，地上全是死蝗虫。大家一起乞求老天爷降雨，用带刺的芦苇在裸背上抽打，都抽出血来了。最后，下雨了，好大的雨，就在那时请了戏班子来唱戏。这是最好不过的酬神办法了，他们唱得好着呢，不是吗，大妹子？"

女孩突然听见爷爷叫她，一时羞红了脸，老爷爷又继续说下去：

"第二天，他们很快就把台子拆了，到别处去了。唱戏的人很特别，生活不正常，但是他们到哪儿就给哪儿带来欢乐……"

我感觉老人的眼里又闪过一抹向往另一种生活的遗憾。但他老早就已放弃这种念头了。他生于斯地，也忠于斯地，忠于这个祖先代代相传的土地——不计代价地守护着它，也为了在某个炎热的天气里，给路人一杯开水和一碗蛋炒饭。

获得这家人的好感后，我们决定停留几天。在这个初秋时节，农活是做不完的。浩郎适应得很好，体力劳动难不倒他。只见他打着赤膊，轻松地加入农事的行列中。我和他比起来就显得吃力多了。我只能做点粗活，帮着女孩和她的两个弟弟割草喂猪。吃过晚饭后，一天的工作结束了，大伙儿共同把脚浸在不时添加热水的大脚盆里，谈天说笑。

我们这两个路过的"短工"睡在猪圈旁的小房间里，要老半天才能习惯熏人欲呕的臭味。幸好房间朝向后院，吹来一点曝晒蔬菜和水果的清新气息。这些由女孩负责摊开在扁平竹篮子里曝晒的果蔬，有茄子、玉米、菜心、柿子、枣子和李子等。所有形状颜色各异的产品并列在一起，构成一个完整的菜圃。这个后院其实也是女孩的秘密花园，她经常要到后面喂猪。由于我们的小房间实在太闷了，床上又长了臭虫，便干脆睡在外面。

当我们必须再上路时，这家人都依依不舍。走了约一小时的路程后，绕过一处丘陵地时，我们听见一个尖锐的女声在唱着山歌。透过这个仿佛从远古传来的歌声，我们听见了中国妇女深藏的情感，不论是注定在封闭的山谷中度过一生的农妇，还是被迫生活在深宅重院里的名门闺秀。我们被这个愈来愈高昂的歌声所感动，抬起头来，瞥见丘陵顶峰上那名养猪女孩的身影时，就更难以自处了。我和浩郎知道，是我们身上"异乡人"的浪漫，牵引起了她的情感。

十九

尽管我们希望在农家过夜，但并非每次都能如愿。我们尽可能地找学校或庙宇，而不去住大部分又脏又臭的旅馆。我们把包在油布里的棉被打开，将课桌或拆下的门板并起来，铺上被子，睡在上面。我们的花费极少。晚饭时，常买一些很能塞饱胃的大饼，然后在餐馆的角落等候收工，因为这时跑堂空闲些了，给他一点小费，他愿意在炒过菜的锅子里放进开水，撒点葱花或时菜，弄一碗汤给我们。再晚一点，到了价廉物美的担担面出来卖消夜时，我们又可以饱餐一顿。这种现煮的细面条有十几种美味的配料供人选择。有时，我们也会意外地被请到家里做客：我习惯在茶馆里拿出画本来，替周围的人画素描，有人过来搭讪时，浩郎以他的口才很快就攀上了关系。

我们尽可能在茶馆里逗留，一方面可以借机休息，另一方面是为解决一个重大的问题：口渴。除了天然泉水，生水是不能喝的，因此旅途中的人总是在找开水喝。茶馆里的好处是，只要叫一壶茶，就可以在长椅上一待几小时，没有人会干涉。跑堂的提着一大壶开水，在桌子间穿梭，看到哪个茶壶空了，就过去添满开水。他从我们肩膀上，把壶提得老高，拉着长长的水柱子，将滚烫的水直接注进茶壶或加进茶杯里，从来不会洒到旁边或漫出一丁点来。

远离了市镇，行走在大自然中，口渴就是旅者的一大考验。这个大陆气候的内陆省，夏天的太阳炙热异常，摸什么东西都是烫手的。气候之外再加上特殊的地理结构，整个地区的地势非常奇谲，一会儿往上爬，一会儿又下到很深的山谷里。（当我们问一名农民，从一座村庄到另一座村庄的距离时，他总是回答说：去要多少里，回来要多少里。他在计算中是把地势考虑进去的，往上爬的路，需要的时间就多出一倍。）如果是在沙漠里，自然就得忍受口渴的煎熬了。这里口渴的打击却是在没有防备之下突然而来。一再地流汗，风干，再流汗，就发现体内的水分已经枯竭了，整个人简直就要溶进红土地里。是的，这个地区的一切感觉趋向极端：绝对的流汗和绝对的口渴。

但也有绝对的满足。大自然好像在向疲惫不堪的赶路人眨眼示意，沿路上总长出枝叶茂密的黄桷树，形成一片宽广的阴凉地。在微风吹过的树下，一定有提供橘子、西瓜、甘蔗等水果的摊贩，他们一定有菊花茶。热茶喝下去，先是让人大量出汗，然后把渴意从体内彻底消除。

更意外的感觉是在季节更替的时候。天气极不稳定，毫无迹象地，天空突然乌云密布。空气里散发出一种使人睁不开眼的光亮，茂盛的葱绿渐渐变得轻盈透明。有一阵子，一切都在等待中凝固。山谷屏息聆听杜鹃的鸣叫，鸣声开始在乡野间回响。暴雨来了。一场天空开裂大地均享的豪雨。旅人愉悦地在雨水里洗个痛快。雨后，湿透了的乡间反射着翡翠的光辉，无以计数的杜鹃花开出红色或紫色的花朵。根据传说，这些色彩鲜艳的花是杜鹃啼叫过度，呕出的鲜血，杜鹃则是望帝追寻死去的爱妃，他伤痛灵魂的化身。超自然的召唤，荡漾在这个充满传说的国度，和这个介于怀念和期待的季节中心。

当时我们看了纪德的《地粮》，切身感受到这位作家常用的一个词：止渴。后来，我读兰波的诗，印象最深刻的不是他的一些名诗，而是《渴的喜剧》那一篇。念兰波的诗也使我想起在四川山谷里产生的想法：若说人是个永远会口渴的动物，大自然，水的来源地，则能够不断满足人的欲望。由此可看出，造物者不会造出他所不能满足的欲望。人所以会口渴，是因为有水存在。人，的确有欲求的自由，但是只能冀望现实中已经拥有的。甚至当他希望拥有无限的时候，是因为无限已经在那里，为他做好准备，尽管其中意味着无穷的探索。确实，人的欲求，包括最为向往的原就在那里，先存在于欲望中，否则我们能够想要它吗？我相信，就如同我小时候吃到的蛋糕一样，欲望的完成必须从欲念本身去寻找。

人类这种有条件的欲求自由，非但没有降低或者缩减人的存在，反而将其提升扩大。它将人的存在放进一个浩瀚无际的神秘现象的核心，使人的冒险较不局限、虚幻。和浩郎肩并肩走向玉梅的这一路上，我怀着这种也许天真的信念，对自己说，如果我到人世来注定要四处流浪，至少我要将其转变成激情的追寻，总有一天会知道目的何在。

至于浩郎，口渴则唤醒了他在中学里被压抑的老习惯：喝酒。我们在偏僻的途中经过一些酿制高粱酒或米酒的私人酒厂，散发出浓郁的发酵气味，方圆十里都闻得到，像磁石一样地把好酒之徒吸引过去。为了陪伴浩郎，我有时也吞几口这种辛辣的烈酒。

有一次离开这类酒厂时，我忽然肚子剧烈绞痛，一时寸步难行，倒在一棵大树下，蜷缩成一团。浩郎见状，飞奔到邻村找来了轿子，把我送到大镇上的旅馆。这座传统旅馆非常嘈杂，装饰了细花纹及镂空窗格的木板墙隔音很差，大厅或隔壁房间的喧哗声肆无忌惮地传进来。一方面还得忍受茶房一趟趟的打扰，他很殷勤地送热毛巾、茶水，提议你买些小菜和蛋糕，或不露痕迹地向你推荐花姑娘。最后，房间总算恢复了它应有的效用，关上门隔绝了外界的纷扰。在我被送到旅馆的途中，我一直疼痛无比，却坚持不请医生，我知道他们对这种来自肉体深处的毛病束手无策，只有靠耐心和毅力等它自愈。

为了稍微平抚我的痛苦，浩郎一言不发地握住我的手，久久不放。然后，他自己也累了，在我旁边躺了下来。感觉到朋友坚实的肌肉和均匀的呼吸，我的腹痛渐渐好转。睡在我旁边的这个人，有一副庄稼汉的身躯。他和中国农民一样，能够喝田里的水而安然无恙，能够任由蚊虫和臭虫叮咬而无动于衷。这个既结实又柔软的身体好像从我的病体里，引流了所有坏血和苦涩的分泌物，只剩下酒精产生的微醺，而且是经过净化的微醺。子夜过后，靠着朋友熟睡的身体，我感觉到少有的解脱和舒适。

二十

不能喝酒多令人遗憾！等于脱离了中国真正的现实。我最后终于承认了这点：这个现实是彻头彻尾浸着米酒味的。这种在喝时要加热的黄酒，发出的蒸汽把你一点点地带入幻境；至于浓烈的高粱酒，当它在你的体内流过，你就变成一面猛然被敲响的铜锣，震得四壁皆响。这些让人醉倒的饮料，有如源源不绝的泉水，穿过所有细胞层，灌溉着人的生活。自上古时期以来，有哪个诗人不歌颂赞美酒的芳醇？幸好在旅程中，有浩郎替我们撑面子，应付了不少意外情况。

有一天，在某个小镇上，我们坐在一家小酒馆阴暗的角落里吃东西，这时走进一个看着就叫人不安的人物。一眼就看出是那种在地方上作威作福的黑社会小混混。他选了一张中间的桌子坐下，跑堂的赶紧放下手边的事，殷勤地跑过去招呼，他含糊吐了几个字算是命令，跑堂立刻送上几壶酒和数碟小菜：卤菜、花生米、皮蛋等。

酒馆里原来的谈笑声停了下来。只听见男人倒酒的声音，他咂着厚嘴唇，咕噜咕噜地灌酒，一面满意地发出"嗨，嗨……"的赞叹声。

"没人来和我喝一盅吗？"

没有人动一下。大家都知道他的酒量特别好，谁要是喝不过他，会被他毫不留情地当众侮辱。

"真没种!"他又开始自斟自酌起来。

"他妈的,都是些龟儿子!"他大笑起来。然后,拍着桌子吼道,"老子可要发火了!"

他朝我们望过来,认出了我们是外地来的,又说:"那边是些干啥的?"

浩郎站起来,朝他走过去。那位混混有点惊讶浩郎如此高大,一看便知不是本地人。

"你打哪里来的?"

"关外来的。"

对方是否认为东北"满洲国"是另一个世界呢?要不然,"关外"这两个字似乎搔到了这个小土霸王的权威感。他把碗装满了酒,递给浩郎:

"喝下去!"

浩郎一口就把酒给干了。对方赞了一声:"好!"继续把自己的碗添满,仰头喝了,再给浩郎添酒。

这一幕持续了很长的时间。浩郎神闲气定,面不改色。中国人是个喜欢喝酒的民族,但酒量并不大,因此长久以来,能够持久不醉被看成一种男子气概。土霸王明白他今天碰到对手了。他突然问道:

"你到底是干啥的?"

"我刚念完高中。"

"以后呢?"

"我想当诗人。"

男人被这个料想不到的回答愣住了。为了表示他也懂一些诗词，他背了一段大家烂熟的唐诗，然后下命令说：

"唱个什么给我听！"

现在轮到诗人愣住了，他完全没有准备。犹豫了一会儿，他念了一段屈原写的长诗。借酒助兴下，他愈来愈投入，浓烈的北方口音也使在座的人听得入神。当他念道：

> 曼余目以流观兮，
>
> 冀一返之何时？
>
> 鸟飞返故乡兮，
>
> 狐死亦必首丘。
>
> 信非吾罪而弃逐兮，
>
> 何日夜而忘之！

土霸王大叫了一声："好！"一面拍了一下诗人的肩膀。他从口袋里掏出一张纸，上面画了一些看不懂的咒符，递给浩郎说，"这是鲍老爷给的，拿着，可以保身的！"

这张揉皱了的纸，画了些奇怪的符号，不过确实是鲍老爷的手书。我们两个起初想把它扔了。可完全没有想到，在我们的旅途中，它真的变成了我们的护身符，尤其是当警察局长带着两名招兵员来抓我们的时候。局长是一个偏僻小镇上的小警官，我们运气不好惹上了他，只不过因为不小心多看了他两眼。他看出我们是外地人，单刀直入地问：

"你们两个在干啥？"

"您不是看见了吗？什么也不干嘛，在走路。"

这句坦白真实的回答在盘问者听来显然口气太冲了点。他当时没说什么，只管朝地上吐了一口口水，一面骂骂咧咧地："那就走，走啊！我操！"

后来，他带着两个部下来抓我们。要不是及时拿出那张护身符来，我们就难逃被绳子套着脖子、当场剃光头拉去当兵的噩运了。到了战争末期，军队里面都是些被强迫征召的人。

我们亲身体验了已经知道的事实：不论是在农民们胼手胝足耕耘的乡野，还是在物产富饶、风光明媚的大自然，到处都有黑势力存在。在已经够凶狠的官员后面，还有一些秘密警察、秘密社会等地下势力存在。诚实的老百姓只有提心吊胆，避免落入圈套。就如同人们说的，"老虎的胡须碰不得"。但是，当我们在一座土地庙前，看见几位民团的团丁抢劫一个把积蓄缝在衣服里的老妇人时，又该怎么反应呢？浩郎干预的结果是被他们压倒在地上，对方要用刺刀在他脸上划出一道血痕，留下印记。他为了自卫，只有大叫道：

"小心！回头鲍老爷看到我的样子，他要不高兴的。"

逃离后，我们两个也没什么好骄傲的。能够保住一张完整的脸，是因为打了鲍老爷的旗号，而我猜鲍老爷曾经眼睛也不眨一下地残害过许多无辜的人。这个世界上还有谁是清白的呢？是否还有人没被污染？这另外一个酒客吗？

我们在一家破旧的饭店里喝酒的时候，注意到和我们隔了几张桌子的角落里，坐了一个高瘦的中年人。他看人时眼睛炯炯有神，在酒精的作用下更像一眼能把人看穿。浩郎轻松地喝完了一壶，再叫跑堂送酒来。这个男人也借机再叫了一壶。我略感不安地想："好了，又要开始较量了！"第二壶喝到一半的时候，看到浩郎和那个男人示好地微笑招呼，我才放下心来。跑堂在这时送来了一盘卤菜，浩郎于是做手势请那个人过来一起吃。对方很大方地移到我们的桌子上来。他显然是想找人聊天。

当他走近我们的桌子时，看见我们随身携带的东西，立刻就明白我们并没有什么特殊身份。他看见我的褡裢袋子里装的素描本以及浩郎袋子里的书，一本叶赛宁的诗集和一本契诃夫的短篇小说。几碗饭下肚后，人也有了些醉意，他开始畅谈起来。

他曾经是小学老师。战争刚爆发时，他决定去延安，但是还未抵达目的地就被逮捕，并关了起来。经过三年的教育改造，由于案情不算严重，就被释放了。回到重庆后，他在一家商店里当收账员，但他必须定期向秘密警察报告行踪和所作所为。他后来靠朋友帮忙，得以逃脱监视，躲到乡下打零工维生，并和我父亲以前一样，替人做代书，但他总是惴惴不安，深恐被发现。

有一天，他患了盲肠炎，被送到乡下简陋的诊所就医。手术没有做好，人家以为他死了，他却在太平间里醒了过来，有人听见他微弱的呻吟声而在紧急关头救了他一命。诊所的医生们收留了他，他就在里面当护士。

他每天目睹的无非是疾病伤痛，和小老百姓的贫穷困苦。他的工作就是包扎已经坏死溃烂的伤口、倒掉排泄的秽物、照料被狗咬伤的农民，或遭到强暴而阴道发炎的小女孩，忍受令人发狂的嘶喊或找不到倾诉对象的抱怨哀叹。

为了抵抗压力和寂寞，他只有借酒浇愁。他说：

"酒可以增加抵抗力，也可以帮助睡眠。"他咳了一下，眼睛里又多了一点火焰，脱口说道："我想我患上肺病了。"

沉默一阵，他恢复了平静，定定地看着我和浩郎，以坚决的口吻申说："斗争会非常艰苦，但是解脱的日子已经近了。其余的都无关紧要了。我们要把这些统统扫掉，以后一切都是新的，你们看着吧。"

和他分手时，浩郎从袋子里拿出他那两本书来，送给了这个侥幸逃脱死亡、从此不再惧怕死亡的人。

对我而言，最有意思的是和一名隐居老画家的相遇。我当时坐在一棵大树下写生，忽然听见背后有一个很清晰的声音对我说：

"年轻人，我看你是个画家，如果你们愿意，欢迎到我家来喝杯茶。"

我回过头来，以为又看见了儿时的那位道士。他们有着同样水波不兴的平静面容，只是眼前这位多了一抹稍带幽默嘲讽的微笑。我们跟着他进到屋子里，这是一间前面有野草护墙、后面有座菜圃的茅屋。老人把他搜集的中国古画和他自己的作品拿给我们看，有的轻盈优雅，有的苍郁刚劲，都是一些中国传统的水墨画。他告诉我们，他年轻时——那可是世纪初的事了，家里环境富裕，他曾到日本和欧洲旅行。他二三十年代在长江河谷颇享盛名，认识所有当代著名画家。但是近十几年来，他退出了社交圈，隐居到这个偏远乡间来专心作画。

二十一

最后我们终于坐船抵达了N市，这是一条长江大支流沿岸的河港。由于是个兴旺的商业活动集散地，城市非常繁华。我们乘坐的客船花了一个多小时，才从堵塞在港口数不清的舢舨和小木船中杀出一条路来。港口挤满了大声吆喝、频频打着招呼手势的人，气氛虽然紧张，却显得相当和谐。商贩、搬运工和船夫间交换着别有含意的俏皮话，惹得周围的人大笑不已。到处都是茶馆、餐馆，以及商品直堆到街上的商店。空气里弥漫着油、酒、盐、米、卤菜和各种香料的气味。

走过了港口，便进入市区，穿过许多宽广的街道。街道两旁杂列着古老的旧式房屋和现代化的大楼。我们问到了剧院的所在处，正位于市中心十字路口旁。由于天色已经不早了，只好找家旅社安顿下来，最后找到Y. M. C. A. 管理的青年中心。过了近一个月千辛万苦的流浪生活，这个安静清洁的地方简直是一个不敢奢望的天堂，也是一个好兆头。房间里没有什么陈设，全部家具就是两张单人床，中间放了一张小桌子，桌上有两本中文《圣经》。看到雪白的床单，我们想到必须盥洗一番了。

梳洗过后，我和浩郎焕然一新，这才到剧院去。门口的大看板上写着当晚的剧目：《白蛇传》，正轮到玉梅饰演白蛇。为了不影响她演出前的情绪和准备工作，我们决定散场后再到后台找她，便先在剧院附近的一家茶馆里等候开演。可想而知，这家茶馆也是演员和戏迷们聚会的地点。里面的气氛颇不寻常，既悠闲又兴奋。在嘈杂的喧哗声中，不时这里爆出开怀的笑声，那里又哼出一段熟悉的戏曲，稍远的角落里则有人在拉二胡。

当我们开始辨认出几张面孔后，注意到大厅靠近梁柱的地方，坐着一个大胖子。他魁梧的身躯扎实地装进藤椅里，顶着一个方形的硕大头颅，只有厚重的双下巴稍微调和了脸部的棱角。他坐在那儿，几乎纹风不动，但是却流露出极其灵活的动感，尤其是丰富的脸部表情，每个细节都很有看头。他起初像是在打瞌睡，跑堂给他送来热毛巾时，他才动了起来。他把头往后一仰，将热毛巾铺在脸上，用他粗壮的手指头按摩所有凹洼处，让蒸汽全部渗透进去。过了好一会儿，他舒适地叹了口气，然后拿掉毛巾，恢复原来的坐姿。跑堂知道他的习惯，这时赶紧送上酒菜。看到他把菜夹进嘴里，不慌不忙地细嚼慢咽，眯着眼仔细品尝每一口菜，好像有用不尽的时间，你的眼光就再无法离开他。最后，他把一大杯酒也喝完了。过了一会儿，跑堂自动送上茶来，并配了几碟水果和糕点。他拿了一个苹果，用手掌包住，放到鼻端嗅了一阵，在面颊上慢慢摩擦，带着一种肉感的轻柔，直到非得在苹果上咬下一口为止。他这回下了决心，咬了一口，贪婪而缓慢地细细咀嚼，然后咽下去。接着，再咬第二口……做这些事时，他让下巴全速运动，瞪着一双眼睛，好像不知道有多么惊讶，并且不断发出"哎，哎！……噢，噢！嗯……"的赞叹声。我们好像在他身上看见两个哑角在表演，一个全神贯注地享受，另一个看着对方享受，啧啧夸赞着。苹果吃完后，他喝了口茶，叹口气，沉默下来。

　　这时有人靠过来和他说话，乍看只是普通的闲聊。他的面部肌肉抽动起来，眼球骨碌碌地打转，抬头望天时就只剩了眼白，肥厚的鼻翼时张时合。当他笑的时候，下巴便翘了起来，笑是闷着声音的，从不放开来敞怀大笑，咯咯地拖着很长的尾音。连他的耳朵都像两把小扇子似的随意摆动，似乎在加入谈话。他的声音很低，我们所在的位置听不清楚他说些什么，但从表情可以猜到他所有的情绪：讶异、惊奇、怜悯、同情、愤怒、悲伤或欢喜。由于他的两道浓眉在额角两边垮下来，嘴角也是下坠的，因此他的欢喜好像总不是真正的欢喜。这四道斜下来的并行线印在他脸上，使他有一种绝望或彻底荒诞的表情。结果是，所有他用各种写实的动作表达出的激烈情感，和他始终像头丧家之犬似的面孔永远有很大的差距。这种对比一定能制造出喜剧效果。而且，不论他说什么，都会不由自主地引人发笑。显然他是在戏里扮演甘草人物的丑角，所有倒霉的事都会发生在他身上，他也就把人类生活里一切的荒谬都承担下来。即使在戏外，他也忍不住要运用这种能力，光是他那抑扬顿挫、说服力强的四川腔就能把听众给紧紧吸引住。

茶馆的另一头进来了一批人，几个漂亮的女子，簇拥着另一名出色的高雅人物坐了下来。他穿了一件藏青色长袍，脖子上随意围着一条白丝巾。他的样子似乎不太真实，仿佛是从古画上走下来的人。他面部的线条细致，胡子刮得非常干净，一双狭长漂亮的眼睛因为笑意显得格外闪亮。这个男人浑身散发出一种说不出的魅力，介于男性美和女性美之间。他说话的音调很平稳，从不抬高声音。有一会儿，他用手指头在桌上打着拍子，开始哼一首曲子，显然在叙述或讲解一出戏。当他歇下来时，便端起茶杯抿一口。他的一举一动都优雅有致。我惊讶地发觉，这些动作非常熟悉。可不是，我那位手特别灵巧的四伯就是这个样子！他不就是这样倒茶的吗？我忽然觉得："世界上什么都在变，但是总有一些动作手势，或者美的质感从远古就流传下来，像永不中断的流水。"

茶馆里的人愈来愈多，犹如一个舞台，我们为了好玩，把每个进来的人分派了不同的角色。每个人，不论是演员或戏迷，都有固定的典型。戏迷则以不经意的模仿动作，向他们心目中的偶像演员致意。有个人完全不需要我们去分派角色。这是个六七十岁、有花白胡须和头发的老人。他走到茶馆门口时发现鞋带松了，却也不蹲下身来系上，而是将鞋带松了的那只脚举起来，成金鸡独立的姿势，然后好整以暇地慢慢系绑。绑好之后，他轻灵地一跃翻身，落回地面，摆出正要开打的武术姿态，仿佛手上拿了一把无形的枪。许多人围了过来，向他热烈鼓掌。他双手抱拳谢了一圈。这是一位退休的武生，经常到这家茶馆来消磨时间，也趁机鼓励后进。他一进到茶馆，气氛立刻白热化起来，替隔壁即将开演的《白蛇传》敲响了开幕锣。

当女主角在短暂的一阵鼓声后登场时，我的激动达到了顶点。

我想："和情人，都是奇迹，但愿这不是幻觉。"

在戏院暖和的气氛中和精心组合的灯光下，一切看起来既实在又不真实。我们确实在这里吗？或是在别处？我们是否在人们幻想出来的某个空间里？眼泪和痛苦也许不过是当一切在睡眠的遗忘中陷落之前，帮助我们过渡到虚无的因子？

我在这一刻喃喃念出的，就是"奇迹"二字。第一次和玉梅在花园小径的转角处相遇就是一个奇迹。现在的重逢，也是奇迹。我和浩郎历尽艰辛，最后达到了目的，回首过往，仿佛所有的考验都变得那样容易，就像是事前刻意准备好的。我们抵达的当晚，就有这一出戏在等着。她在那儿，伸手可及，又远在天边。她既是她自己，又是另一个人！

吵闹的观众此时安静地听着戏。戏院好像被女主角的形象给净化了，虽然白蛇本来是个不洁的妖魔。它来自黑暗的世界，但诚恳的追求和全心全意的耐心修行，使它得以蜕化为人，一个因具有动物的野魅而益发美得令人迷惑的女子。

她学习人类的爱去追求爱，爱得如此强烈，以致能够和最暴虐的恶势力对抗。

这个邪恶力量是法海和尚，他的法术使白蛇的情人许仙受制于他。白蛇遭到所有人背叛，甚至被情人遗弃，只有自她坚贞的爱情中汲取超常的法力，才能继续她在人间的旅程。看到这个如此卑微地匍匐着的动物，却有如此高贵的人性，将自己升华为尊严的个体，拥有比人类还要高尚的灵魂，使这个悲剧发出超自然的光辉，实在感人肺腑。白蛇的眼中从此只有一个全靠爱的力量而形成的空间，再没有任何人间的形象足够填满……

玉梅按照川戏的规矩化了全套浓妆，戴着玉钗珠佩的华丽头饰。她脸上涂了厚厚的油彩，描绘成中国理想的古典美女，虽然没有了个人的特色，但我怎能不在这个完美的鹅蛋脸、挺直的鼻梁、两片肉感的嘴唇和深如潭底的清亮眼神中，认出我梦寐以求的人来？和以前相比，她唯一的改变是声音更成熟了，姿态更高贵了。这个过去曾有那么多疑问的女孩，经过热烈的追寻，蜕变成一个技艺超群的演员，生动地诠释出各种错综复杂的感情。

玉梅全心投入演出，不会注意到台下的我们。我很庆幸自己坐在暗处，可以浑然忘我地任由故事牵引。直到戏演完了，我才转头看浩郎，发现他感动得像被催眠似的愣在那里。

散场后，我们到后台找玉梅。隔着一段距离，我们从侧面看到她在进入化妆间前和人说着话。

"玉梅！"

她回过身来，尽管有点诧异，却又有着一种早料到我今晚会来的笃定神情。

"啊，是你!"然后看看我的同伴。

"这就是浩郎。啊，天一，你画画的本领又进步了! 他完全是你寄给我的图画上的样子!"

我们三人相会的这一刻就在愉快的笑声中开始。

等候玉梅卸妆期间，我和浩郎回到方才那家茶馆里。我一个字也说不出来，满怀对命运的感激，让我能再亲眼见到玉梅确确实实地、不容置疑地站在我面前。再见到情人，对我无异于又回到了家乡，再次光着脚踩在温热的泥土上，嗅着泥土和青苔的芳香。

她总算出现了，就坐在我对面。这个二十三岁的女孩已经是个成熟的年轻女人。她长睫毛掩映下的美丽眼眸带着笑意和惊奇，虽然略带忧郁，却显得稳重而果断，如同她所饰演的女英雄。在戏剧的塑造下，她的姿态更为优雅，她的手，比以前要丰腴些，手背上显出一个笑涡。

"你们今晚住哪里?"玉梅担心地问道。

"我们在 Y. M. C. A. 找到了一个房间。"

"那里很好，管宿舍的年轻人很友善。我在过年时到他们那儿唱过戏。你们什么时候到的?"

"今天下午。"

"怎么没立刻来看我呢?"

"不想打扰你。我们就坐在这里等。"

我于是开始向她描绘在戏开演前看到的人。当我提到那个有趣的大胖子时，玉梅说："他是个大好人，看起来憨憨的，其实非常热心，也很有同情心，也是他在保护着我。他年轻时恋爱受到阻挠，决定和情人一起跳楼自杀，他先跳下去，摔断了一条腿，他的女朋友被吓住了，没有往下跳，他们的爱情便到此为止。而他呢，却从此残废。事过境迁后，他想通了，决定不再自怨自艾，只管享受当下的一切。刚开始时，观众看见他跛着脚演出，以为他是个丑角，他后来顺势成为头一把交椅的喜剧演员。他现在不演了。以前有他的戏的时候，有人大老远的专程赶来捧场呢！"

我们要说的话太多了，因此你来我往地没有一点冷场。午夜过后，玉梅看来有点累了，我们便向她告辞。

"你们要在这里留一阵子，是吧？"

"我们没有计划，"我回答说，"就一直留到你把我们看腻了为止。"

"嗯，等我把你们看腻了，就赶你们走！"她接着调皮地笑着说，"然后我再像猎人一样在后面追捕你们，直到把你们追到手为止。"

二十二

从这一天开始，我们就完全沉浸在戏剧中。在这些全心全意献身艺术的人中间，我们很快便如鱼得水。再说，我们本来就属于他们的族类。浩郎和我尽可能以各自的特长参与一切。我设法改善节目的海报设计，也注意所有与布景有关的问题。浩郎自告奋勇地替所有新节目写介绍文字。他不只扼要地解说剧情，还进一步解释故事的历史背景。有时他甚至分析剧本及主要人物，也热心地想到在舞台边上挂出一个竖着的牌子，将重要台词写在上面。这样可以帮助观众了解每一句唱词。这种创新的办法虽然令那些熟悉唱词的票友们不悦，却能赢得新的观众，特别是年轻的一辈。

我们加入这个以改革为号召的剧团，对参与各种创举也格外兴奋。团长来自当地一个以卖盐致富的大家族，年轻时就是戏迷，三十年代，他在上海学了各种传统戏曲，尤其是京剧和昆曲。战争竟矛盾地替戏剧制造了有利的环境。由于外地人大量涌至，他的故乡变成商业重镇；又因为戏剧人才向这个战时陪都聚集，替表演艺术的大幅革新提供了机会。他于是创立剧团，以改革川戏为宗旨，主要构想是净化舞台，去掉无意义地占据空间的布景，简化演员的表演方式，缩短每出戏的长度，浓缩情节，使其更具张力。这位既专业又有影响力的艺术赞助人，将全部家产都投进了剧团。他新建了一家剧院，并将宽敞的祖传宅邸提供给演员们使用。他聘请演员不在乎对方的名声，只要他认为他们有才华。他请来女演员饰演女角，改掉以往男扮女装的惯例。他在重庆看到玉梅的演出，便立刻肯定了她的才艺。他也鼓励各种新观念，不怕触犯卫道之士的保守心态，终于建立起响亮的名声。重庆的艺术家都来向他请益，附近地区的人则大批赶来欣赏他的戏剧。

这是我首次加入团体，一个从各方面来看都非常杰出的族群，它富有活力，多彩多姿，每个成员都个性鲜明。我发现在中国古代社会里俗称的戏子，和隐居的文人一样，是最自由，也是最穷困的一群。文人隐士从事"诗—书法—绘画"的三联艺术，靠的就是一支笔，而演员依靠的是他们的身体和几个简单的配件，身体也是发挥到极限，能唱，能演哑剧，能跳舞，也能翻滚武打。除了这个构成他们全部财产的身体之外，他们既无恒产，也没有永久的居所。愈穷困，也就愈自由，他们彼此间团结互助，祸福与共。

在文人隐士之侧的演员们保存了中国文化的精髓，将之在舞台上诠释出来，也表现在日常生活中的每句话和每个动作里。对他们而言，戏剧和生活是连续的。他们大多数没进过学校，或者只念过一点书，然而谈吐却从不粗俗，相反的，有时看来还颇具智慧。因为每天接触的丰富剧目，均以古文为基础，替这些艺术家们提供了侃侃适度的词句，一种现代中国人不幸丧失了的、很有韵味的表达方式。

同样的，节奏感和风格化规范了他们最实用的动作。看他们走路、行礼、起坐、饮食，甚至举起重物，都非常赏心悦目。感觉他们无时无刻不在一个隐形乐队伴奏下，这个乐队就在他们的体内，从此安顿下来，以至于凡是他们碰触的东西都突然有了一种过去不曾显现，而只有透过他们才能点出的风味，包括扣纽扣、系丝带、点燃烟斗，都让人联想到舞台上出场的仪式。就好像生活和舞台一样，任何事都不能忽略，每个细节都有它的重要性。

他们生活在这种很有活力的精神状态中，把一切都看成是有价值的，碰上不利的情况时便能无所畏惧。相形之下，我有时不免对自己——大半时候是悲观的——感到羞耻。当我在舞台后的大镜子前看见额头上那道黑色暗影，背脊略驼，了无生气地躬着的身体时，自己都忍不住吓了一跳。

二十三

玉梅在庄园的角落拥有一间颇为宽敞的房间，正对着一个小院子，她用屏风把房间分成两个部分。每当剧院停演的日子，我们就上她那里去。有时我们不去剧院的食堂，由玉梅在公用厨房烧几样小菜，三人就在她房里吃。

这样一间只属于自己的地方，在我流浪的生涯里，是否曾拥有过呢？以后我还可能拥有吗？天堂里应该是没有间隔的，但是，有时在人间世道里，某些幸运的人能居住在间隔起来的梦幻地。这个私密的梦幻地，就像玉梅的房间，以一种不能再简单的方式，把摆设的一切变成心中的期望，像是从天而降的礼物。譬如椭圆形的银框镜子、镂空的花瓷瓶、一把和绿阳伞配对的黄雨伞，以及随意放在香炉旁的唱本……这些因生命中的偶然而出现在屋里的物品，由于它们拥有与主人的亲密关系而获得重要性。它们彼此间相互吸引，构成一个磁场，里面的每样组件从此环环相扣，缺一不可。它们任人拥有，仿佛无声的默许，又像是对不时扬起的悲伤或愉悦的歌声表示认可。那歌声，诚意地接待一整天发生的大小事情。

清晨短暂的光线，带来啁啾鸣啭的鸟声，每天都像在宣布世界的纯洁无邪。下午的阳光，像络纱时抽出的丝线，拉得又细又长，走廊上或院子里传来的嗡嗡谈话声，喝茶的啜食声，嗑瓜子的咔吱声，全都念念有词地进入我们永恒的记忆里。然后，不知不觉地，黄昏慢慢靠近。在房间的中央，我们变成这个介于夹缝中的人，一边是对未来许诺的柔情信任，另一边是面对时光流逝的绝望。直到暗影的深处传来一个温柔的声音："还不晚嘛，我们再做点什么……"

天气好的时候，我们就结伴郊游。我常到玉梅熟识的地方写生。当我专心作画时，我的两个好友便在附近散步。有一晚戏散场后，玉梅突然提议说："月色那样好，我们到树林里去！"这个树林她已经说过许多次，但始终还没有带我们去过。林子离市区有几里路，走了一个小时就到了。当我们走入一条小径，看到杨柳和各类灌木围绕的小湖时，我想起另一个树林里的角落——在玉梅老家旁边的那个池塘，我们曾度过美妙时光的地方，这两处是如此相似。浩郎跳进湖里游泳，玉梅开始和我聊起来：

"生命是个谜，我们没法了解，不是吗？我们本来像是在黑漆漆的夜里，一点指望也没有，我们不知道为什么往前走，也不知道要去何处。现在，在这样一个良夜，我们好像什么都有了，也许命运是在这里导引我们？我在这里，你在这里，我们都在这里。因此什么也没失去，全都找回来了。是的，我们又在一起了，这一次我们不再分离，是吧？"

对于这个问句，我整个身心都在用力地回答"是的"，她说的正是我心里想的，或者我希望是由我的口中说出来的。我如此感动，以至于声音卡在喉咙里。但是，我用身体姿态表达的赞同比什么都要来得有力。

玉梅继续说着：

"在重庆的时候，我非常孤独，甚至沮丧到了极点。我加入了一个小剧团，演一些小角色。晚上，为了不让自己沉沦下去，我就和我饰演的人物说话，他们的遭遇和我很相近。有一天，李先生到剧院来看戏，注意到我。虽然我并没有受过什么专业训练，但他愿意给我机会。渐渐地，全体团员的耐心和热情把我对戏剧的潜力激发了出来，我也在这个表演艺术中感受到从未体验过的幸福。

"我失去了家，你是知道的。在这个剧团里，我等于找到了一个新家。有一个真正的家是好机缘；家像一个温室，有了家你不会感觉孤单。只是，这个家是由同一帮人组成，大家不可能永远生活在一起。我总是有很深的怀念。我心里知道，有一些别的东西，不，应该说有一个来自别处的什么人在召唤我。有一天，我很清楚地意识到，这个人只能是你，天一。但你是谁呢？天上掉下来的天使？一个来自故乡的朋友？总之，一个完全是我自己却又绝对不同的人。尤其你出现在我生命中的那个时刻，那样不同于别的面孔、眼神、声音和感性，我们中间建立起一种关系，一种我们都感觉得到又没法说得明白，更无法让外人了解的关系。我感到非是你不可。之前偶然地写了一封信给你母亲，根本不知道是否能送到收信人的手上。结果你奇迹似的听见了我的呼唤，你和浩郎一起来了。

"我不知道以后会怎么样，但是我知道我们的关系，出现在这样特殊的时刻，是从此不会消散了……"

她说不下去了，但已经说出了心中的告白，这些告白要不是这个夜晚，在这个湖前，我猜其他时刻玉梅都不可能说得出口。她好像解脱了闷在胸口上的一股抑郁，看起来相当平静。在枝叶筛过的月光下，这一刻结晶成一块美玉，上面有一串露珠闪闪发光。

二十四

我们到了N城之后，秋天过去了，接着冬天也将逝去。农历二月，春天已在枝头探头探脑，冒出了一点腼腆的绿意，一些还在观望的芽苞。我们的三人行一直融洽无间。能够如此是因为情势特殊：首先我们是在艺术家的圈子里；其次，时代也对我们有利。我们正处于历史上一个混沌时期，在无政府的状态下，所有的自由都是可能的。再加上战争快要结束了，人们开始关心未来：打内战，还是全国和解？和当时的时令一样，这个时代既充满了死亡也包含了未知的新生。国家层面的问题，我们三个人也在生活中经历了。

二月的某一天，我们到城郊十几公里外的采石场去。下午参观瓷器工厂，看工匠们如何一只脚踩着旋转盘的踏板，双手并用地将柔软驯服的黏土拉出坯来。从中国人发现可以用塑模和烧窑的方式制造出器具那一刻起，这些动作就固定下来，代代相传。我们整个下午都在参观这些制造瓷器的艺术传承者工作。他们的话很少，但手势和动作的含意深长，因为他们的才华显露在活动的手脚上，而手和脚带着泥土的颜色。

工匠们以重复了千百次的动作，构成一个圆形的机制，符合宇宙的运行规律。这运动看来单调，实则每次更新，稍稍不同。宇宙亦当如此，在一种自身的周期下开始运动，最后它可能也是这样自体终止。

工匠的双手和旋转台上的黏土配合而成的这个圆，不论多么完美，多么令人陶醉，仍不如另一个看不见的圆那样，带给我更重大的启示。这些生于泥土的双手，本身就是泥土，它们搅拌塑造这同一块土，做出从未存在过的东西，并赋予生命的图腾。这样无中生有的神秘现象是从哪里来的呢？毫无生气的黏土如何能够诱发双手产生创作的欲望？灵感如何使它们迈向一个超越原料本身梦想的境界？一般说，人来自土又归于土，既是如此，人又怎能超越土呢？除非土不只是土，那泥土也许自始就包孕了生命的潜在大欲，使它得以不断地升华。

因此，这些手，这些将泥土作为工具的人类的手，不知道它们其实是泥土的工具。多么神秘的循环，多么令人迷惑的圆，不停地在原地打转。边旋转边成形，先是迟疑的、颤抖的，然后笃定地确定下来，仿佛从一个要求立足的决心里脱颖而出，追求一个完整的存在。因为，从一开始，一切都已经存在，就像胎儿在母亲的子宫里一样。两者是一拍即合的整体，而非陆续的拼装。它迎着白天的光线，在优雅和稳固之间寻找平衡点，最后终于拿定了主意，既惊且喜地现出了永久的外形。看到作品的形状从黏土中产生，我们好比见到了地球上第一个生命奇迹的出现。中国神话不是说，造物主是用水和泥塑造了男人和女人的吗？

　　回程时尽管有点累，但是我们很高兴度过了这段美好的午后。我们以缓慢而有节奏的步伐前进，穿过一个山谷的小径，我提着刚买的花瓶，走在前面。有时，我忍不住要把瓶子捧起来，感觉它的形状，欣赏它的光彩，就像一个祭司，领着祭拜的队伍向神明奉献，引得后面的浩郎和玉梅笑了起来。我自己也笑了，然后默默地想着这个瓶子最适合放在玉梅房间的哪个位置，日后我将经常为瓶里换上鲜花。首先，插的是这个季节正盛开的梅花。梅花不畏严寒，白雪衬托出它的高贵典雅和绝不争奇斗艳的浅淡颜色，它所象征的纯洁，完全是玉梅的倩影，她的名字里不是就有"梅"字吗？今年没有下雪。二月里，当风吹过时，仍带着浓厚的寒意。但是，山谷里的空气是静止的、透明的，寒冷几乎被摒除在外。周围的丘陵、树木，包括土地，这时节都光秃秃的，格外的干净、平滑而亮眼，简直就像瓷器一般！不错，这山谷是一个祭献的碗，烧得恰到好处。犹如在等候某个神明路过，弯下身来享用祭品。

　　忽然，上面传来一声鸟鸣，嘹亮有力，好像鸟儿等待了一生，终于以它全部的精力发出这叫声。鸣叫声在高空回响，像雷击般笔直落在我头上。我倏然转过身。

　　"你们听到没……"

　　我看到了。我看到的景象使我顿时愣在当地，整个人失了魂，好像头上遭到的雷击穿透了脑壳一般，我眼光所及之处将我的心炸了开来。

我看到了什么？噢，几乎什么也没有。一个一闪而过的动作。地狱天使可能就是用这种稍纵即逝的动作来打击人的。原来浩郎与玉梅的手指紧紧相扣着，发现我看到之后，手立刻松了开来，脸上的笑容却来不及褪去。我多么希望那两只手不要松开，我的两个好朋友无邪地继续走着！但是，他们的反应让我感觉窥探到了他们的亲密关系。突然，我变成多余的、被排除的，被摒弃在我所有的梦想之外。而两个朋友的回答更加深了这种感觉。

"你听到了什么？"

那天晚上，我心跳加速，全身颤抖不已，一秒钟也静不下来。我觉得周围的世界坍塌了，我身体里面也崩溃了，构成我这个人的根基已被抽出，一切都烂成了碎屑。万有引力被破坏，星辰纷纷坠落，我的身体跟着一起坠落。天旋地转地下坠。我紧攀着床沿，失去了知觉。

第二天和接下去的日子，我的朋友们并未发现我的异样。血液冲击着我的脑袋，使我的眼球外凸，但也遮掩了一点原来的苍白。一种意念纠缠着我，令我感到害怕。我天真地希望我们三个人从来不曾存在，或者从不曾相遇，但是由于我无法否认事实，我甚至希望另外两个人消失掉，即使得付出一起毁灭的代价。我已产生了一个难以抗拒的谋杀的念头。有一天下午，我被自己吓了一大跳：我发现自己正在一个卖刀剪的店铺前，聚精会神地观察着橱窗里陈列的各种工具,感觉从光芒内藏的钢铁和锐利无情的刀锋嗅到了毁灭的气息……意识到自己被钳制在仇恨暴戾的老虎钳下,我忽然明白自己并不愿做出无法弥补的事来,而唯一的办法就是逃离。但是直觉留住了我,我虽然知道他们之间不寻常,依旧心存怀疑,我得弄清楚真相。

是什么支持着我,使我在接下去的日子里继续假装生活、继续梳洗、重复日常的动作、吃饭,甚至和大家一起欢笑?我不知道。也许是因为我喜欢分析自己,研究自己到底是什么样的人的动力驱使。我自认命中没有成双作对的福分,和另一个人长期面对面生活不是我要的。相反地,我非常喜欢目前的三人行,也体会到三人同行的幸福。我不能想象:还有什么生活方式,能比我在浩郎和玉梅身边所经历的更完美,更符合梦想?现在,我又回到没有同伴、被排除在外的命运。我必须从边缘偷取生活的碎屑,活在别人的激情下。在这段难堪的日子里,我老是想着以前从玉梅那里窃取的肉感影像,这时它们灌溉着我的想象力,使我感到惊恐和气愤。我看见自己又被压低到这个可怜的角色上,成了窃贼、偷窥狂、永远的密探。

除了暗中侦察,我还能怎么样?我一面害怕成为可怕事实的证人,同时又急切地希望证实真相。我把自己逼入焦虑的绝望中,就像扑火的飞蛾。

可怕的日子开始了,我设法搜集造成我不幸的证据,一面又痛恨自己的小气、卑鄙。

在茶馆里，当我有事必须先走时，总是出了门后忍不住回过头来，透过玻璃窗和人头攒动的客人，窥看留在里面的两个朋友是否有暧昧的举动。他们两人互看的眼神，相视微笑的样子，已无视于周围的一切，全然沉浸在无声的交流中。这时，我也不免对自己的大胆感到惊讶，并意识到他们的防备的脆弱；他们已无力抗拒从决裂的堤防奔流而出的情欲。

我们总是在戏开演之前就到剧院去。以前，谁也不会太注意其他两人的动静。但在这难以承受的怀疑时期中，我曾两次发现他们突然不见了。我猜想他们是躲到哪个角落亲热去了。此时的我被让人伤心错乱的影像紧紧攫住。

然而这些并不构成一个确定的事实。有时，当紧张到极点时，我会突然心软，承认他们的亲密关系，这时，我的痛苦加进了默许的柔情和一种秘密的欢愉。他们的幸福进入我心里，变成了自己的幸福。我已习惯被撕裂，我再次看到身体被一分为二：一部分在痛苦中抗拒，另一部分则好意地促成。

这种折磨感觉遥遥无期，真相似乎永远不会明朗。幸而有一天，我还是等到了特赦。他们提议三人一起出游，我不想接受，推托说要先到 Y. M. C. A. 拿东西，留他们两人独处一会儿。走出不久，我便鼓起勇气倒回来，看见了那一幕。倒也不怎么意外，好像是我等待中的，又像是我导演出来的，其他两人不过是尽职的演员罢了。那一幕是这样的：浩郎和玉梅手牵着手，然后相互拥抱，玉梅的头靠在浩郎的肩窝里，这一切一点也不粗俗，反而有一种动人的约制。

这优雅的一幕，便永远刻在我的记忆里了。

我没有勇气再和他们会合，便在 Y. M. C. A. 的房间里留了张字条给浩郎：

"我走了，别找我。向你和玉梅道别。"

二十五

我茫然地往前走，来到一座狭长且没有扶手的桥前，桥下是快速奔流的河水。我怀疑自己能否安然通过，因为我已被湍湍流水闪亮的表面吸引，上面一点后悔的影子也留不住。我不是被水吸引，而是它的流动根本把我给吸了进去。不要再面对生活该多好，总算可以自我放弃，任由这个看来知道要往何处去的河水带走。

我在桥旁坐下，两脚在河上悬空，让摩擦着桥墩的潺潺水声摇晃着我。我的眼光机械化地搜寻这片与我不再有任何牵连的苍白土地的尽头。在我的脚下，河水闪烁着成千上万只眼睛，像是对我说："只要一个动作，一切羞辱和恐惧都将远离你的身体。你飘泊的灵魂将再回来，而且自由了。"自由？真的吗？河对岸传来了一名洗衣妇用木棒敲击着手中的衣物，一面歌唱的声音：

> 冰冷，冰冷的水啊，
> 三月好时光；
> 冰冷，冰冷的水啊，

洗得白又香……

于是我想起了母亲，她还在那里，在这块土地上。对于她，生活无非是漫长而无奈的等待。我突然意识到心中的自私。从我们到了 N 市后，我只写了两封信给她。如果我死了，一定会拖累母亲，到时候怎么面对九泉下的父亲呢？

在彻底的绝望中，我想，这会不会是父亲仍然在护佑着母亲和我？在这个生死攸关的时刻，他给了我一个信号。难道是藉由洗衣妇的歌声来传达吗？守护神不就是让人在最需要的那一刻，感觉到他传来的信号？父亲也许从来就没有停止过传递讯息给我。我的耳朵里回响着他因为气喘而呼吸急促的声音：

"不要做傻事。不要让母亲伤心；她会想不开的，哪怕是到阴间之后。"

"跟我来，我们到那边走走。"

父亲转过身来对我说，我们正要登上庐山呢。

"这里的山路会比较难走，比较危险——小心千万别踩空了——但是好的药草都长在悬空的岩石下。我刚到庐山找药草时，总是找不着。有一天，我碰见两个老山民坐在树下，是他们教我怎么辨认药草的。孔子不是说'三人行必有我师'吗!"

如今我迷失在桥头，水的上方，因着至圣先师的一句话，我想到这一生还没有遇到能为我师的人，如果父亲不算的话。我想起父亲教我如何拿毛笔，将笔端浸满墨汁，写下我生平的第一个字，那一刻，我才真正在这个世界上诞生。回想到这里，我和浩郎在旅途中遇到的那位老书法家的身影浮现眼前。

我是否也和中国历史上曾经有过不凡际遇的人物一样呢？一名年轻人在寻找真理的途中，在荒僻而黑暗的山谷中，遇到一位老人，后者事实上早就等在那里。如果年轻人一时大意，便很可能错过一次难得的际遇。如果他谦逊体会，将就此进入真正的人生。这些来无影去无踪的老人总是在神秘消失之前，以寥寥数语留下了决定一生的讯息；这便是父亲发出的信号——几千年来，中国就是靠这种代代相传的信号生存下来。

除了这位老书法家外，冥冥之中还有另一个不现形的父亲导引着我。他拉着我的手，将一管浸满墨汁的毛笔握在手上，引导我画下生命的图腾。这是我唯一会做的事。只要一支笔，就能再造出一条生命。学会握笔画画，对我而言，就像一块薄薄的舢舨能挽救一个溺水的人。

我仿佛是纪德书中的浪子，从反方向回溯来时路。

二十六

再找寻通往老书法家的茅草屋诚非易事，因为之前我从未想到会回头，自然也就没记下沿路可供指引的目标。同时，这也是一条伤痛之路，旅途的一切都使我想起在浩郎陪伴下，对未来充满希望的那趟旅程。此外，我不断喃喃自语地准备着看到老书法家时的说辞，必须既谦虚又自信，才能说服他收留我为徒。

终于有一天，我站在他的门前了，在呼吸急促且心跳不已的紧张中，我敲了门。结果我发现，大师过来开门时并没有任何惊讶的表情。他说：

"你回来真好，我等着你呢。"

过了一会儿，他直截了当地告诉我：

"我唯一能教你的是中国悠久的传统。你很年轻，又生活在一个开放的时代。但是中国有许多宝藏，它们具有历经岁月考验的价值，如果你忽略了是很可惜的。因此，首先要掌握传统中的精华。该怎么做呢？噢，就是你已经拥有的基础：从书法开始，继之以绘画，它可帮助你掌握笔画的技巧，然后研究墨的艺术，以便达到有机的结构。我说有机的结构，是因为宇宙万物息息相关，表现它们时，画家以虚空维持生命元气的回荡，不断将有限连上无限，如同造物本身。"

后来，在教我笔画艺术和有机结构时，大师说：

"中国绘画建立在一个明显的反常现象上：它在一切有形和无形的生活表现上，谦卑地遵守现实的法则，同时，又直接指向心领神会的意象。这一点并不矛盾，因为真正的现实并不限于绚丽多彩的外在，而是一种意境。这意境不是来自画家的梦境或幻想，而是因为气与神自始就为宇宙带来里外相应的大连接和大变化。既然由神气带来，人只能用心灵的眼睛才看得见，这便是古人所说的慧眼。如何才能拥有第三只眼呢？禅宗大师们所说的方法，是一条很好的路径，不论是青灯的三阶段或是临济的四阶段：看，不再看，陷入不看之内，重新再看。当我们再看时，所看到的是最本质的部分，以至于从这种重新再看之中得出的画，便是内在情景相参的完美投射。因此，我们必须达到意境。你太恋眷表面物质，战战兢兢地附着在上面。然而，活的东西从来就不是固定的和被隔绝开来的，而是在宇宙的有机转化之中。当我们描绘时，它仍然继续活动和变化着。一边画，一边进入你能领悟的时空，也进入它们自己生存的时空，最后，两者便合而为一。所以，必须要有耐心，工作时需要多沉缓就多沉缓。"

在大师身边的日子并非总是严肃地上课。我们不时到外面走走看看。对于我，这始终是个令人兴奋鼓舞的节目。我们总是张大眼睛，敞开胸怀，深深体会大自然永不枯竭的金银宝藏。大师领着我，穿过少有人迹的秘密小径，走向偏僻的角落，在其中可以找到永远的梦里中国。我们最常去的是一个坡度很大的山谷，散布着陡峭的岩石，很不适于植物生长。但有一些小小的田，钻石般地镶嵌在岩块的空地里，以变幻多姿的色彩使得风景赏心悦目。这些田是隐居的农民所有，我们每次进入山谷，总会上他们屋里坐坐，品尝一杯新酒，或尝尝刚摘的新鲜时菜。然后再继续往前，尽可能深入山谷的腹地。所到之处有时回响着瀑布声，间或传来黄莺和斑鸠的歌声。有时，穿过荆棘和藤蔓，来到一个仿佛在等候着的王国——半山腰上，在大树的屏障下，一个圆形的小山岗，光滑的石头组成了层层阶梯。在这块外人所企及不到的世外桃源，我们坐了下来，沉思地观望着。

　　周围生长着散发香气的植物，以及每当风吹过便飒飒吟唱的老松，还有千奇百怪的岩石，有的高贵严峻，岩壁上伸展着规律的皱褶，或纠结不堪或平坦光滑；有的悬在半空中玩着危险的平衡游戏。对面较远的山上是一片无垠的绿，在阳光的移转下，以瞬息万变的姿态显示它的面貌。最后，我们决定以毛笔作画，但最常用的是随处折取的芦苇秆或用刀削下的一截竹子。因为大师要求我的，不是巨细靡遗的写实，而是即刻捕捉内心的感受，那个使万物活起来的主导力量。中国人向来透过自然——岩石、树木、山岳、流水——来表达藤蔓交错的内心世界，包括肉体冲动和精神倾向。和大师一起，我学会了观察东西的成形，在它们坚实的形状后，感觉滔滔不绝的无形活力在运转着。我甚至觉得体内的脉动和宇宙的脉动相呼应。

　　经过每日专注的学习后，我觉得有个新的人在我体内冒了出来，并且不断地成长。我稍微算了一下，发现跟随大师习画也才三个月而已，但时间观念已然模糊，感觉上好像已经过了三年，甚至三十年。

　　有一天，大师找我过去。他半严肃、半轻松地对我说：

　　"我知道有时你不免会产生疑惑，会自问，今天该做什么呢？我非常了解，因为我以前也是如此。我三十五岁时，赚了钱便到日本和欧洲旅行，那是世纪初的时候。当时公认的绘画大师是十九世纪的几位著名画家：德拉克洛瓦、安格尔、米勒、柯罗、库尔贝等。

同时我也有幸认识当时一些印象派的画家，只是还没能看出他们的重要性。我非常羡慕西方绘画的丰富和成熟，但也深深感到迷惑、困扰，因为他们表达的技术和我们如此不同。在我看来，西方绘画和我之间有种无法跨越的疏离感。我当然参观过卢浮宫，看到许多古代大画家，尤其是文艺复兴前意大利大师的作品。他们有一种新的理想，满怀激情地作了各种尝试，同时又严格遵守专业的要求。这些十四至十六世纪的画家使我联想起中国八到十一世纪的大师们。我了解到，只要我们的传统仍然存在，就不能矫情地将两者混合，变成抄袭者、投机者，而应该找回我们的根源，将其更新。具体而言，在我那个时代，和另一个传统相会的时机尚未成熟。但是传统不是枷锁，也不是对人的钳制，它是自由的。它使你和别人之间能够心领神会，可以相互比较而不致迷失。毕竟，我们从八到十一世纪的大师们不是吸收了印度的艺术吗？他们在本身传统的支持下，得以吸取外来的影响而不致否认自我。正是因为他们能欣赏本身传统中最美好的菁华，他们也才能欣赏别的传统的菁华。这便是我要谈的，因为你一定会对比其他的文化。我知道这场战争结束后，中国和西方的深度接触将不可避免，更何况西方已经广为开放，甚至已接受亚洲的影响。因此你必须准备好，才能面对另一种伟大的艺术，达到真正属于你的创作。要做到这点，最好先经历我们的前辈大师们曾经有过的冒险。他们在吸收印度文化后，终于创造了自己的形式。"

大师的眼睛亮了起来，露出如年轻人般明亮的笑容。他说：

"你可能有非常好的机会，要看你是否知道掌握。几天前，我接到一封老朋友C教授寄来的长信。他是画家，曾到法国留学，现在在美术学院教书。他在信里描述他如何在西北边区——因为战争的关系而迅速发展的大西北——发现敦煌的石窟。这些石窟里保存着许多完好的壁画，代表了中国过去在绘画上的冒险，他认为很能给今天的画家带来灵感，更新中国现代的绘画艺术。"

这是我第一次听到敦煌的名字。大师扼要地向我说明。敦煌位于中国的西端，在今天的甘肃省境内，古代丝路的中央点上。约公元五世纪，这个繁华的城市成为中国和外国交流的集散地，也是佛教朝圣者的歇脚处，周围兴建了不少寺庙。离寺庙不远的一长条丘陵下的岩壁上，挖出了许多石窟——总共三百多个——数百年来，石窟里留下了受到佛教和其他艺术传统，尤其是印度和波斯影响的壁画，描绘的是宗教祭祀和日常生活的情境，借此向路过的旅客传达讯息。

十五世纪前后，历史起伏演变，丝路早已不再通行，此地渐渐变成荒漠，最后终被遗忘，只有少数僧侣留在当地。直到十九世纪末，西方汉学家才发现僧侣们为了逃避掠夺而藏在岩壁里的手稿，便取走了大部分的宝物，唯独壁画例外，它们被完整地保留下来。大师说，如今为了逃避战乱，这一代中国人不得已又聚集到这个西部地区，重新发现被掩埋的宝藏。

C教授正在寻找能够帮他将壁画描绘下来的助手，大师可以把我推荐给他。对我而言，无疑是千载难逢的大好机会。接受这个工作，将使我具体地走上一条有目的地的道路。

出发那天，大师直把我送到路口。他停下脚步说道：

"我能够给你最好的东西，已经毫无保留地传承给你了。从现在开始，你必须忘掉我。用不着写信给我，我不会回信的。我很快也要到别的地方去了。"

这些话，听起来让人伤感，但并非用严峻的语调表达，相反地，他的声音平和温柔，脸上泛出一层异样的光彩。然后，大师回头朝他的屋子走去，长袍在风中飘动，步履轻盈。我似乎又回到了童年，回到那位常来向母亲化缘的道士最后一次离开的那一刻。

割舍是一条残酷的道路，我们必须放弃得来不易的快乐，但是中国传统的精神火把就是这样代代相传：师父引领着徒弟，将一切传授给他，然后功成身退，让徒弟去完成自己。我注视着大师的背影许久，他没有回头，直到他孱弱的身影完全消失。我的泪水涌了上来，流了满脸。我站在那儿，在道路的交叉口，再度迷失而孤独。过了一会儿，我收回心神，知道自己必须往前走了，何况大师已为我指引了确切的方向。

我拿着介绍信到重庆找C教授。他立刻录用了我，接下来事情发展得非常迅速。当时是五月初，出发前往敦煌的日期定在六月，因此我只有一个月的时间回到卢家的庄园探望母亲。

过度的操劳和忧虑加速了母亲的衰老，在重逢初时的欢喜过后，我极不忍心地向她说明我的行程。她除了默默接受，还能怎么样呢？她的一生就是在点头同意和望眼欲穿的等待中度过，等待这个不稳定、难以了解的独子。但是这次她很庆幸我终于找到一份真正的、有报酬的工作。我几乎不敢告诉她敦煌远在数千公里外，只轻描淡写地解释，第一批佛教传教士就是从那里进入中国，直到今天，那儿还保留着已成为无价之宝的手抄佛典。虔诚的母亲想到自己的儿子将去往中国佛教的起源地，便兴奋起来。关于佛典，母亲抱怨她以前学的祈祷文快要记不得了，很希望能拥有一本书写的经文，好让别人念给她听。我半是怜悯，半是为即将远行致歉，当即应允替她抄写一本。我在母亲身边度过的这一个月里，就由她背诵，我逐句将经文尽可能清晰地用小楷毛笔字，写在一本装订得非常华美的笔记簿里。

在这段抄写的时间里，我注意到母亲愈来愈常自言自语。她的记忆力严重衰退，有时甚至产生混淆。她会忘了当下，误以为生活在过去某个时刻。有一天，当我正在写字时，她用以前才有的那种坦然的眼光看着我说：

"和小妹到外面玩去，小心不要踩到蝎子。我和爹要去采药草。"

又有一次，在一片静默中，她突然问道：

"你爹还没有回来啊？"

另一个感情考验在等着我——再次看到玉梅的家。怎能不伤心呢？每个角落都让我想起我们一起度过的天真而快乐的时刻。如果我不是决心投入艺术创作，早就被伤痛压垮了。刚开始，我简直不敢走近她的住处，害怕旧伤复发，害怕感觉心底仍在滴血。幸而母亲始终陪在左右，渐渐地使我平静下来。她不知道我们之间的事，

121

还经常和我亲热地谈起玉梅。在她的记忆里，玉梅有如自己的女儿，最后我也接受了她这份记忆的纯真。这份记忆就像一颗独一无二的钻石，它耀眼光辉的消减并非由我或是玉梅来取决。

二十七

一九四五年六月初，我所乘坐的大卡车，正走在一条崎岖不平的路上，离开习惯了的中国，往戈壁沙漠环绕的大西部驶去。灼热的阳光当头罩下，头发被风沙染成黄色。我们从重庆出发，途中经过成都、西安和兰州。兰州是甘肃的省会，黄河穿过境内，再加上为数不少的寺庙，似乎为它在历史上的繁荣兴旺做见证。稍后，卡车经过一个长达上千公里的走廊，沿路像线穿的珠宝似的，罗列着过去的补给古城，今天只能从它们的名字上看出一点昔日的光辉：天水、酒泉、紫金城、玉门关……

这条走廊贯穿整个甘肃省，接上丝路的起点，紧挨着祁连山脉的南边。北边单调的沙漠里点缀着绿洲丘陵和几座宏伟的城池或碉堡。我所属的这队由 C 教授亲自带领，总共只有三位画家、一位历史学家和一位民俗学家。我们大都住宿在政府单位的休息站，有几次也在野地扎营。我躺在还有点温热的沙地上，仰望着布满星辰的夜空，耀眼广阔的星光如此贴近，几乎是前所未见的奇景幻境，仿佛久远前我和父亲在庐山迷路的那个晚上。和今晚相同的是，我的身心在惊恐中存在着和宇宙沟通的默契。瞥见流星在空中画出随现随逝的轨迹，倏忽消失在无底的深蓝里，我再次感觉到自己的灵魂注定了是要飘泊不定的。

一股无名的乡愁自心底冉冉上升。一颗深红的彗星投射出的光亮使我的心再度淌血，撕裂了一个始终未彻底痊愈的伤口。迷失在这个没有任何东西能生根，渺无人烟的无垠空间里，众多的面孔，就像趁夜间暑气消退了从沙里钻出来的昆虫一样，纷纷出现在我的脑海里。在我最亲密的人中，尽管我全力推拒，玉梅和浩郎的影子仍然挥之不去。

我们这一小队人马辛苦地走了近一个月，才抵达这个竟然能够在沙漠中央存留下来的中型城市——敦煌。这个昏昏欲睡的城市犹自回味着过去的荣光——当数个世纪前，游牧民族、旅人、商贩士贾、传教士纷至沓来的时候。当地政府接待我们休息了两天。料理了一些生活必需品后，我们便由士兵护送，来到三十公里外的石窟。

在散布着沙丘和岩石的沙漠中央，有一处几乎荒废的绿洲，依傍着一条干涸的河流，后面的长形丘陵像一道墙或屏风似的立在那里。这整片丘陵的岩石上，挖出了数量惊人的石窟，分为三到四层，中间蜿蜒着狭小的信道和阶梯。经年累月产生的色泽抹除了原来的混杂，显出一个有机体的外观，有如人体某些重要器官，或者一头不再有年龄的巨兽，在那儿永远歇息。

多么奇异的相会！当我们走进这个活生生的躯体里，感觉每个石窟都是它呼吸的毛细孔。随意走进任何一个石窟，便让人当场顿住，惊骇不已，甚或无法言语。我们被周围跃动着的氛围包围、牵引。所有的石壁和洞顶上都画满了画，描绘日常生活情景或伟大的宗教事迹，大都已保存千年之久，但仍完好如新。

敦煌后来举世闻名，但在四十年代中期，中国人才刚刚发现它的存在。我们少数几人在那个荒僻的角落，在物质的绝对贫乏中，被世界遗忘。除了掀起的漫天风沙外，周围寂静无声。我们谈话时的回音，和手上蜡烛的跳跃火光，几乎是唯一的生命迹象。但是，在眼光触及后显示出来的，却是生命的本身，难以言喻的奇迹。时间原本是死寂的；现在却苏醒了过来，神奇地在我们眼前铺展所有它珍藏的记忆和承诺。在封闭空间的中央，有一个超然的时空，住着一群懂得崇拜的人们，他们在消失前，将所有宝物都托付给这个秘密的石窟：举凡他们的喜怒哀乐、生活琐事、期望梦想，以及他们的爱情、真理，无不激昂又笃定地予以颂扬。一个闻所未闻的歌声从这里扬起，托载着访客，将他带往较远的地方，进入另一个洞里，然后是另外一个。看过四五个石窟之后，精神上承受的震撼过于强烈，以致我们不敢再继续探索。这是第一天早上的情况。我确信我生命的新页将就此展开。

当访客熟悉了石窟的全貌，有通盘的印象后，石窟便像一幅又一幅的画卷在眼前舒展开来，生动铺陈了中国绘画的发展史，当然不是从起源开始——那还得更往前推——而是从画家与外来的艺术接触后，意识到自己的能力，进而将创作变成一种独立的艺术。这段时期约从第四世纪开始，持续了近一千年。这个角落和主要交通要道隔着一段理想的距离，避开了改朝换代的各种变迁，成为大中国和它周围的小王朝之间的交汇点、货物的集散地，古中国商品的外销，和印度及后来的波斯商品进口的必经要道。

就是在这里，存在着惊人的大发现。中国边陲的西部，吹着大漠风沙的无止境荒地的走廊尽头，多少次被边境部落越界的马队奔踏而过。在这里，我第一次感觉到中国巨大躯体的呼吸。这个开放的大西部尽管在中国的边陲，近两千年来，它难道不是这个古国的中枢神经吗？有史以来，纷扰不安的中国不就是被这个门户大开的裂口所烦忧，被迫陷入军事纷争，乃至一切的战乱之中吗？

沙漠上的激烈战斗，以致遍地孤魂野鬼，有的死于干渴或醉死在葡萄美酒的夜光杯里，有的活活饿死在大快朵颐饱食终日之后……中国果真坚如磐石而且清一色吗？颇值得怀疑。在黄河流经的北方和长江流经的南方就曾彼此交互影响，这一点历史上有所记载。但是中国北有长城，南有喜马拉雅山，却在这个大西部，受到烈日无情的肆虐和不断的外来势力的袭击。

从建立帝国起，这个边陲地带就上演着无休无止的远征和军防驻扎，以应付骁勇善战的蛮族入侵。短暂的胜利接着惨烈的失败，后来，长期的和平使得军队撤离，换上长长的旅行车队。除了货物之外，车队里也载运着佛教的种子，这个在发源国家里已经式微的宗教将在中国开出灿烂的花朵。

在敦煌，精神层次的冒险也是一个独特的艺术冒险。土地灵气的奇迹，加上虔诚佛教信徒的活动，一种艺术于是慢慢成熟，按部就班地发展起来。已经拥有本身传统，充分掌握了技巧的中国艺术家们，在这里遇到了从佛教中孕育诞生的印度艺术，一些充满异国情调或描绘无限幻想的丰富图画。这些画面来自潜意识，使他们尝试了许多大胆的形式，在虔诚信仰的推动下，无论处理什么题材都能得心应手。

借助新的艺术表达方式，他们将幻想表现得淋漓尽致，诸如描写快乐和痛苦、肉感的梦想和忏悔，或寻求安慰和光大颂扬的需要。从丰富的创造中，出现了一个繁花盛景的天地，有变化无穷的景象和传说：佛祖释迦牟尼和诸圣先贤的生活、节庆或日常生活、打猎或骑马射箭的情景……

随着我在这个领域的日渐深入和对内部长期的观察，我开始掌握了一些重要的因素，也是这些因素使得中国艺术家们能够自生长的土地抽离开来，在绘画艺术上迈出一大步。

和汉代绘画的"脚踏实地"相比，这里的空间显得开放而飘浮，仿佛天上仙境，有可能是许多飞天的美貌女神阿修罗造成了这个印象，但也表现在各种各样或站或坐的人物身上，他们都好像被一种无形的力量往空中提升。叙述性的图画抛开时间秩序的约束，围绕着一个本身亦在变动的主题，发展出许多小故事，完全无视于时空顺序。即使是描绘普通的日常生活，不管是农民或工艺匠，都十分从容地占据着空间，似乎他们拥有无限的时空。这种画面空间的解放和结构上的空前大胆，使"空白"全权扮演了组织者的角色，在风景的处理上运用得更为广泛。中国古典绘画中对风景有一种独特的看法，这种眼光的形成多半来源于此。

沉浸在高悬的壁画空间里——这个处处喷涌出力量和热情的世界中，我感觉自己的身体要在它硬实的外壳下瓦解了，我的心将裂成千万个碎块，变成千万个创作和生命的可能。可能性也许太多了，而我也知道还需要相当时间才能在体内产生另一个重心。在此之前，我在石窟中来回，毫不抗拒地接受画上的形象和色彩的熏陶。为了减少混淆，我尽可能地依循历史的先后次序。初期的壁画，用淡粉或深红绘成，颜色褪却后只剩下黑色的描边，像是在壁上刻出来的。大胆的笔触显露无遗，使人联想到褪尽了枝叶的冬日树干，只剩下不能再剪除的主要部分，随时等待第一道春风吹来便抽枝发芽。

　　然后是唐代的绘画，意气风发的英雄人物造型，和当时最有代表性的肥壮马匹一样饱满有力。到了较为晚期的宋元绘画，我渐渐随着它们的温和而平静下来。这个时期的绘画是以一种非常细致的素描技术和准确的颜色运用为基础。每种颜色本身都有存在的理由，蓝、绿、紫、黄等。长期沉浸其间的结果，我不再注意作品的内容，而全心全意地向这个彩色王国开放。当我朝壁画走去时，逐渐感觉自己融进了画里，我在绚丽多彩的颜色震波中央扩散。色泽的拿捏是多么恰到好处，有一种与生俱来的尺度，它们彼此间没有竞争，每一个都清楚地知道自己的价值，同时也想到回应周围其他的颜色，照顾到整体的和谐。画里的宫廷梳妆女官，或者这些虔诚祭拜的信徒亦是如此。这些穿着考究的人物，似乎意识到本身的尊严，同时知道有隐姓埋名的义务，使人感觉他们随时准备退开，为前进的神明让出路来。

二十八

经过一段时期的准备后，我们终于动手工作了。首先就是临摹壁画。对于可以做得到的尺寸，我们会拉起大幅的纸或布铺在石壁上，将画白描下来。画的轮廓移描成了，再把纸或布取下着色。今天用惯了相机的人也许觉得这种方法太简陋且过时，但是，此种方法取到的抄本可保有原作的质感和鲜明。后来这些抄本在中国各大城市展出时，曾造成轰动。在移印和临摹的工程中，我们整个人完全投入壁画的空间里，在线条和色彩的流水中载浮载沉。也梦想着创作者当时的心境，以期与他动作的节奏相吻合，并试着感觉原创者在犹豫迟疑和雀跃欢喜之间的心跳。对于我们而言，这个经验不仅十分珍贵，而且独一无二。

整天全神贯注在石窟里工作，有时是坟墓，有时则是产房，我完全达到了忘我的境界。在这个生与死交错混杂的地方，我置身于时间之外。触目所及只不过是一堆形状和颜色，挥舞着的手只是一连串或多或少熟练的动作。做完一件紧跟着再开始另一件，像宇宙一样永续不断。我愿意相信生命就是这条通畅的河流，我的一生将随着我总算平静下来的血液节奏安静地流过。

石窟外一望无际也无从记忆的空间，看来似乎在邀人不再抗拒。我们融入它的冷漠和缓慢中；融入它粗糙的组件里；融入近处树木的树荫里和这条有时干涸的小河，以及风一吹便飒飒作响的沙丘，然后融入那个不断伸展的，或骚动、或平静的沙漠，它伸向尽头积雪的山峦。那一抹纯净的雪白，无视于隆隆而至的暴风雨或落日的火焰……

然而我在沙漠之夜的直觉是正确的：即使身处孤独的流放期中，仍然身不由己地被无形的锁链套着，这就是命运。在我以为无人知晓、无人关心的这段时期，是永恒，还是刹那？整个大局势迅速演变，而且依据准确的日期，仿佛事前约定好似的，有些事件影响整个世界，其他的则替我往后的生活另作了安排。

一九四五年八月十五日，我到敦煌不到两个月，战争结束了。我们这个角落，只远远传来些微民众欢呼的回音。第二天，我们一起进城参加烤羊肉庆祝会。维吾尔人在鞭炮声中载歌载舞，酒杯在众人的手里传递着。除了烤羊肉，还有馅饼，以及许多硕大多汁的水果，有西瓜、哈密瓜、成串的葡萄……晚会后回程的路上，我发现，在敦煌生活，我最担心的胃痛竟然没有复发。这个地区一方面让人干渴不已，同时又拥有止渴的富饶特产，难道我的身体正好符合了这种互补的本质？

但是欢乐很快就被忧虑取代了。胜利的头一年还没有过完，大批到西部避难的人潮开始返乡。当时交通工具奇缺，拥挤不堪的公路和唯一的水路陷入一片无政府的混乱状态，水路没多久就面临堵塞。在你争我夺中，经常发生意外。只有有钱的特权阶级才能优先在尚称合理的条件下旅行。这一时期，国民党政府刚结束外患的纷扰，又得面对十分严重的内忧——中国共产党的发展。后者在战时参加了抗日，后来便伸延至整个中国北方，称为"解放区"。国共双方尽管都诚意地表示愿意和谈，避免不了的冲突仍将国家拉向了内战。

一九四六年初，我收到母亲的来信，得知她和郭家已到了重庆。郭先生工作的教育单位等着他复职南京。打开母亲的信前，我看到信封上的字迹吓了一大跳。那是玉梅的字，信是她替母亲写的，她在信尾悄悄地加了几句自己的话，告诉我她也住在重庆，他们的剧团收编了其他几个解散的剧团。至于浩郎，他去了"那边"。我立刻明白，"那边"指的是共产党的"解放区"。

不久，母亲的第二封信又到了，仍然是由玉梅代笔，说她并没有随郭家移往南京，而是留在重庆和玉梅住在一起。这个消息让我大大放了心，并想："这对我方便不少。"敦煌小组的工作要到一九四八年初才结束，C教授另计划帮我申请奖学金，送我到法国去留学。

"这对我方便不少。"这辈子，我将为这句十足自私的话不断付出代价，现在想起来都觉得自己面目可憎。如果我多注意亲人的呼唤，以及周围的迹象，也许不至于那样盲目，日后也可少些后悔？不过我只是想稍微喘口气而已。但事与愿违，当人们躬着背，专心地作着小小的打算，并为往后列出计划表时，命运却在背地里无声地冷笑。它的行事簿可不是凡夫俗子的行事簿，它有它的远景，它的价值体系，根本不理会短视近利的人的行事期限。命运将人们从他们走了一半的路上拉下来，放在另一条他们没有料到的路上，既不知道它有多长，也不知道它通往何方。

一九四七年的夏天格外炎热，整个中国西部笼罩在空前的高温下，重庆成了一个大火炉。一封迟迟才寄达的电报通知我母亲病危。我仓促离开敦煌，坐在一辆颠簸不堪的长途客车中，快速通过一些曾令我无限向往，如今有如嘲讽的城市：西宁门、玉门关、紫金城和酒泉。我在酒泉得以登上一架前往兰州的军用飞机。抵达兰州时，我终于可以发电报到重庆，离我收到上封电报已经整整一个星期。接到的回音却是："母亲过世，没有痛苦，请节哀。玉梅。"从兰州到重庆，这段酷热难当和漫天风沙下的漫长路途，对我无异是一条通往地狱之路。我心中悔恨交加，为自己的不孝深深自责。父亲的过世已经让我愧疚不已，如今面对最疼爱我的母亲，也是唯一一个能把我留在这个世上的人，我的愧疚就更深了。难道是为了摆脱我身上的压力吗？被失去母亲的伤痛啃噬着，我只好这样推想：也许由于玉梅取代了我，母亲有一种感应，觉得和父亲重逢的时候到了，要不然就是她决定到西天极乐世界去，因为父亲已在那里等待着，儿子又离得不远。敦煌不是位于通往西天的路上吗？这样想时，我在敦煌描绘的一幅"目连救母"的画在脑海中浮现：目连是个虔诚的佛教徒，为了挽救过世母亲的灵魂，到地狱备受考验。而我呢，在我有生之年是否能有所弥补？

二十九

到了重庆，等待着我的是母亲的骨灰盒。我真的永远再也见不到那张饱经风霜却分外平静的脸了？近几年来我只顾忙着自己感兴趣的事，始终不曾好好端详这张面孔，我以后还能清楚记得上面的每一个线条吗？另一个盒子里，收藏着我写给她的信，看到这些信，我更加不忍。每封信的间隔都很长，通常是草草写就，缺乏感情与应有的专心。但愿我能再和母亲说一次话！好好地说一次，用很长的时间，毫无保留地，就像一条清澈的溪水，把脑海里闪现的、心里所想的全都宣泄出来。若真能如此，往后自己的死亡将变得比较温和。

人和人之间为什么要有所保留？他们心里想的远比当面说的要多得多。长长的一生中想说的话被紧紧压抑着，直到一个永远无法挽回的缺席。只要母亲还健在，每当我愿意时就能见得到她，见到那个在阴暗的厨房里躬身忙碌的身影；即使在大环境和个人遭遇的无情摆布中，我仍觉得自己的根深扎在某个地方。继父亲和妹妹之后，这个将我留在世上的，最深、最牢固、最能滋养我血缘的根，突然间被夺走了。在我眼前的是个被掏空了的世界，一个无比的虚无。宇宙本身看来也是没有根的。所有的星辰，和我周围无目的地不停打转的人群一样，仅只是附着在一个盲目的引力上，构成一个无止境的虚空。对于我，流星的形象比任何时候都更是唯一可触知的现实。

我的痛苦因为玉梅在身旁而稍微减轻了些，但她自己也很受折磨。失去我母亲的关怀，她等于又变成了孤儿。她原已不期望此生能再见到浩郎，现在听说我即将离去，一时陷入深沉的绝望中。

我安慰她说浩郎总有一天会回来的，虽然自己也不太确定。我也婉转解释，到法国留学的机会对我是多么重要，况且只有短短两年，法国政府给我的奖学金期限一满就必定回来。出国前的这段日子，我尽可能留在重庆。这三个月的生活几乎是幸福美满的，尽管在此变动剧烈的战后时期，我们都无可避免地经历了生离死别。

我们在一起促膝长谈，或在沉默中交流情意，又找回了初期的纯真。两人说的话都是发自内心深处，既充满了疑问，有时又非常肯定，玉梅尤其如此：

"生命到底是什么？我们的一生有什么意义？生命的诞生难道不是轻而易举的吗？我们在地上撒一粒种子，没多久就长出芽来。你看这些窗前的树枝，多么简单。它们都在那儿，就这么回事。是的，基本上我们的要求很低：生活在一起。但看来是个奢望。这个世界真奇怪，人心也真奇怪。而我们是孤独的，各自在自己孤独的角落里。"

然后，她鼓起勇气，一口气说了出来：

"你相信吗？有一天你会相信的。你是我在这世上唯一所爱的人。你是我的纯真，我的梦。无数次我在夜里梦见你，像梦见一个天真的童年。我是你的姊姊，你的情人，但是这辈子，我们不可能结为夫妻。不是现在，也许是以后，以后一定会。当我们在千万次死亡中幸存下来，我会走向你的，就如同走回故乡……你太早来到我的生命中，或者太晚到这个世界上来。我们第一次分手后，你和浩郎一起来找我。啊，我是多么珍惜我们的友谊，它比爱情高贵得多！我们三个人是否可以持续这种友谊呢？如果我们有充分的时间，应该是可以做到的。这其中，浩郎和我在盲目力量的驱使下，不由自主地成了夫妻，明知如此会把你排除在外，也等于关闭和萎缩。我们两个人都需要你，就像是你在托载着我们。你不晓得你离开后我们有多难过。不只被罪恶感折磨着，而且发觉我们的命运和你联系在一起，没有你，我们无法真正完成。事实是如此：我既不能没有你，也不能没有他。不要强迫我选择。我自私得多么可怕！"

她禁不住带着眼泪笑起来。

最后几天，玉梅知道时间已所剩无多，再次坦承她无以割舍的感情：

"你对我而言犹如这块故土，因为我和你一起，或者在你体内重生。他呢，他来自远方，以他截然不同的性格，丰富我们的生活，揭示我们真正的本质。你们两人，他和你，变成我少不了的人。你们进入了我的命运里；你们就是我的命运，我也不知道为什么。我知道的是：没有了你们，生命是乏味的，飘浮不定的，次要的。一旦和你们在一起，一切都有了光亮和意义。三个人一起生活，三位一体，这是人类无法实现的。这些话很可怕吗？我说了，你也听见了。世界会变成什么样子？我们还会团聚吗？但以后不论你在哪里，请把我说的话当成我们的共同宝物珍藏起来！"

我们紧紧拥抱，有如被血缘连结起来的一对姐弟，或者一对被柔情连结的夫妻，像古老神话里的伏羲和女娲，中国种族的始祖，两人既是兄妹也是夫妻。两人都是人身鱼尾。他们得以在洪水后幸存下来，就是因为两人的尾巴紧紧缠成一条。

这是我第一次拥抱玉梅，如此接近、从容地看着这张既熟悉又陌生的脸孔。这头闪着蓝色光泽的发丝；这颗美人痣，像黑钻石般镶嵌在颈窝里；这些眼睫毛，眨动时不是在欢呼就是在叹息；这个当她转过身来时睨着的眼神，总是有一抹惊异闪过。所有这些都因身体的接近而不再是平常的样子，它们被放大了，使人联想到一大片风景，而我这个观赏者，化为风景的一部分。

和情人如此贴近，我了解只要一个动作就可让我们完全结合。如果我伸出手来，她会在我的爱抚下软化，然后任由我不由分说地进入她的身体。趁现在还来得及，也许是我完成这个如此渴望的动作的唯一机会，我深信我就是为此而来到世上的。但是我不会，还不是时候，正是因为还来得及，就不该是赶着做的时刻。

我的一生不都是如此，不是及时，而是慢了一步？我的生命从不在看得见和可预测的现在完成。不断地拖延，总是推测以后还有机会。推测吗？不完全是。我心底下相信确实如此。由于永远在失去和被剥夺，我学会了对什么都不再确定，但我仍然有个天真且根深蒂固的信念，就是所有我散播的东西，哪怕只是闪过脑际的意念，或是出于生成的欲望，必定会孕育成熟，这是不可遏抑的，也不是

135

我的意志力所能控制，它们必将开花结果，也许在近期，也许在遥远的时刻，说不定是在来生。我主要的工作是学着把这些时刻侦测出来。否则，就算命运把我排除在外，所有事情照样会发生。

我让情人的体温、芬芳慢慢侵入，像是为了大量储存供我终身享用。我捧着情人的脸，仔细地看着这张因为痛苦和十月金色的光线而变得半透明的面庞。我喃喃地对她说：

"玉梅，玉梅，让我们接受离别的考验吧。我们会再见面的。现在我们已经在一起了，永远在一起了。"

三十

一九四七年，我前往南京，准备参加申请奖学金的考试。由于我是壁画专科唯一的应考者，又得到评审委员之一的C教授的大力推荐，我知道考试只是徒具形式。但是我仍然抱着尊重的态度，将所有考试项目都仔细研读了一番。

我顺着远近闻名的长江三峡而下，一路数百公里。九年前，我离开四川时也曾走过这条路。当时我还是个孩子，天真烂漫，无忧无虑。我只记得看到壮观的风景敞开喉咙大叫，喊叫声淹没在惊涛拍岸、一举通天的轰隆浪涛声中。现在，我已是个青年，几乎历尽沧桑，人未老却承受了命运的重大压力。

这次顺江而下更是惊险万状。在汹涌浪涛的冲击下，船必须忽左忽右地闪躲，以免碰上岩礁。我们不时会看到被波浪撕裂了的舢舨碎块在水面上漂浮。

我和其他乘客站在甲板上，既着迷又惊恐地看着这条滔滔大河。我无法不把河跟我的命运联想在一起。我除了随波逐流，被这个盲目的水流托载着，直到最后的迸裂，还能如何？

但是我能不思考吗？这条激流无怨无悔地投向虚无，不是正好贴切地象征了世界巨大的沉沦？如果一切都只是纯粹的丧失，那么，为什么要有生命而不任之空无？为什么有那样多的梦想和欲望，受那么多苦却又仍然抱着那样大的狂热？奔流不息的江水日夜怒吼着，激荡起一个我经常在噩梦中看见的景象，那名受重伤的中学同学，虽然已为他急救包扎，血还是流个不止。当时有人说了一句我永远忘不了的话："等血流完，他就死了。"事实上，在烈日当空下将他送到远处的医院时，他已在半路断了气。

看见我周围的人欢呼惊叫，笑得前仰后合，或抬高声音说话，设法把他们脚下狂澜的喧哗声压下去，我突然害怕起来，想大声警告他们："小心危险！"他们以为是在一个很稳固的空间里，难道看不见时间在戏弄他们，将不过是幻象的根基一块块拆卸，比巨型蚂蚁挖得更为彻底？江水和时间为何朝单一方向疯狂奔流？古人悟到些什么又说了些什么，使得后人那样放心笃定？我还能再见到我所认识的、所梦想的玉梅吗？甚至我是否还能不顾自然的规律，或超越一切，再见到父母亲？

船上有一群回北京的大学生。在这样的旅途中很容易攀谈，我走了过去，把疑问一股脑儿地提出来，差点令人不耐。但我满脸的问号还是遇到了一张因此展露笑容的严肃面孔，他说："问题很有意思，甚至是最主要的，最主要的……"这是著名的中国哲学教授 F 先生，每个人走近他时都敬畏有加。我则坦然无惧，没有特别感到不安，因为我只是想听他说话。

"是的，河流象征了时间，有什么涵意呢？看看该怎么回答这个问题……"

他的额头在金丝框眼镜后面皱了起来。

"这是无可逃避的问题，不是吗？你们看，多么大的巧合！明天我们正要绕过老子的故国。你们知道的，道家源出于老子，是他将道的观念发扬光大，这是个由元气演变而来的无可遏抑的宇宙运动。那么明天见，我们有机会再谈。"

这位饱学之士次日接续话题说下去，好像前一天未曾中断过。

"所谓道……显然老子是从这条和银河平行，孕育力丰盛无比的长江得来灵感，而创立了道的观念——你们看，河流现在扩大了，好美，不是吗？道和河流一样与时间有关。我们不是说'时间的长河'吗？表面上，看着河，我们总觉得它往前直线奔流，永不回头，而道家则说大而逝，逝而远，远而返，所以道是循着一个回绕的运动；因此，有人认为现实和观念之间有所矛盾，其实并不。这要谈到中国地理的一个特点。中国是个自成整体的大陆。西部的山岳和东部的平原，使地面自西往东倾斜，以致所有河流，尤其是两条主要的大河，黄河与长江，都自西流向东。这两条河，一条粗犷阳刚，是儒家的摇篮，另一条丰盛而女性，是道家的滥觞，它们有同样的源头，流往同样的方向，使中国人觉得时间的秩序有一个来源，也指向一个目的地。

"如何能设想时间之流并非永不回头的秩序？道内部中心的冲虚便于此时干预。冲虚本身是气，将自己的节奏、呼吸引入道中，让道可以一面推动事情的演变，一面又返回源头。对河流而言，虚空是以云的形式存在。河水蒸发出去，凝结成云，云再降成雨，回过头来滋养河流。在这个循环运动中，河，负责天地间的联系，便切断了自己执著奔流的宿命。同样的，在它的两端，在海和山、阴和阳之间也连接成更大的一种圆环。这两种实体，由于河的关系，进入了相互作用的程序：海水蒸发到天上，成为雨落到山上，形成河的源头。这时起点便连结上终点，终点又新开起点。

"因此，时间是以同心圆或者是呈螺旋形的方式作用。不过要知道，这个圆并非自转的轮子，不是印度人所说的同类东西的循环，也不是哲学上的永远恢复论。凝聚成雨水的云不再是河水，而雨也不再落在同样的河水上。因为圆只是穿过虚空和变数而已。是的，转化和改变的想法是中国思想最主要的部分。它甚至是道的法则本身。老子所说的早复最后自然意指一切的重生，但是也指改变为其他的东西，使得不断有再生；再生愈多，改变的可能性就愈大，元气的转换就是无止境的了。这也许有点难以捉摸和自相矛盾，但事情就是如此……"

F教授藏在眼镜后面的脸机智地笑了一下，似乎很满意得以把自己思想的"圆"环接起来。

我凝神恭听，他的解说有不少地方对我过于深奥，但我至少记得一点，就是真实生活里什么都不会丧失，而不会丧失的东西将有一个延续和无以知晓的未来。当我到了法国，读到《追忆似水年华》这本书时，便又想起他这番话。和普鲁斯特相反，我将写一本《追寻未来时光》。时间的法则，至少对我而言，以我和玉梅之间的经历，不是在完成、实现中，而是在延期和未完成中。我必须既穿过虚空，也穿过变异。

我如期在南京参加了奖学金考试，也如我所预见的顺利通过了。录取的留学生由政府负责照顾，并安排了出国须知的讲习和密集的法语课程。我无法再返回故乡南昌，将母亲的骨灰安置在父亲的坟上，便将骨灰盒放在箱子的一角，决心等我回国时再带回南昌。

上船前往法国前，我很高兴在胡风主持的《希望》杂志上看到几首浩郎的诗，是暗中从"那边"寄来的，这对我有如一个信号。但是我也不能因此对浩郎的处境过于放心：内战已经开始了两年，北方打得尤其激烈。

第二部 转折的历程

一

一九四八年四月，我和其他十二名留学生经由水路，耗时三十天，终于从马赛抵达了巴黎。未料巴黎的街道如此黯淡，让我大为惊讶，和想象所美化的光明形象大不相同。火车站周围的房屋积累了几十年的灰尘和煤烟，灰溜溜的状极疲惫。天气还有点凉意，行人裹在战后头几年里还未能换新的深色旧大衣里，神情冷漠而忧虑。塞纳河世界驰名，沿岸的风景总让观光客心醉神迷，但我向来有不同的看法，在所有人看见的东西前，我常会怀疑自己的眼光。巴黎的魅力，我将以自己的方式来发掘。

几名战前来到法国，经过艰困占领期的中国留学生，钻出阴影，到车站来接我们。大伙先把行李寄存在车站，然后随着他们走进旁边一条小街。在去拉丁区下旅馆前，先得解决吃饭问题。经过几条窄巷，走入一个更窄小阴暗的死胡同，地上铺着高低不齐的石板，两旁墙面斑驳的低矮房屋散发出潮湿的气味。许多中国商人便住在里面，楼上住家，楼下开店。我们在其中一家稍微明亮些的餐馆里，以一顿午餐庆祝大家的初遇。

各式色香味俱全的小菜，和船上令人嫌恶的大锅菜大相径庭，谈话在汤面冒上来的蒸气中热闹地展开，冲淡了不少墙缝里的油垢和霉味，给人重回故乡的短暂假象。

我将学着喜欢这个必须生活一段时期的城市；我将学着喜欢这个位于西欧中央地带的国家，这将是一个漫长的学习过程。我有预感，这中间必须经过一个净化的阶段，否则就是地狱般的考验。

我自认对地狱极为熟悉，也始终被邪恶的现象缠绕着，邪恶必定导向毫不留情的死亡。但是我也将逐渐发现，有另外一种邪恶，甚为微妙，它使得死亡和痛苦相对地不那么明显。在中国，我不曾感受到过，因为我身处熟悉的环境，对当地语言和习俗了如指掌。我的面孔不会在人群中显得突出，它融进自我出生起就承托着我的人生浪潮。在巴黎，我首次感觉到自己的奇特。我这个外国人得像个牙牙学语的幼儿般接受周遭世界的挑战。

我并不害怕被检查证件，我是合法居留的，然而透过我的身体，却意识到更为根本的缺乏——存在的合理性。看来再没有什么能保证我的身份，以及作为我必须在这里的理由。比被排除更糟的是，我觉得被隔离开来，和他人隔开，和自己隔开，和一切隔开。我到这里来是为了学画，我面对的却是一个学习不了的职业：生存之道。

目前，我所对抗的是一个面目和善的地狱。太过于和善而不可能真正和善，这是可想而知的；太可亲了反而使人无法参与，这点也许使人不解。但这确实是个很奇怪的地狱，像个陷阱般引诱你，又不让你掉下去。那时的法国正流行着萨特的一句话："地狱即他人。"对于我却相反，地狱，我凭经验了解到，就是永远做不了自己，以致在这世界上没有任何落脚处。

在四十年代末，所有年轻人都疯狂地尽情生活，许多家境优渥的人为了弥补过去的匮乏，对纵情享乐和轻浮的社交生活有种饥渴般的需要。

由于战后到巴黎的中国艺术家们尚未成气候，我物以稀为贵地获得一个以开放著称的沙龙的邀请。在我被介绍给客人时，得到"幸会"、"荣幸"等充满奉承的客套话，我很高兴终于能够认识到"巴黎的社会"，但是对方已经转过身去忙别的了，和其他人相互亲热地寒暄着："亲爱的！""这阵子好吗？"过了一会儿，我感觉自己被当成了一件室内的装饰品，就像客厅角落里放置的那个明代的花瓶。

在餐桌上，我有机会得以抓住几个邻座客人的注意，甚至得到几句像"啊，真有意思"、"简直闻所未闻"等的回答。当我想深入话题，畅谈一番时，立刻发现我的对话者勉强忍住的哈欠和他们彼此交换的眼神，似乎在嘲笑我的笨拙。我于是想起法语的金科玉律：不可重复。在社交谈话里尤其如此，必须生动活泼，轻松有趣。首先得用词合宜，引人入胜，甚或一针见血，举座哗然。

听累了纷乱的谈话，我开始打起瞌睡来，这时话题正好转到中国身上。但是不必我花费力气，因为好几位客人比我更了解中国人。其中一位竖着耳朵听我谈了一会儿话后，直言不讳地叫道："奇怪，您不太像中国人！"

其他才智敏捷之士，向我阐述中国思想、诗词和艺术。听完他们说话，我终于明白他们对一个中国人的要求。这应该是一个凡事超然处之，不肩负痛苦，没有疑问，面庞光滑平板，憨傻地笑着，是另一种完全不同于血肉之躯的人。他的语言应当简短扼要，说起来不费神、不刻板，有种天真的单纯，说完话后应以几句祖传的格言总结。总之，是个注定了要保有他天生质朴的人，注定了没有激情、没有追求变化的冒险精神。

终于离开了这个晚会，呼吸到外面的新鲜空气，我发誓再也不会在这类社交场合丢脸了。我对自己说，今后要努力做个"中国人"了，使自己符合人们所想象的"中国人"形象。

二

在能够从容自在地出入巴黎社交圈之前，我这个初来乍到又家无恒产的异乡人，得先设法和其他的异乡人来往。

这些异乡人，人数众多，类型繁杂，组成一个边缘社会。彼此间用勉强能够达意的法语交谈，尽可能相互帮助，传递些"一手消息"，应付复杂的行政手续，找到便宜的餐馆，将自己租到的老旧房屋转手承租，形成一个融入这里的生活并已扎根了的幻象。

他们挤在一起用彼此的体温取暖，像这些蒙巴纳斯区的艺术家们，居住品质低劣，经常不洗澡，冬天时在破烂的画室里围着一个冒烟的煤炭炉子，在轰轰的噪音中对着一个肌肉松弛的模特儿作画，却认为既身处艺术天堂便已足堪自慰。

工作结束后，他们到咖啡馆消磨时间，大声打招呼，用力地拍肩膀。大家用一个友爱的动作，一块分享牛角面包，一句诚意的祝福，相互安慰，彼此鼓励。人们就是这样把自己武装起来防御绝望。自杀的人是很隐秘的，走时没有通告，他们有不惊动家人的气度。再说，也许就是要有这样的条件才能孕育出莫迪利亚尼和凡·高。

我既然是艺术家，便也在蒙巴纳斯住下来，一间凑合着使用的小画室，是之前住过的艺术家自己改装的，在一条阴暗走廊的尽头。除了上几堂艺术学院的壁画课外，我主要在区内几个画室中流连。为了让自己看起来更像艺术家，我买了一只烟斗，蓄起胡子。但是我很快就想摆脱这个不停骚动的环境，以及含混而肤浅的影响，于是利用机会迁离。一名中国雕塑家回国前，将他的房子转租给我，里面有一间比较大的画室，不过是位于很远的巴黎东区的 B 街上。这条街的石板路比别处粗糙，坡度很陡，我踩在脚下却备感亲切，使我想起以往走在重庆街道上的岁月。搬家后，我每天大部分时间仍然在蒙巴纳斯度过，那里有我习惯的去处：廉价的咖啡馆和餐馆，有时我还可以在咖啡馆内卖出几幅风景写生的水墨画、水彩画或油画。

一天结束后，为了省下车钱，我安步当车地散步回家。在黄昏或夜晚穿过巴黎的漫长步行使我对这个大城市熟悉起来，只是仍未能摆脱它在我心理上引起的存在危机。我开始对巴黎产生感情，以致不再能想象我还会到别的地方生活。巴黎就像这些贵族家庭，有尊贵的过去，也有无以告人的罪孽，我全盘接受。从此，我相信我的血管里，也流着名闻遐迩的贵族香气混合着毒药的血液。和其他成员一样，我们完全清楚，在家族宅邸中、在阴暗的房间里、古老的床上、密封的衣柜里，以及其他秘密角落累积下来的一代代的瑕疵与不堪，却从未想过要离开。

　　我这个融入的外国人也一样不会离开。这段时期中，我的收入有限，付完房租和购买画具后，根本不可能考虑旅行，不论是到外国或就在法国境内。倒有几次去了郊外的夏都和布吉瓦尔，追寻莫奈或凡·高的足迹：在那里，一字排开的白杨树在阳光下不断地晃动着，纤道旁散发出青草香，而流经的塞纳河将浮云揽在怀里，在在使我欢喜雀跃。我像头暂时获得自由的笼中兽，在捉襟见肘的有限条件下又找回了失落的幸福。我支起画架，目光灼灼，画笔灵活，我眼见生活情境从稀释的墨水下逐一呈现，再以成熟的颜色衬托出来。

　　其余的时间，我犹如陷入了迷魂阵一般的城市罗网中。在我每晚必经的路上，有几个相当大的车站，都像要将你吸进去的大口。我高兴地嗅着列车启动时冒出的热烟，直到车轮的轰隆声带走总显得可笑的告别手势。这时车站就变成了一个凄凉的风景，飘浮着绿光，像鬼魂即将出没。我继续和永远不会离去的人在车站里等待，包括流浪汉、居无定所的人以及想碰到意外收获的闲逛者，这些人流落车站，就像海潮过后留在沙滩上的海藻或贝壳。

有时在回程的路上，沿着河绕一圈时，我仿佛又回到母亲温柔的怀抱：塞纳河的两条手臂，环抱这个被视为"巴黎心脏"的小岛。我自己的心也随之鼓动，我从一座桥走到另一座桥，这些桥将流水切割成一段段，造成均匀的节奏。在一座桥的中心，我突然看到了岛上那座构架堂皇的大教堂的全貌，和它周围的各个宫殿，我和初到时不一样，不再去一一分辨。我在这些几世纪累积起来的建筑中随意浏览。它们表面上的庞杂其实是在依循一个秘密的秩序，带着皇家车队的庄严隆重，拿掉任何一块石头都将损害它的整体美。

这些人类创造的伟大成果，多么神秘，它们逐一增添，没有计划，因当时的紧急需要而诞生，但在后人眼里，竟变为一个有机的个体，哪怕它们终究会成为废墟。从此活在那儿，在这个像摊开来的手掌般地托着它的小岛上，这个和谐的建筑，反映着碧蓝的天空和晃动的水光，有种惊人的呼吸般的动感。时间是使它从外而内活起来的因素，在每天的不同时刻变换着样子。这现实美的一刻又融合着石墙中隐匿的岁月感，显现它存在之后所经历过的人世悲欢！石块白天里从淡粉直到丝绸似的浅灰，黄昏时就蒙上了一层紫。遗留下的血迹如今在天光下化为斑斑花色：丁香或百合、菖兰或蔷薇的颜色。光线仿佛涌向石头的心坎，令之时张时合，当夜晚来临时由河水温柔地净化。

我沿着河离开热闹的市中心，朝巴黎东区走去。一艘平底船使我意识到自己正逆流而上。在这白日将尽之时，朝着河流的上游，朝着它遥远的最初承诺走去，另有一番滋味。地平线上的天际暗得较早，几朵云彩尚在去留之间犹豫不决，突然就从西边截取了落日最后的返照，有如轻轻一挥手般难以察觉，令人怅惘。

较远一点，河流好像被冷落了，沿岸飘着海草和燃料油的气味，成堆的沙石和钢铁废料更增加了荒凉感。我加快脚步，设法消除心里的忧郁。这个从不曾离开我的忧郁，一到晚上，总是伺机醒来。这一刻，浩郎与玉梅的形象浮现了起来，我经常牵挂着他们，但从不像此刻那样尖锐。我僵住了。想跳进河里的念头紧扣住我，想和盲目的鲑鱼一样逆流而上，去到东方，遥远的东方，直到我所来自的地方。身心俱疲下，我走到一座桥头后左转，因为我看见在一条树荫掩映的街道尽头有座教堂，安静地倚靠着群星初现的夜空。它被人们遗忘，自己也不清楚为什么立在那儿，它只是一个简单的存在，等候着有人不期然地走来……

其他的日子，纯靠感觉，我离开笔直的通衢要道，冒着迷路的危险，信步走进不知名的狭小街巷。这些巷子里住着被封闭的日常生活磨损了的人。一些发黄的文具店，老旧的针线店，在关门前刚用漂白剂洗过的店铺尚残留着生肉的血腥气，以及湿面包或过时牛奶的骚味。我像只流浪狗，本能地朝有光亮、有声音，尤其是有气味的地方走去。烤肉、炖蔬菜和强烈香料的气味，混杂着口音很重的谈话声和女人尖锐的笑声。很快地，我进入一个区段的核心，像从遗忘中冒出来，却又无比真实。我差点儿以为是在中国的某条街上，时间尽管很晚了，仍然人声沸腾，热闹非凡。我吓了一跳，一颗心揪紧起来，一位母亲在呼唤她的孩子：我突然记起早已被遗忘了的，母亲在夜幕低垂的巷口呼唤我的声音。

三

在 B 街住久了，我发现大城市里有许多孤独的灵魂。他们太清楚隐藏的必要而不将孤独挂在脸上，需要长时间和精准的方法才能把他们分辨出来。我渐渐精于此道，十里外就能嗅得出他们的存在。想到我这样的人，周围有那么多同类，我几乎感到安慰。一个孤独的人不感到孤独，多奇妙的发现！

住在我隔壁的女士，每天早上都以一种独特的方式开始新的一天。她不停地咳嗽、吐痰。她是否有气管炎呢？她抽烟或喝酒吗？她的喉咙在夜里堵塞起来需要清理？总之，她每天重复着这套仪式，以为没有人听见，毫不压抑地尽兴清理，直到一种痛苦的恍惚状态。她咳嗽激烈狂暴，吐痰像发泄怨恨，节奏时而规律，时而断断续续，或者愈来愈快，几乎是怒气冲天，好像要把体内所有累积的怨气和挫折一举掏空。但是，由于这场晨课持续的时间很长，密集的程度便有高下之分。她不时将她的咳嗽和吐痰调整一下，在五度音阶上加上较多的低音，而几乎成了柔音，听着竟会以为她在歌唱了。是的，这是她的歌。尤其是最后，当无以阻挡的发作缓和下来，转变成打嗝、喘息，然后变成间歇的叹息，终于化为一首温和而哀怨的催眠曲。接下去是一片沉寂。我想她终于平静下来了，而我，噢，沟通的奇迹，我也觉得自己整个平静了下来。

女人出门的时候却是平静的。当我在楼梯间或街上碰见她时，总是惊讶不已，因为我所"听见"的她和"看到"的她，差异是如此之大。事实上，面前这个沉默、隐秘，看不出年龄的女人，怎能将她的模样和刚才那个如此狂吐猛咳的人画上等号呢？她过去以帮佣为业，长年劳累损害了健康。她一辈子习惯了奉献牺牲，现在到猪肉店前排队，都会自愿让位。她站得远远的，等待最不干扰肉商的一刻小心地对他说：

"这块肉酱，对我很合适。"或者："我只要一小块猪肝。"

我很容易想象，她回到房里，将纸打开来，把这块肉酱放在盘子里，仔细地切成小块，对自己说，要尽量慢慢省着吃，不见得是为了延长吃的乐趣，而是使一天的时间显得短些。

邻居中有一名亚美尼亚摊贩，他曾随着局势和偶然的机遇跑遍了欧亚大陆。现在他有了一个谋生的工具，一把小手推车，安置在院子一个黑暗的角落里，像海滩上一艘搁浅的破船。每天早上，当他推着他的货品——花生、牛轧糖和其他零食——到街角贩卖时，他的手推车走在石板路上的唧嘎声，自然而然地将我带回幼年时初次随父母到庐山去的情境。途中有一段路必须坐上驴车，木头轮子的驴车发出的噪音相当刺耳，但是它和土地、青山的气味，以及解脱的感觉相连，因为当时我们在逃离城市的酷热和大家庭令人窒息的压力。

"啊，你是中国人！你知道，中国我很熟。"

亚美尼亚人这就把他的中国之旅全部叙述了一遍才肯放我走。他所说的中国是维吾尔人所住的新疆，我虽然在敦煌停留了一段时期，却不曾到过那里。但是我没有因而获得清静，每次一碰见他，他总要再替头一个版本补充一段细节。他想叙述的欲望是无止境的。我有幸听了他的中国行，他在路上遇到的伊朗人、黎巴嫩人或希腊人，也听过他穿过伊朗、黎巴嫩或希腊的英勇故事。

这位在欧亚大陆上什么都见识过的小市民尽管易于和人攀谈，一开口便滔滔不绝，其实却是个孤独的人，因为他无法将一生完整的经历说给别人，或说给自己听。他的生平就是一处接着一处的游荡。每回向偶然碰到的人叙述时只能说其中一部分，以致他的生活被切割成片段，没有衔接的可能。此外，他的情况和马可·波罗相同：没有人完全相信他所说的。有一天有人故意逗他说：

"跟我们说说乌拉圭，你到过乌拉圭，是吧？"

由于他不确切知道这个地方在哪里，只模糊记得在中国和伊朗之间有个部落像是这样的名字，于是没有多想一下便回答说：

"当然到过……"

他大旅行家的名声至此不太站得住脚了。他只能胡乱凑合一些零碎的记忆，到最后简直无法自圆其说。他拖着自己的生平就像狗拖着一条长尾巴，上面还长满了寄生虫。他自己都吃不饱了，还得喂它们，自然弄得筋疲力竭。

像这样无法将过去和现在相连，也无法将之完整地向别人诉说，甚至向自己交代，这便是孤独。多少人深受其苦，我知道我也是其中之一。

印度提琴师是另一个孤独者的例子。他在巴黎东区的地铁出口拉提琴。他说：

"在平民区，给钱的人比较慷慨，他们给钱是出于善意，而不是讲什么慈悲。"

何况他很会演奏一些市井小民容易动情的怀旧曲子。

他住在一个屋顶下的小房间里，一张床就占去了一大半空间。幸好有个天窗，他个子很高，可以站在椅子上，将身体从天窗探出去，在露天里演奏，这样可以减少对邻居的干扰。

他是个充满热情的人，经常处于兴奋的状态，他说话快速而不连贯，还不忘用手势助兴。我走在街上时不太敢和他说话，因为他的大手势会不小心打到路上的行人。他曾经把一个迎面而来的女士的帽子打下来。不过，当他把头依偎在提琴上时，他的音乐有一种无比的温柔。

有一天，我结束了一段比较紧张的生活后，才发现好久没有见到音乐家了，地铁里和区内的咖啡馆都没有他的影子。我到他的住处找他，门房说他出了车祸，出院后拿了行李便走了，未留下通讯处。几个月后，我有天晚上在街上遇见他，几乎没有认出他来。他瞎了一只眼，一身肮脏的衣服，几乎就像夜宿街头的流浪汉。他告诉我，那场车祸使他丧失了左眼，左臂也残废了，却未得到任何赔偿，因为肇事者逃得无影无踪。现在自然不能继续拉琴了。知道他的处境，我想帮助他，他不肯接受，但答应让我请他到我们曾经一起去的小餐馆吃顿饭。我们以前喜欢谈的话题现在不再有意义，谈起来也显得荒谬，在这顿饭中，我试探着问他，回国不是好些吗？这个伤残的男人回答我说：

"一事无成是不能回去的，否则就不该来这里，"他的独眼里闪出一道锐利的光，使我不寒而栗，"如果回去，我会羞愧而死。"

他最后是否回到遥远的家乡了？那个他曾经热烈地梦想着亲近莫扎特和勃拉姆斯的地方？或者他沉沦到巴黎地狱的底层，留在这个即使匿名也仍旧是个外国人的城市？我不知道，我从此未再见过他。

坐在咖啡馆最里面的角落，有个沉默无言的男人，在阴影下，只不过是厚重眼镜后一对眨着的眼睛。他的位子，可以扫视全场，因此他在那儿看着咖啡馆由热闹到冷清，从喧哗到寂寥。他留在阴影里的全部时光，就只是用眼睛观察。他的眼光变成了咖啡馆的眼光，就像挂在那儿的破旧壁灯，半明半暗，有用亦无用。他在特别观察某个东西吗？他在想什么吗？从他中性而模糊的表情，我觉得他是任由景象到他的眼前来，而不是刻意寻找。在他而言，重要的是观看。那么究竟观看些什么呢？可能是偶然捕捉的他人的生活。保持距离地，或漫不经心地观看别人生活，说起来，不也是一种生活？

我习惯在离开蒙巴纳斯或其他地方的画室后，到这家咖啡馆坐坐再回家，我喜欢里面轻松懒散的气氛。但是角落里这个男人的眼光，却让我感觉不舒服。不管我坐在哪里，都会感觉背后有人在注视着我。除了少数几次这人低下头看书之外，我一概逃不过他的注视。我发现他看书的时候，眼镜几乎贴到纸上去了，隆起的鼻尖一行行地点在书上。

有一天，我待的时间比较长，和他同时离开咖啡馆。我在后面跟着他。我得有很大的耐心才能保持和他之间的距离。他走得非常慢，碰到沿路的垃圾筒就停下来。他在里面翻找丢弃的杂志书报，看到感兴趣的就拿着。过了一会儿，他手上已抱满了书报。最后，他在一栋面目模糊的楼房前停下来，从一道小门进去，走进一条发出霉味的走廊。我可以想象他缩在床上，嗅着书报杂志上刺鼻的油墨气味，读着各种滑稽可笑的、令人感动的、龌龊暧昧或卑鄙可耻的故事。

我认出这个男人是个绝对的孤独者，开始对他产生好感。每天晚上看见他在咖啡馆里就感到安慰。我几乎体会到以前在南京或重庆时，放学后回到家里，在厨房的角落看见母亲的感觉。我渐渐发现，他也在等着我。我们最后不可避免地开始交谈。

男人独身，和母亲同住，直到她过世。他做了一辈子的保险公司职员，工作就是抄写，长年累月地抄写各种意外事故或纠纷冲突的档案。在办公室里，需要加班或值班时，大家一定会想到他这个随时可以调遣的单身汉，但该加薪升职时就完全漠视他的存在。辛苦工作了一辈子，他被安排提前退休。除了由于严重近视开始写错字，他翻动档案时鼻尖连带口沫碰在上面的样子也令同事们不舒服。

他没有抱怨，就靠微薄的退休金生活。除了最起码的房租之外，一日三餐和每天泡咖啡馆的费用就是他全部的支出。至于衣服，他继续穿着上班时的旧外套，尤其是母亲在手肘的破洞处打了补丁的那件。他不看医生，甚至不看牙医。当他生病时，就从记忆里搜寻母亲用过的偏方来治疗。他可以忍受牙疼，直到必须拔牙的地步。

他忍受痛苦的能耐非常惊人。这种耐力是将自己整个遗忘之后才做得到的，他多半是从活在对别人的观察之中养成了这种能耐。他还在上班的时候就开始锻炼：当时"别人"是他的同事、上司和所有从他手上的档案中呈现的受害人。现在，"别人"变成他每晚观察的咖啡馆里的客人，以及在他读累了入睡之前浮现的书报杂志上的人物。这个人几乎让人联想到道教的圣贤之语：

为学日益，为道日损。

清静无为的状态，男人没有刻意追求却达到了。他陷得如此之深，以致他身体里的痛苦和他不再相关，他看痛苦就像看一件发生在别人身上的社会新闻。我相信他死时会极为平静，因为他在遗忘中经历过了一切。以后将轮到别人来承受生命的苦果，"别人"是所有这些忽略了他一辈子，最后照顾了他一次的人——总得将他已所剩无多的尸体葬在什么地方。

四

我对中国绘画"三层五点"的画法已能掌握自如，便在艺术学院潜心研究西画的技巧。因为当地生活费不断上涨，奖学金早已入不敷出，我试着和其他学生一样，到咖啡馆里去画像，算是赚取奖学金之外的另一份贴补。这段时期中，我对人的脸孔极为着迷，简直成了一种执著意念。走在街头，我甚至对人们的身体视若无睹。我的视线集中在飘浮在空中的许许多多的脸孔上，他们相互闪避或以一些习惯性的小动作打招呼，偶尔带着微笑。

这个显然是宇宙间最活跃、最不稳定和最难以掌握的物体究竟是什么？事实上，画家要展露才华不都是从画人像开始吗？脸孔是由什么组成的？几十平方公分的皮肤，罩在一个头颅和几根骨头上，加上一些洞眼。但这个几乎微不足道，没有真正的厚度，也没有深度的东西，是人类的标志，使每一个人在芸芸众生之中变成特立的个体，因为它是识别的标记。它使得某人可以说"我"，另一人说"你"或"他"，也能就此发现一颗心，一个灵魂。

从出生起，每张脸孔便任由一生种种遭遇加以塑造：压抑的欲念、隐藏的折磨、谨守的谎言、沉默的叫喊、无声的啜泣、否认的悲伤、克制的愤怒、囫囵吞下的羞辱、被排拒的狂笑、被打断的独白、被出卖的秘密、来得太快的快感、消失得太早的意乱情迷。每条皱纹和树木的年轮一样准确地带着刻痕。所有这些，揭露了一个人在不知情之下，而且无视于他的，每天为了隐藏所作的努力。脸孔是每个人对自己最无知的部分，它被架在肩膀上，让其他人可以辨认出来，为他加上一个名字，喜欢他一点，或非常憎恨他。

就是这样吗？这是我在面对一张脸时全部的感觉？我确知不止

于此。要让宇宙从极微小的物体，一个最含糊的形状，经过多少摸索，最终成为一张独特的脸，并不断更新，其中必定有奥妙之处。这张脸是所有主要的声音和感觉的汇集点，在当初生命的起源上必定出现了一个强烈的看、听、感觉和说的欲望，尤其有需要将这一切搜集在一个面具之下，少了这个面具，看、听、感觉和说都将是零碎残破的；而且在这张面具上赋予人们所说的美貌，让它施展激起欲念与追求的魅力。

一个女人，我起初没注意她的脸，只看见她的腿。这也难怪，我当时是在一节几乎客满的地铁车厢里。我坐在座椅侧旁的折凳上，在站着的人群中，有一双腿正对着我，周围的人把它们框得恰到好处，使这双腿变成独立的个体。这是我第一次看见一双美得令我停止呼吸的女人的腿。一点也不错，在绘画里一切都是景框的问题！古代的中国人不是将一朵花放在一个凹洞里，以便欣赏它纯粹的资质？

一连好几个站，我得以好整以暇地，不是观察，而是让自己被那个和谐的曲线，像个熟透的果实般饱满丰盛的形状所蛊惑。一双腿，虽然外观如此，不论在长年的生长上，或此刻的姿态上，其实都不是完全对称的。但它们相辅相成，彼此进行一场很有默契的对话，任何冒昧的注视都干扰不了。

这对活生生的个体，一方面拥有完美的比例，同时又显露一些瑕疵，使它们更加令人着迷。是什么呢？也许是因为腿稍微长了点，或者脚踝的窝深了点，否则就是膝盖过于大胆地凸出。不过又何妨！

正是这些微小的残缺显现出天才的痕迹。完美中的不完美，雏形中的未完成，多少中国书法家都明白这种炼丹术的秘密！生命要经过几百万年的冒险才能达到今天的成果，女人也得花一生的时间爱护保养，才能真有这样的美感。

美貌是女人手上掌握的一件利器吗？是她终其一生竭尽所能加以维护的一份资产？其实，美貌是远超过女人本身的一个不解之谜，女人只是暂时背负着这个重担罢了。她往往非常笨拙地背负或承受着这个重担，而周围的人也因此趋之若鹜。中国人说"红颜薄命"，美丽的女人想将美貌作为一种私产，却没有料到美貌最终的法则，不是人的秩序所能维系，它也许包容了天地间什么秘密的诺言。

这天赐的礼物给我的陶醉没有持续多久。当我终于看见女人的脸时，不禁心头一紧，因为今后，我将以这张脸作为我测定所有女人的容颜的标准。创伤的刻痕像纠缠的枝蔓恣意攀爬在这张脸上，再没有任何眼光想要驻留。曾经对它海誓山盟的情人如今安在？发生了什么事？现代生活里众多车祸中的一件？一生的爱护刹那间毁于一旦。她的头部和身体如此不协调，一个无心的观众会残忍地以为看到的是一张假面具，一个粗俗怪诞的面具。但是真实是不容否认的，就像对面的这个女人，毫无遮掩地呈现在人们眼前。她哪里还是一个完整的人呢，即使对她自己而言？难道她还有必要再受一次伤吗？不是在宿命的灾难里，而是在他人的注视下？我的观察，尽管隐秘，却没有逃过女人的眼睛。她那双眼睛，如果我们发挥想象力的话，可以看出它们曾经是美丽的，而现在闪着恼怒的火光，再加上对这个胆敢任意打量她的外国人的蔑视。

她可知道她的脸对这个外国人的"诉说"能力比蒙娜丽莎或弗娜芮纳都还要强烈？这些名画美女对他却产生不了共鸣。她可知道，经过观察，这个她平常根本不屑一顾的外国人最后爱上了她的鼻子和嘴唇，并视为世间最为珍贵的东西？他的职业正是捕捉最初的原形，像透过隐迹纸一样，捕捉美感尚未定型在纸面上的灵动状态，也就是美的一种跃升，是的，真正的美是内心朝向美的跃升。既是跃升，就是无法毁坏的；这股内心的冲力，人类还能拥有吗？

五

我去了荷兰一次。在阿姆斯特丹欣赏伦勃朗，在海牙欣赏维梅尔的画。我在他们身上看见西方绘画的顶峰：前者的激情火焰和后者无声的音乐。

为什么会发生在这样一个平坦的蕞尔小国？它在银光铺撒的低矮天空下往远处伸展，几乎是无色的；但当春临大地之际，鲜艳的郁金香四处怒放，炫目的光彩牢牢地吸引了人们的眼光。郁金香以它们的方式显出一种隐忍的、驯服了的强力，就像这个安详而井然有序的国家，能有今天的面貌是经过长期奋斗的结果。在海水威胁下的贫瘠土地上，有被生存的必要性所铸造的人民。

我对所有极限的事物都有强烈的好奇心，于是不自禁地去了大水坝，感慨人定胜天的伟大。这样一座由人在桀骜不驯的海水中孜孜矻矻兴建的巨大水坝，还有什么比用"风雨无惧"来形容更为恰当？我到的那天，碰上少见的暴雨，狂怒的宇宙掀起的水浪疯狂地打在河堤上，将一切，天空、海洋、土地，全都淹没在大片混沌中。傍晚时分，我在没有遮棚的候车站等公车，大雨倾盆而下，车子经过时没有看见我。下一班要很久才来：天已经黑了。我费力地走到离得不太远的一家咖啡馆，里面的光线很暗，没有任何人注意到我，低沉的谈话声继续着，间或爆发出笑声。我全身湿透，靠近暖气炉坐着，想借一杯热酒压抑不停打颤的牙齿。一个无名无姓的中国人，迷失在欧洲的北国，我突然感觉自己的脆弱，一种寂寞感欺身而来，我强忍住要夺眶而出的泪水。

两小时后，我搭上了下一班车，这一次湿得更彻底，像刚被人捞起来的溺水者。我站在车上，身上的水一直流到了车尾。湿头发贴在脸上，狼狈无比，我不禁想在乘客中找寻几个同情的笑容，好减少一点难堪，但是没有任何人动一下，触目所及尽是些木然、沉默的面孔。我一身湿，坐下来会更难过，但我还是选了车后的位子坐下。我的牙齿打颤得非常厉害，使坐在前面的男人回过头来，向我表示同情。这人有一张长满雀斑的长脸，他目光锐利，但是透出一片善意。突然，我强烈地、绝望地想起另一位荷兰画家凡·高。仿佛看见他坐在我旁边，像他画中褪尽枝叶、躯干纠结的老树。他在我耳边说：

"不要难过，不要自我折磨，让命运的钉子深入骨头，这样才能有所斩获。生命是令人费解的，谁也无法真正看透，但是它充满了意义。看准了目标便勇往直前，不要想你是否能到达目的地。任何事都有先后秩序，不是吗？有痛苦，有欢乐，也有动荡不安，以及和平宁静的时刻。在一切之上，有的是生命充沛的精力。有阿尔勒星辰密布的夜晚，以及圣玛利市低矮的房屋和海潮划空而过的笑声……"

生命精力充沛的哈尔斯，以及他笔下神采飞扬的人物不就是如此吗？次日，我到哈勒姆城仔细欣赏了他的画作，在画家敏捷出色的画作前，一个我从未想过的问题在脑海闪现：

"我正在欣赏的这些画，以目前的状况而言，对我有所帮助吗？它能治愈我的恐惧、饥渴、创伤和孤独，甚至最深的怀念吗？"

问题一提出来，心里立刻萌生了羞耻感。怎么，以功利的眼光来评断画的价值？看它是否能有帮助，是否能给予支持和安慰？把绘画缩减为一种治疗？但我仍坚持此种想法，拒绝放弃我的问题。羞耻心也就被解脱感取代了。我很高兴地发现，自我开始参观西方的博物馆以来始终压迫着我的烦恼随之消失。由于缺乏个人的审美标准，我卑屈地跟随艺术史教科书上的指示，接受它所定下的价值高低，如今我有了自己的钥匙。在所有作品前，我先提出我的"罹病"状态，看看眼前的画是不是能够治疗我，使我感到满足，让我摆脱惶惑与忧虑，和真正的生命达成和谐。从此以后，当我走过地板蜡呛得熏人的一间又一间的展览厅时，我将步履轻盈。以前，看着成群的画家从事同样的工作，总让我疲惫不堪：他们将空间填满，颜料用到令人恶心的地步，又和故事书里的插图一样，尽量满足解说的需要。现在当我欣赏一幅古画时，首先注意的将不是结构过于明确的中幅，而是艺术家敢于宣泄内心情绪的画面下端的小幅……

但是伦勃朗呢？如果教科书上没有指出他的重要性，我仍然会走向他吗？我只记得第一次在卢浮宫看见他的画时对自己说：

"总算有一个人画上的光线不是自外照射，而是暗里生辉。"

当时我才发现我受到中国绘画的影响有多么深刻，因为中国古代画家是从来不谈光线的（我们可以说，它们寻求的是纯粹空间里的透明本质和云雾的幻象），以至于过度采用明暗效果的西画初看时让我感到不适。至于伦勃朗，我看出他的神秘性超过了单纯的明暗效果，他的光线是来自某个奇异的角落，暗藏着一些看不见的东西——画家是将光线紧紧地收敛着的。他一定很早就了解到，真正的火焰是来自人的意识深处，得挖掘一个够深够大的窑洞才能将人间物质填塞进去，以便在里面转化。当他画他母亲以及父亲的画像时有多大年纪？二十二，还是二十三岁？他便已透过双亲洋溢着人性光辉的脸掌握了生命的秘密：痛苦和欢乐，惊恐和慰藉，宁静的海滩，以及逃避不了的深渊。事实上，他自己的一生，如此平顺，如此充满希望，后来也是稀有的幸福时刻接连着悲伤哀悼，光荣的成功之后又遭到无以挽回的冷落。因此在世人的眼里，生命看起来是一场灾难，但是对于他这位艺术家，要成为后人景仰的大师，用他最深层的内心所发出的光来照亮贫瘠的土地，些许的磨难该是必须付出的代价。

随着我对伦勃朗的认识，包括他的生平，以及在卢浮宫和在他曾生活过的阿姆斯特丹看过的所有画作，我和画家之间产生了一种前所未有的蛊惑，强烈得使我不禁畏怯欲退。因性情使然，我对生活或艺术都不免抱着怀疑的态度。过去何曾被一个外人渗透得如此之深？我到这里来只是为了研究一位大画家的作品，现在这位外形和习惯与我有天壤之别的荷兰画家竟然长驱直入，占满我全部胸怀。我绝没想到，进入伦勃朗的内心世界，也等于进入自己的内心世界。他笔下的人物深藏不露，但一举中的地侵入我的想象天地，揭开我潜意识里的欲望和梦想。在他的第二任妻子海德莉克的眼神里，我看到母亲压抑着不安的慈爱和忧虑，现在母亲的形象在我记忆中逐渐淡化，我想念她时，不免透过这张画像去追忆。还有什么比贝特莎蓓的身体更能代表我对女人的欲望呢？这个肉体的每一寸肌肤都平静地散发出内隐的性感，而且，尽管在内疚阴影的折磨下，它依然谦卑地享受着自身的完满。甚至想念妹妹时（她在元宵提花灯时的笑脸），我都将她和《夜巡》画上那个从人群中钻出来的小女孩联想在一起……

面对这种使我感到被剥夺的占有，初时内心的反弹似乎也是理所当然。但是很快我便不再反抗，我的直觉那样灵敏，不可能不明白这位大画家伸出的手，是我在西方所能碰到的最为和善可亲，罕有的一双能平抚我的乡愁和愧疚的手。

从那以后，我坦然地迎着炙热的夜晚出现的眸光。只要能照亮我深埋的感性的一角，释放我被压抑的人性，它们都逐一变成我自己的眸光。除了伦勃朗自画的形象外，还有犹太王扫罗、耶稣基督、传布福音的使徒、阴谋家、做出自杀动作之后的吕克勒斯、瞎了眼的荷马。至于我们只看到后颈的浪子，那是一种非注视。他就像那些为了满足更大的欲望而不断将眼光调开的人，最后再也碰不到对应的另一对眼睛。这些人不了解，生命的真义实际上只是一个简单的回顾，一个简单的面对。浪子不就是因为在人生中飘泊而几乎摧毁脆弱的爱吗？若说画上的人最后得以和父亲团聚，我则注定了要流浪一生。每当我听见风中传来的叫唤：

"趁现在还来得及，回来，回来吧……"

我只能答道：

"来不及了……太远、太迟了……"

想在维梅尔画上的祥和中寻求慰藉显然是太迟了，要回到女人们诚心等待的简单事物上也太迟了，她们相信远方会捎来好消息，而午后的阳光反射到白墙上，将每件东西、每次注视都变成了钻石。但愿生命里的一切都不会散失，但愿双唇微启的少女脸庞上，所有的颜色，她的头巾、衣领和眼睛——蓝色、黄色、白色和棕色——都涌向一个无瑕之梦的光点：一颗丁当作响的珍珠。但愿巡游四方的神明，记起人类的宝藏，无声地穿过岱尔弗特城，看见红墙绿瓦间，轻盈的云彩和光亮的玻璃窗混合着丁香的色泽，看见人们不慌不忙地做着足够填满一生的日常杂活。

六

我也造访了意大利。由于预算只允许我作短期停留，于是决定仅参观佛罗伦萨和罗马，以便对文艺复兴时期的绘画有具体、全面的印象。及至发现该看的东西那样丰富，尤其因地区和艺术冒险持续时间之长而形成的趋势或流派那样多，我简直惊慌起来。散布意大利各地的几个地区中，狂热的艺术创作进行了三百多年，争奇斗艳，百家争鸣，也许只有中国的唐宋两代差可比拟，从八世纪到十三世纪，连续六百年的积极创作，使中国的绘画发展臻于巅峰。我在自身传统文化和敦煌工作经验的支撑下，总算能够面对这另一种绘画的冲击，否则我将有承受不住的感觉。

除了在某些小城市里碰到一些意想不到的种族歧视，或法西斯式的攻击性态度外，我到处都受到意大利人热情善意的接待。在战后的这个半岛国家，我甚至在某些平民区内找到中国的面貌。人们很容易交谈，会主动打招呼，直截了当地向我提出一些问题。

"中国人啊？"

"是的。"

"蒋介石还是毛泽东？"

中国共产党刚在大陆建立政权，每次碰到这个必定会有的问题，我得做个选择，但感到十分为难。我通常用一句反问来脱身："加斯贝里还是托里亚蒂？"面对这样的问题，意大利人的答案往往是很清楚的。

有一次在前往罗马的火车中，一名查票员开始和我攀谈。我照样反问他，只听他响亮地答道："托里亚蒂。"其实我不需要在蒋介石和毛泽东之间做选择，我的中国人身份就能引起他的好感。这位查票员在谈话中告诉我，过了预定的目的地，我可以继续搭乘夜间慢车往前走，不必补票，他的同事会照顾我的。我便是这样抵达了那不勒斯。

在这个南方大城市里，金色的阳光驱赶着瘟疫的阴影。我在街道两旁栉比鳞次的餐馆和小吃店中尝到了当地的特产口味，陶醉在周围的气息和噪音中。当我想暂时避开市声的喧闹时，便进到一座修道院里，靠着中庭喷泉的四方形走廊的角柱歇息，尽情享受石头的清凉和院中的宁静。在一道走廊的尽头，我碰到一位老修士，他动也不动地站在小拱门下，见到我，问道：

"中国人？"

我点点头，等着下面那个少不了的问题："蒋介石还是毛泽东？"但是他没再说什么，只是大脸庞上流下了两行清泪。他在中国生活得久了，流泪时的眼睛也依稀带着凤眼的形状，泪水流过他苍白的亚洲型双颊。他生硬的汉语却带着典型的鲁北口音，既亲切又令人忍俊不禁。他谈到在中国近四十年的传教生活。突然被驱赶出来后，他在自己国家亦有失落感，好像他注定了是要老死他乡。他把我带到会客室后面的一间小房间，他在里面设置了一个袖珍博物馆。收藏的都是一些祭品，一个明朝的香炉，一些手绣的圣像，有点褪色了，再就是几本中文弥撒经本和祈祷书，以及陪伴他跑遍了中国乡间的一支拐杖。

他从追忆中回过神来，对我说：

"要真正认识意大利，不能只参观大城市。去看看我的家乡普里耶吧，我有一个侄儿在那里有座农场。他可以招待你。"

我果真去了，当地的蔬菜水果——橄榄、朝鲜蓟和青椒——如此甘美，不禁使我想起遥远的家乡。当地人招待外人的热情和中国人也很相像。这个意大利南部地区和中国一样，却更胜于中国，坦然呈现它的本来面目，包括富足和贫穷的一面，同时将任何语言都无以言传的那一部分隐藏起来。人类企图战胜时间的耗损，于是创造富丽堂皇的建筑，但我决定略过这一部分，趁此难得的机会，让自己沉浸在这块山海之间的土地上。松柏浓厚的影子和海风的吹拂都化不开来的艳阳下，这儿的居民留住了旅人的脚步，把他们的一切照实传送给他，使他忍不住要去探索他们的秘密。

没有了年龄的橄榄树，像遭到雷击的巨龙，它们截获天上的云，地下的风，收容受伤的鸟儿和狡猾的野兽，到处扎下它根深蒂固的圣坛，不逊于区内随处可见的拜占庭教堂。它们是谁？这些枝干纠结的橄榄树？这里的标志，还是永恒的旗帜？都是些不可解的谜语，深藏大地的隐情。它们的苦恼及恐惧和人类的世界从此混合，对后者是否能有所帮助？它们为何在那里，如此固执地耸立在那儿？为什么在它们旁边的人看来和土地那样协调，却又受到烦恼和等待的折磨？

在西方顶端的这块平原上，在城市之外，我远离了一切，首次严肃地正视人类命运里各种徒劳无益的追求。在这个有的家庭依然保持着封建旧习的地区，妇女是不准和客人同桌吃饭的。这里的女人几乎都有一种光亮，肌肉发达的体形益发对比出她们的天真烂漫和被压抑的梦想，总是肆无忌惮地将她们的惊异和期望都投射在异乡人的脸上。在乏味得令人沮丧的日常闲聊之外，我试着为圆满的或悲哀的激情把脉，探测没有明天的爱情或不可能再释怀的怨恨。在日复一日的单调生活里，即使热闹地回响着丁冬悦耳的语言，我仍然发现秘密的裂痕在扩大。这些淫欲潮湿的裸体，在被炙热昏沉穿透的没有关严的百叶窗后面，或者我在田边上，在油腻的草堆和一摊污血中间，无意中见到的这只被挖了双眼、开膛剖肚的野猫，而时隐时现的阳光试图在上面产生红绿宝石的效果。

总之，一切早就是破裂、分开的，摊陈的欢愉或压抑的叫声都未能遮盖住看不见的伤口。当乌鸦贴地而飞，当旅客在找一处落脚地，他看见易受伤害的人性背后涌起无声的暮霭。一位老人坐在门槛上，像是被钉牢在底座上的木头雕像，除了斥责排队回孤儿院的孩子们外，从不开口说话。其中一个孩子脱了队，被远处的什么东西吸引住。他胡乱地将过长的衬衫塞进小一号的裤子里，像受到惊吓的鼹鼠般的眼神投注在异乡人身上，或者投注在异乡人身后被夕阳拉得老长的影子上，影子和原来附着的身体也许一开始就是分开的，甚至怀疑它是否仍然在那里，总之是永远够不着了；就像他自己和失落的父母的影像一样。我就在这一刹那，在普里耶黄昏的余晖下，再次听见那个命令，只是这一次更为清楚明确：

"从此不要在这块土地上乞求。做一个收纳一切的人，包括不可思议的东西。把所有收到的保存到底，让在你身上寻找安慰的人能够继续生存下去……"

至于文艺复兴时期的绘画，我掌握了什么呢？我来自遥远的地方，间隔着那样多个世纪，我真能进入画家的心灵，看到他们在顽念缠绕之下曾经看到的东西？这显然是个没有答案的问题。可以确定的是：西方绘画的特色对愿意仔细观赏的人来说虽然十分明显，我仍需跑到意大利来才了解到它们和传统的决裂有多大，以及这种决裂发生的地方和时刻。准确而言在什么时候呢？是由哪些画家促成的？是谁在时间秩序上第一个让我感觉变动已经开始？应该不是文艺复兴前期的几位大师，像契马布埃、杜却、安吉利柯或者洛朗兹迪。他们的画使我有回家的感觉。我对佛教艺术有相当的认识，很熟悉它的敬拜场面和叙述方式，在这几位大师笔下的人物身上自然认出了同样的虔诚，同样从痛苦或迷惘中产生的庄严内省。在契马布埃的画中，以亚西斯的耶稣受难像为例，它愈是被时间所磨损，被缩减到只剩单纯的图样，上面的人物紧张得有如弓上之弦，就愈是让我想起敦煌的壁画。那么乔托呢？就不一样了。从他的画确实可以看出，艺术的戏剧性已经跃跃欲动，但是大胆建构的空间尚未得到最后的确定。

第一个脱颖而出的是马萨乔，我在卡明内教堂旁边的修道院里找到了居处后，对这位画家逐渐熟悉起来。我仿佛听见他言简意赅地申明：

"从今以后，绘画将在景深完美的舞台上演出。"

每天晚上，在通知大家吃晚饭的钟声敲响前，我总是先到教堂里，在他的壁画下流连。我看得出来，在他那个时代，当时机成熟时，这位敢于突破、但生命短促的天才只需要几年的时间，就能扯掉旧空间的帘幕，将人物推到舞台前。他们不再是一些传奇造型，而确实变成了人物本身。人当时尚对神秘现象着迷，但已经清楚地意识到自己萌生的力量，急欲看到力量被表现出来。如果说马萨乔与那些跟随而来的大画家们热心地做自己的舞台导演，是否夸张呢？在客观宇宙的基础上，人现在扮演的是主角。宇宙一面参与人的行动，一面开始退居到布景的角色。而人曾经和宇宙有过的一切体验就此落入遥远的怀念。（啊！我是带着多么怀念的心情寻觅那些试图重整失落王国的画家们：乔尔乔内、普桑、劳伦、特纳、塞尚、高更……）

获得了荣耀往往也是孤独的开始。后来我明白西方为什么喜欢镜子和自恋的主题。人战胜了上帝创造的世界，擢升为独一无二的个体，便不免顾影自怜。何况这也是今后唯一能看见自己的方法。他在镜中照见自己，为那份摆脱拘束的自主能力洋洋得意。顾影自怜久了，当然把其他生命都看成物品，更正确地说，看成了战利品。周围既然不再有其他身份对等的生命，人便在很长的时间里——也许有意，多半身不由己地——剥夺了自己拥有对话者或同侪知己的权利，但是除了死亡，人对孤独的意识特别敏锐，他能避得开孤独的折磨吗？

我想我和中国宋元画家之间的默契，不会比在佛罗伦萨和威尼斯的美术馆内所感受的要多。宋元画家对空间里循环着有机之元气深信不疑，这是他们的宇宙观。多少个世纪以来不都是在重复指出——我耳朵里面这时又回响着师父的教诲——创造来自元气，元气则来自太虚？这股元气再分化为阴和阳的生命二元力量，以及其他元素，进而达到无限的可能性。如此相连起来，一和无限实为一体。从这种观念出发，画家们的目标不是去模仿所创造世界的无穷表象，而是掌握创造这个动作本身。他们在阴阳五行和万种活元素之中加入冲虚，这是使得有机元气运作良好的唯一保障，当后者达到气韵生动时就变成了精神智慧。难怪在许多中国人眼里，一幅杰出的画作是将一片竹叶纤细的美和野鹤无止境的飞翔连在一起的。这远不止是一幅赏心悦目的画，而是真实生命唯一的依归，人立刻可以栖息于内。当我在中国时，我嘲笑这种赏画法，完全不认为艺术会有这样的力量。但是在这里，我领悟到，如果这种绘画没有被创造出来，人类将丧失最轻灵、最纯净的一部分梦境。而我，终究，我会被窒息。

马利欧说：

"你说的有道理。我很愿意用一幅提香来交换郭熙或米芾的画！"

我在公厅画廊遇见马利欧时，他正和德国青年汉斯一起临摹名画。他对先人如此丰盛的遗产处之泰然。他生于斯地，就如一个敢去揪祖先胡须的孩子，他可以轻松地欣赏展出的作品而不至于尊敬到畏怯的地步。在这位"继承遗产"的意大利人眼里，祖先留给他的这些画，作用只是让他能生活下去。他不就是以流水生产线作业的方式，大量临摹了利彼和萨尔托的画？有的顾客喜欢仿本的新鲜，甚至觉得比原作还要好。

汉斯就想得比较多，他颇有深意地问道：

"已经有了这些杰作了，还能怎么画呢？为什么还要画呢？"

"日子照样在过啊！"马利欧很务实地回答道，"我们还得继续吃面条嘛！"然后，他把我们两个带到后街上，那里卖的意大利面美味无比，西昂蒂葡萄酒和女孩子的笑声一样清朗。

吃到一半时，马利欧正经下来——他的脸这时突然变得俊俏感人——他对我说：

"你可别迷失了，不要这样无所适从，名家的画确实太多了。我有一个忠告，这可是临摹者的经验之谈。你把注意力放在几个对你说话的画家身上，两个、三个、四个，不要再多。仔细研究他们，认识他们的每一幅画，最后你会和他们非常亲密。你会了解他们的原动力、动机，甚至他们的小技巧。相信我，我们自己可能不是天才，但是我们可以从内心认识一个天才。当我们做到这点时，就算是达·芬奇，就算是米开朗琪罗，你也不会觉得有压迫感。你将和他们聊天，就像现在一样。"

他的忠告当然很有道理。我以前怎么没有想到呢？我怎么那么快就忘了我和伦勃朗之间的经验？还有，我不是决定只注重能治疗我的画家吗？

我选择了几位大画家正摆脱过度造作和求表现的时期，发现许多聆听和交流的空间。在乔尔乔内的画上，暴风雨里空中划过的蓝绿闪电，这是对我的威胁还是心意相通？闪电替云朵镶上一圈光边的曲线，和女人的圆润躯体相呼应，不正是在画中央横过的桥梁和建筑物刚直的几何线条上方，伸手一挥，重建了天地间看不见的循环？威尼斯画派的卡尔巴却奥引进圣女乌苏拉卧房的天使是个擅自闯入者吗？他不会吵醒，也不会惊吓到熟睡的女子，女子周围整齐地摆着许多带有保护作用的日常用品。他不多走一步，小心地不说话。当然，事实上，一切都已经完成，时间暂时停止，气氛是冥想的、满足的，像天花板下小窗间高悬着的鹿角那样驯服……

对于德拉·弗朗切斯卡没有围墙的世界，充满了造型丰富的人物，我也渐渐熟悉起来。这些高傲、严肃，彼此相敬如宾的人物高深莫测的表情更加重了画面的戏剧性，他们很奇怪地令我想起中国群山风景画中的主客相邀，特别是范宽的画。这是非常奇怪的对比。这位中国画家是否愿意走出他十一世纪的隐居地，像虔诚的信徒一样来和十五世纪的圣杰罗姆交谈呢？他一定愿意，这幅学院画的结构十分特别，背景比人物高大，以致感觉人物是被托载着，而四周的树木、岩石和丘陵便像积极地在参与他们的谈话。

这位出身亚雷佐的画家在画母亲的画像时，放弃了这种面无表情的画法。蒙特齐的墓园在夏日耀眼的热光和蜂螯撩人的气息中是个清凉的避风港，在墓园的教堂里，我和怀孕圣母的壁画长时间面对面。这是个平易近人、有人情味的妇人——如此富有人性，最后孕育了神？——她痛苦而尊严地站立着。一只手放在肚子上，在长袍敞开处，手势既是给予又是保护，但是她没有选择的余地。天使已经拉开了帷幔。她必须给予，像天下的母亲一样，天空就此变成她蓝色的落地长袍的边际。我趁管理员不注意，走过去，抚摸那只手和她蓝色的袍子。我知道有一天——我母亲没有坟墓——我将画出属于自己的母亲画像。我也将藉此与一切会合。

七

中国共产党取得了政权，彻底改变了古国的面貌。

为了这个梦寐以求的新时代的到来，中国同胞们，尤其是无以计数的年轻人，参与革命的行列，克勤克俭，牺牲奋斗。他们承受了一切的匮乏和考验，奉献出一切，包括自己可贵的生命。数以百万计的青年农民加入军队，战死沙场。如今在八年抗战和常年内战的烽火硝烟遗留的废墟上，全国人民在锣鼓喧天的催促下，设法齐心合力建立理想的新社会。

综观中国历史，这种来自民间的活力未曾短缺过。每一次，推翻暴政，打击贪污腐败或抵御外侮，当国家即将落入无底深渊，当所有真理被污蔑殆尽，所有人类价值遭到践踏，是他们挽救了这个古老民族免于灭绝，提供了一长列殉道者，有如一条金丝线，穿过用笑语泪痕、梦想和狂热编织成的长地毯。大部分殉道者都受到儒家的熏陶，非常注重人的尊严，以致在理想中赋予人和天地并列的崇高地位，享有参与造物的特权和义务。其余则受到道家思想的影响，反对一切专制的秩序，他们认为，人只能依顺于那条放诸四海皆准的"道"。这两种思想相互掺和，形成足以使宇宙运转的"正气"论的基本概念。

一九一二年，孙逸仙在当代才智之士支持下，推翻了清政府，成立中华民国。但他辞世过早，未能彻底扫荡所有省份的封建势力；继承遗志的人亦未能完成使命。二十多年后，另一名天生的革命家，则得以凝聚、引导一代有识之士上升的源源活力。他以自创的理论思想和他辩才无碍的天分，克服了初时的分歧和冲突，在众多革命领袖中脱颖而出。他领导政党，进行长期奋斗，虽然在过程中付出了无以估计的代价，最后终于达到所追求的目标。

一旦革命完成，一些革命志士便功成身退，而不去勉强建立一个最后变得冷酷僵硬的新秩序，这也许是超乎志士们的理解能力的。他们毕竟只是行动者而非深具睿智的贤达。被权力欲所驱使，将行动贯彻到底，是行动者的逻辑。因此，一个新秩序无可避免地建立了。每个人都说，这是势在必行，得要有这种认知。这是一场革命，不是吗？必须"彻底清除反革命渣滓"；必须"连根剪除封建劣根"。当时多么希望这位革命天才领导人保持他的卓绝超然，依旧敏锐而自由，自由得不受历史地心引力的牵扯，不受他自身顽念的束缚，希望他所建立的新秩序和以往的都不一样！看来人类的想象力仍未臻成熟，未能设想出其他的方式。果然，沿袭历史而变本加厉的事实接踵而来，还加上了近代比较"科学"的、借鉴于邻国老大哥的实施了数十年的模式。

三十多年的武装斗争和巩固组织，使体制陷于僵化，几乎不允许任何创新与机动性。全国各地充斥着放弃内心想法的人，可以很方便地利用来为"革命理想"尽力。对一个百年以来陷于无政府状态的社会，采取这样严格的管理方式也许是合理的。但是在下面支持的那个思想——绝对的集体主义——是否真考虑到人之所以为人的道理，考虑到人这个血肉之躯，内心充满着随时可能爆发的种种欲望？尽管如此，赶上中国这趟历史约会的这一代人本来也都心甘情愿地，准备好了尽一切的力量，要把这个古老的国家从腐败溃烂的境地中拔擢出来。

一九五〇年初，我收到浩郎和玉梅用规格化的新式语言写成的一封短笺，主要是告诉我他们又在一起了，同住在上海。我立刻回了信，简要地表示，等我在巴黎的留学期一结束，我会非常高兴和他们重聚。

这样说的时候，我心底下是否真的相信会有这么一天？身处这欧亚大陆的最西端，我模糊地感到，一个密实的、整体的、越来越陌生的现实在离我远去，像一艘船驶向天边，船上有我最亲爱的人。许多超乎常理、史无前例的大事开始陆续发生。……

我惴惴不安地注意着中国大陆意识形态的转变。我知道一九四二年时，就在王实味事件之后，有过一场以文学与艺术的延安讲话为题的严厉整肃。一九五二年，针对全体知识分子和艺术家，发起了对影片《武训传》的批判。一九五四年初轮到批判胡风，这位著名文学评论家竟然胆敢怀疑延安讲话。他写了一封长信给领袖，向他说明国内的文学现状，并提出了促进创作的一些建议。收件人紧接着采取了报复行动。"邀请"所有作家、艺术家和各界知识分子写文章揭发胡风的罪行。后来更进一步，强迫他的亲友公开他的私人信件。大家于是被迫发现，这位大作家鲁迅最佩服的文学评论家竟然自三十年代起，就是一名"叛徒"，甚至是国民党的"奸细"。这些消息令我惊恐万分，我知道浩郎摆脱不了关系。他的诗作曾经在胡风主持的杂志上刊出，他多半已被视为胡风"帮"的一分子了。

一九五四年底，玉梅的笔迹出现在我收到的一封信上，令我吓了一跳。信是请人从香港代发的，告诉我浩郎被送进了"劳改农场"，位于我的故乡，江西北边的一个沼泽区内。

八

收到这封信后，我一连数天魂不守舍，走在巴黎街头也精神恍惚，被苦思绞榨着。玉梅和浩郎的伤痛和屈辱，我感同身受。我也知道他们眼前的境况是没有一个固定的终止期的，因为既无审判也不曾正式判刑。

有一天早上，我在简陋的小房间里醒来，猛然意识到，中国对我已经关上了大门，我回不去了，我也不会再回去。从此，我将流亡异国，这是个不能上诉的判决。

这个从未有过的念头现在像地震般冲击着我——就像我们获悉得了绝症一样。一旦认清自己沦于流亡的命运，不再有回归的可能，无异于宣布了死亡。在那一瞬间，整个一生的记忆，尤其是原来可望实现的各种承诺，均被剥夺，变得遥不可及。你假装照样活着，继续做着日常的动作，该做的事那样多，如今显得无比吃力，必要时还得带着微笑。一旦偶然在镜子里瞥见自己的影子，稍微忆及往日某个幸福的时刻，都会感到揪心的痛楚。和眼前这里的生活平行的，另一个过去在那边的生活如水印般重叠在上面，它在一个越来越模糊的框子里，越来越飘渺难追。当你知道这一点时，已经太晚了：回到这个框子里——这另一个生活——的可能，已从此消失，甚至来不及有最后一次；除了在梦中。

我有时会梦见睡在一张用教室的桌子拼凑起来的床上，桌子冒出浓烈的墨水和被压烂的臭虫的气味；或者正在温柔地抚摸着三峡粗糙的峭壁，仿佛那是女人光滑的躯体。故人的面貌，包括我以为早已忘怀了的，总是不期然地进入我的梦里：父亲、妹妹、母亲（我从床上就能望见放在架子上的骨灰盒），以及有时两人一起，有时单独前来的浩郎和玉梅。有很长一段时期，他们几乎规律地定时滑进我梦中。他们不再属于我过去的生活，而是眼前生活的一部分，出现在各种快乐的或悲哀的时刻：当我穿过巴黎市区，或到近郊云游时；在一场中文夹杂着法文的热闹闲聊中；或者我在一条肮脏的小巷子里追一个人，尽管大喊大叫，对方却听不见，等他终于回过头来，却是张陌生的面孔；我挤进围观的人丛中，发现意外死于车祸的是玉梅或浩郎……这些快乐或悲哀的时刻以半夜里突然的惊醒结束，每每使我错愕良久。其中有一次，我不再怀疑事情不是真的。我朝思暮想的两个人从一家旅馆打电话给我，告诉我说他们刚到了巴黎，要我去和他们会面。我爬起床来，穿好衣服，耳边还回响着浩郎的东北口音：

"记得带上你的画本儿！"

以及玉梅带笑的声音：

"别让我们多等呵，我们肚子饿了！"

我走出房间时，伸手到口袋里找我记在纸条上的旅馆地址，发现里面什么也没有。

在这异乡异地怎么生活下去？幸亏得到一名热心的负责人帮忙，将我的奖学金延期了一段时间；后来也到期了。我没有文凭，没有确定的职业，自然是做画家，但是没有和任何画廊签约，很少有机会能卖掉画。有几名同胞因为对画面组合的掌握特别巧妙，而得以很快立足下来。而我，我确实走得太远了一点。我要绕一个大圈；这套计划其实要活两次，甚至三次才能完成。但除此之外，我能有别的选择吗？我拖着的这条生命太过于沉重，有那样多难以消化的混杂记忆，以及那样多我觉得必须澄清的莫名感觉。

在绘画上，我接受过老画家的教诲，也有过敦煌的经验；我到了法国，去过荷兰和意大利。能把所有我看见的和累积的在弹指之间抛弃掉吗？是否遗忘之后，我就不必绕远路了呢？我是这个二十世纪的中国人，永远颠簸不安，左右为难，永远得面对挑战，来自中国、西方和生命的挑战。我得要有强健的肠胃才能消化所有这些东西，而我偏是个这方面特别敏感脆弱的人！整个看来，也许我并不是个画家，而是个永远满怀疑问、无法适应的人，暂时攀附在生命上，在几套自己发明的造型、几种混合的颜色和几个本能的领会上。有一天，也许我会摆脱所有这些压迫；我也许会变得轻灵，或者，为什么不呢，变得倜傥不拘。到时候，我只要耸一下肩膀就能推垮围墙，就能坚决地过渡到"现代"这边来。以我对塞尚、康定斯基和克利的景仰，在这个追求快速变化、一切讲求新鲜的西方——即使他们的许多尝试在我看来并不是那样创新，多半衍绎自文化遗产中——我插入当代人中间应该不太困难。也许透过他们，我照样可以找到通向变异之路。可是现在我尚未准备好，时机尚未成熟。我得慢慢地、一步一步地去做，哪怕因此半途饿死。

九

　　光靠在咖啡馆里面替人画像和卖出一些风景画，根本维持不了基本生活。我必须在吃饭上尽量节省，有时候只啃一截儿面包，配杯红酒。晕眩的饥饿感开始折磨我，包括我的肠胃和精神。我是否将和那名印度音乐家一样衰败下去呢？而且，会不会因为缺乏最基本的需要，而丧失道德尊严？我在餐馆里替人画像时，经常饿得手指颤抖；周围盘子由满到空的声响，我一天天更难以忍受下去。我极力压制住自己，不去向那些压根儿想不到分享的食客们乞求。有一天，一名客人在付过账之后，没有将钱包放好在口袋里。他经过我面前时，一小叠钞票掉了出来。我迟疑了几秒钟，刹那间被这件可以满足一点欲望的东西给蛊惑了，然后才想起叫住他……

有一阵子，我随一名韩国朋友到亚乐市场去打工，将货车上的蔬菜水果搬下来。昂奋的长夜里，在喊叫和笑声中间，是没有空去唉声叹气的；大伙摩肩接踵，汗水淋漓。我们在男性的强烈体温中寻找彼此支撑的力量，旁边的女人也无减于这种气概，她们具有近乎男性化的率真、强健，很自然地让她们美好的肉体展现出来。当曙光初现时，我们总算筋疲力尽地围着桌子坐下来，开始享受一盘热气腾腾的肉汤……

后来，我找到了一份我做起来比较不吃力的工作，在一家我偶然在那里吃饭的大学食堂帮忙，这是间战后未曾翻修的老屋子。清洁的技术非常老旧简陋，大部分都需靠手工处理。

首先是清理数百个盘子里的残渣：没嚼烂又吐出来的肉渣、碎骨头或鱼刺，流淌的果汁或菜汤油水……这样同时接触坚硬冰冷的托盘和人口中吐出来的温热黏湿的东西，令我们无法克制地反胃恶心，但必须适应。每天在固定的时间，所有活动都停止下来，全民大众齐心一致地进食，细嚼慢咽或大快朵颐。他们的工作是消化吞咽食物，由我们来清理堆积如山、污秽不堪的残渣。在找工作的时候，我的目标只是维持起码的一日三餐；自然没有想到，方式尽管卑微，却是参与了一个庞大无比的组织。在大城市里，在和它等量齐观的屠宰场的背景前，人类这个原来简单而缓慢的吃的动作，如今变成了一个重复单调的强迫纪律，让人怵目惊心。

清理的阶段完成后，我们便将托盘放在升降机上，唧唧嘎嘎地运到地下室去。先用水把盘子冲洗一下，再泡进放了清洁剂的水池里。洗碗的工作交给身强力壮的人做；其他人，包括我，负责擦拭。我很快发现，这件工作也并不轻松。用合金做的盘子搬弄起来相当沉重；擦干之后得把所有盘子摞起来，大叠大叠地放在推车上送至楼上。我弓着身子奋力搬着推着，晚上总是累得腰酸背痛。在擦拭的时候，很快便潮湿了的抹布变成锡的颜色，发出菜油的气味。它冰冷的湿气使水泥地上冒出来的蒸汽更形浓厚，弥漫在空气里，浸透了身体。

我们总共十二个人在那里打工，什么国籍都有：匈牙利人、波兰人、突尼斯人、法国人等。大家开着粗俗的玩笑，气氛嘈杂热闹。我对学生间的俚语学得很慢，因此参与这种你来我往的玩笑就显得不自在。和我在同一组的两名法国人中有一个对我特别友善，他面色苍白，戴副眼镜，总是抢着替我做一些超过我体力负担的工作。他是法国共产党党员，也从不掩饰这一点。虽然他严肃得有点过分，我觉得和他聊天还是很有意思的，尤其他真诚地对许多事感兴趣。但有关中国新政权的话题，我在和他谈了几次后就尽量回避了。他对之简直崇拜得五体投地，认为这是全人类的新希望。他平素那样小心谨慎，几乎是谦卑的，然而当我讲述他实际上不了解的事情时，却心不在焉地听着，自信比我懂得多，因为他看《人道报》，上面经常有关于中国的消息。他甚至想说服我，要我相信完成这样一场革命，牺牲是必须的。他说着话的时候，苍白的面孔更细瘦了，隆起的双颊却泛起红潮，眼睛在镜片后闪闪发光，像热恋中的人在发痴。

这样一个头脑清晰，如此关心人类各种大问题的人，却会被一股盲目的激情给锁住？这不难想象，一个过度要求抽象正义公理的人，很容易变成武断执法者，乃至专制迫害者。

这位共产党员的苍白后来也蔓延到我身上了。有一天，我忽然在镜子里照见我脸上几乎没有血色。我知道除了长期在地下室做苦工之外，也是因为厨房供应的伙食太差。我目睹这些东西是在什么样的卫生条件下烧出来的，吃的时候更是难以下咽。这个处处让人产生排斥感的大房间里飘浮着的气味亦令我作呕，它累积了数十年下来烧煮的餐点的气味，加上清理得不彻底的积尘，和漂白剂呛人的刺鼻味，渗进墙壁、桌子、锅瓢用具，以及衣服、头发里。这样过了一段时间，我的腹部开始肿胀，时轻时重的腹痛经常发作。夜里我一个人回到住处，再三对自己说："千万别病倒了，在巴黎病倒可不是闹着玩的！"

但是这由不得我。一九五四年的一个冬夜，我发起高烧，肠胃剧烈绞痛。第二天是星期天，邻居好心地请来一名代班医生。当他进门的时候，我非但没有解脱感，反而以为是煞星上了门。这人脸上皮肤粗糙，五官含糊，老是夸张地咧嘴笑着，更使人看不清楚眉目。我们第一次的对话，若不是出于误会，就是出于蔑视，我一直记得清清楚楚。

"你是越南人?"

"我是从中国来的。"

"噢，都是一样的……印支半岛我很熟，你知道，我在那儿住了很久……"

"……"

"你哪儿不舒服?"

"我发烧，肚子疼得不得了。"

"这也难怪，这间屋子的暖气不够嘛! 把衣服脱掉，让我听听。"

看到我裸露的胸膛，他又说:

"填得不够满呢! 先生，要多吃点。"

然后，一边听诊，他一边提些很失礼的问题:

"这件丝绸衬衫很漂亮，哪里买的?"

"从中国带来的（是玉梅送我的礼物）。"

"我说呢，这里找不到这种东西。你感觉发冷吗?"

"是的。也许是因为屋子里没有暖气。"

"是疟疾，错不了。你得过疟疾，是吧?"

"得过，但是早治好了。好多年没再发作过了。"

"这种脏东西是不会消失的，所有印支人身上都或多或少带着。"

"我向您保证……"

"相信我，先生，是你的疟疾又醒过来了。要吃奎宁; 吃了伤不了你，可以让你好起来。"

医生在离去之前又叮咛道：

"多吃点，暖气开得大一点。"

然后，像被一股突然的冲动所驱使，他说："你知道里尔克的这句诗——'当人们相互仇恨时，应该睡在同一张床上'吗?"没等我回答，他推门走了。

我一方面不太放心，但又忍受不了痛苦，便想，反正也伤不了人。我于是按照他开的处方，吞了剂量很大的奎宁。结果，我的腹痛不仅没有减轻，反而加剧了；牙龈也肿了，口腔里长出疮来。这样一来，我完全无法吞咽，连喝水都疼痛至极。又紧急请来另一名医生，他让我住进了医院。

那年冬天气温剧降，医院的大统舱病房里已经住满了患流行性感冒的人，因此替我在靠近门口的地方临时加了一张床。所有进进出出的人都得绕过我的床脚。

我身不由己地被抛掷到一个病人的世界里。这里的人不再属于自己，只是一具具洗不干净、气味难闻、任人摆布的躯体。现在我得面对我这个借来的、连自己都不熟悉的身体了。最简单的一个放体温计或放药的动作都变得困难无比。当我必须张大嘴巴在口疮上搽药时，镜子里反射出来的喉头和舌头下方，这堆发紫臃肿的软肉，总是吓我一跳，地狱的景象想必就是如此。

病人的一天是被不断来来往往的医生护士，以及把病人推到 X 光室的轮子床、送饭来的手推车、家人来探病等等给切成碎块的。

傍晚用过晚餐之后，睡觉之前，护士们换班时，会有一阵暂时的平静。这段自由的时间里，行动还方便的病人便聚在一起聊天。连病房尽头的重病病人，也从他们金鱼缸似的隔离间里面走了出来。大家在夜晚的考验来临之前，自觉需要相互沟通一下。一点善意的微笑，几句鼓励的话，都被当成珍贵的礼物。外界已经非常遥远，几乎是不真实的，唯一仍然存在的证明就是那些白衣天使们，她们使我们和生命世界保持一线联系。

夜里，每个人最要紧的事就是聚集充分的精力，尽量减少折损地走过疾病的深渊，计算着每一分钟、每一小时，直到东方破晓；战胜自己的恶魔，也克服别人的呻吟，因为死神通常是在夜里，受害人最不防备，也最得不到帮助的时候光临。男护士们在半夜里来将一双腿完全冻僵了的流浪汉，或没能熬得过去的重病病人推走，送进太平间。在经过时，护士们碰到我的床，死尸就从我头上越过。

在全身伤痕累累的时候，我出乎意料地又看到以前的访客。我被不稍间歇的疼痛折磨着，被腐烂的恐惧给拉扯着，而对它的造访无力招架，它来自远方，又同时在我身体里面，总之是最忠实的一个。它用蛊惑人的眼神安慰着我，要我无论如何走出病痛的深渊。我忍受着冒烟的溶浆烧灼皮肉的痛苦，爬至顶端，它和以前一样，借口帮助我，又像是不小心似的让我再次坠落……

除了访客的夜光眼之外，夜里唯一的光亮是一名患了败血症的年轻人睡的隔间玻璃墙上方的蓝色小灯；他母亲白天都守在床边看顾她的独生子。想到这个年轻人，我觉得自己还是幸运的。至少我可以从这个世界上消失掉，没有人知道，也没有人会感到难过。我不是这个大病房里唯一的外国人吗？在这个令人迷失的地方，我就已经是个没名字的人——大家都叫我"中国人"——，我的尸体，停进太平间后，也将是局外的，注定了要被送到一个未知的所在。思念及此，我发出和访客一样的自嘲冷笑，在天刚亮时陷进了噩梦。

接下去的每一个夜晚，我就是借着这点蓝光压制住心里的恐惧。我开始和另一个人的痛苦沟通；现在痛苦有了一张面孔。这名双眼烧得发红、两颊凹陷的年轻人也变成了我的同伴。他几次婉转地暗示说，他最大的遗憾是尚未能有任何跟女人的经验就得离开这个世界。怎么安慰他呢？我能跟他说，所有男人，自出生起，就因为母亲的关系而已认识女人了吗？他的母亲，如果她知道他这个遗憾的话，会将他搂进怀里，用她的肌肤来温暖他，让他返回子宫重生。一夜又一夜，我既然得不到安慰，便把自己设想为安慰者。安慰年轻人，也安慰他的母亲，并把他们结合起来。年轻人在过世之前，以他的方式，给我发出了一个生的信号。一个生命的信号。

十

在巴黎午后的灰光里，我拖着形销骨立的身影，沿着斑驳的墙壁前行，墙就像趁天黑扔在人行道上的旧床垫。那些床垫大多数被发烧的或昂奋的、一动不动的或辗转反侧的身体弄变了形；或曾经躺过无人理会的或被长久看守的尸体，在人行道上展露着各种分泌物留下的污迹。我也走过其他空荡荡地沉默着的墙，它们无可救药的灰，是任何调色板都调不出来的那种绝望的灰色，应该是真实的事物终于决定化为虚无那一刹那的颜色。然后我回来，在我这间墙壁渗水、裂缝用发黄的旧报纸补起来的小房间里，弥漫着发霉的木头和过期的菜油气味，邻近锯子和榔头的声音纷至沓来，间或夹杂着孩子的叫声和老鼠刨抓的嚓嚓声。

房间是为了保护居住的人免受风霜寒冷，现在却变成照见孤独的一面镜子，在一个无回声的宇宙中心，人类尽量攀附着滋养他的土地，但这块土地在其他星球的眼中不过是个微不足道的小小光点，无法带给它任何光亮。它只好从自身汲取黯淡的光源。

我知道我注定了要流浪。当我人在国内时，会有植根于一块土地、一种语言、一种坚持下去的生活中的幻觉。现在我在西方这块土地上没有根，它吸引我，同时又向我关闭，就像警察局的办事员的嘴脸是关闭的，看见我没有收入，恐吓我说不能给我延期居留，要把我驱逐出境。现在我的存在，不仅是边缘性的，而且不合法了。

不合法。没有存在的权利。我投注了大部分梦想的欧洲是我的避难所吗？我开始害怕起来，这种感觉渗入肌肤。我被逼到了墙脚，便也回过头来正视着这块大陆。它如此得天独厚，如此热衷思考和创作，却没能练就厚实的外壳来禁锢内心恶魔的干扰，避免体内出现那个恐怖残忍的黑洞；在盲目的权力欲和占有欲驱使之下，找不到远处的敌人，便将矛头对准自己。人们在丧失理性的战争中被迫自相残杀，或集体屠戮。所有技术上的新发明都被当作冷血灭绝整个族类的工具，后者被化为灰烬，留下堆积如山的戒指、金牙、眼镜，每个人在遇害前都先被洗劫一空。

我们当时正处于美苏冷战时期。我知道只要稍有新的冲突，我将和其他人一样，成为替罪羔羊，我的脚下将出现巨大的坑洞，暴死的陷阱。我将如凋零的枯叶，无枝亦无根，混在腐烂的残物中，被扫走，被烧毁……

在我房间的镜子前，我看见自己是那么孤独，在这块土地上无亲无依。

我的画家朋友们，阿根廷人、匈牙利人、奥国人、西班牙人、黎巴嫩人，或是来自日本、韩国、印尼的亚洲人，他们再是为流亡所苦，都有可能回国，不像我这个中国人有那样多的问题。其中一人有一天对我说：

"要认识一个国家，最好的办法就是认识那里的女人。"

女人？我遇见过几个，都是随聚随散的，从未想到过固定下来，因为我不相信能找到一个能带给我家乡那种不需言传、值得信赖的温暖的人。在附近的咖啡馆和画室里，和女人建立关系并不难，不过得看季节而定。春夏的时候有一种激化的兴奋。到了冬季，在刮着寒风的林阴大道上，首先需要的是取暖。我们躲进烟雾缭绕的咖啡馆，一起喝杯牛奶咖啡，吃几个有点陈了的牛角面包，然后到自己或对方的家里去，爬上软得塌陷和有沉积气味的床。肉体狼狈不堪、语言打着寒战。此外，有时也被拖去参加某个暴发户画家家里举办的集体狂欢晚会，进去必须化了装，或光着身子，在任意发明的一些残忍和无聊的游戏里，原本坦诚的欲望可怜地变质、毒化，无可救药地堕落下去……

有一天，在毫无心理准备，也完全没有留意的情况下，一个女人撞进了我的世界，那样明显耀眼。在巴黎这个地狱里，总算有一个人向我展露笑颜。这件事发生在提琴家彼尔·弗尼耶的演奏会上。

我知道弗尼耶，是因为在一个奥国雕塑家的家里听到过他的唱片：在他的演奏曲里有令我难忘的德沃夏克的协奏曲。当我在一个如此节衣缩食、经常疲惫不堪、害怕明天的时期中，在一张海报上看到提琴家的名字，突然感到纯粹属于思念的饥渴，就像长年卧病的人，在稍微好些的时刻，会想念童年时喜欢过的小吃食：一杯热巧克力，一杯橘子水，几粒冰糖栗子，或者在我而言：豆浆，油焖笋子，莲子蜜饯。

现在，我感到饥渴，超过生理上的缺乏，我渴望再听到大提琴浑厚而肉感、笃实又飘渺的声音。我相信这个声音会比安眠药更为有效地抚平我的恐惧惊慌。我渴望它，像渴望一个生命实质，它可以填满我胃里这个无时或已的饥饿感——所有日复一日尽义务地咽下的寡淡无味的食物都已宣告没有满足的能力。在我目前这种一无所有的情况下，听音乐会是个奢侈。为了替我这项开支找个说得过去的理由，我把它当做一项治疗。就像其他人想要松懈时，不是沉迷烟酒，就是找人看相算命。

我排在队伍里，离售票口还很远，这时一个年轻女子走过来，手上拿了张票。

"先生，我这里多出来一张票，原本要来的人没能来，您要吗?"
我犹豫了一下，因为这张票的票价比我所预备付的要高，但是嘴里已在回答："好的。"

我的位子离舞台很近，我很高兴这样更可以从身体上和音乐家及他的乐器交流。方才卖票给我的女子就坐在我旁边，我向她点头致意，然后含蓄地沉默着，等音乐会开始。

中间休场时，一面鼓掌，邻座的女子一面很自然地对我说：

"太美了!"

"可不是吗，多么纯熟精练!"

"您是音乐家吗?"

"不是的……您呢?"

"我吹横笛。"

"那您是行家的眼光了!"

觉得这样的回答太庸俗了，我又加了一句："大提琴和横笛的演奏方式该是相通的，是吧?"

"一点也不错。"

我没有再深谈下去，以免显得冒昧，开始低下头看她借给我的节目单，很高兴看到对选曲来源的说明：有一首巴赫的组曲，一首舒伯特的奏鸣曲和一首勃拉姆斯的奏鸣曲。

音乐会结束后，我们同走了一段路。分手的时候，她递给我一张她将参加演出的室内音乐会的节目通知单。

在漫步回家的路上，我偶然伸手到口袋里，触摸到折叠起来的这张纸头，顿时感到指尖传来亲密的温柔，令人欣喜若狂，强烈得像喷出来的一股暖流穿过心头。我觉得自己是个中了奖的幸运儿，忍不住老要去摸摸那张奖券，生怕弄丢了。在这个巴黎的夜晚，在这个世界的夜晚，我不再孤独；我不再是一个没有家、没有身份，和一切隔离的迷失的人。而这些都不过是维系在一张有点揉绉了的纸上！在漆黑的夜里，只要一根火柴的光亮，微弱地摇晃着的火光，或一丁点的萤火虫，就足以维持整个宇宙开放。

这天晚上，我设法回忆女子的面貌。起初，是她的微笑和眼神。但我越是努力，她的脸越是变得飘渺模糊起来。我不确定在街上是否能认得出她。我害怕起来，怕眼见她烟消云散。

我爬起床来，拍拍外套，纸确实还在那里。

看起来，一连串对未来的预测，和预备完成的事情组成了我的一生。数不清的挫败，使我如同独自走在荒地上的人，不敢回头，生怕看见后面如影随形的鬼魅。压迫我的不是对过去的怀念，这个人人都会用想象力来重新创造。我不喜欢自己的样子，尽量不照镜子，知道这样会使我羞愧或焦虑至死。然而，虽然如此无以自拔地悲观，在我最深邃的欲望里，依然有一个同样根深蒂固的信念，我说不出究竟是什么。我确信我这一生，尽管延宕，还是会达到什么不可知的后果。

我去了音乐会。我又见到那位横笛演奏家，她伴奏一首舒伯特的乐曲：《岩石上的牧羊人》。她和我记忆中的样子不太一样。但她就在那里，比我的记忆更真实：这头浅棕色的头发映着灯光就成了金色的；轻度近视使她的眼睛另有一种魅力，既害羞含蓄又天真坦率；鼻梁笔直，很细致；脸颊有点苍白，但是稍微激动就泛起红晕；嘴唇薄而敏锐，生来为了吹奏出各种音符；她身躯细长，看来很柔弱，其实有掌握得宜的气在体内支撑。她确实在那里，我不让她离开我的视野；我进入她的世界里。散场后我到后台去向她道贺，她以一个很自然的微笑迎接着我，好像等着我来似的；以后我便习惯了去听她的每一场演出，然后送她回家。

十一

"你从那样远的地方来……但是我不问你是谁。"

我和薇荷妮克的感情就是从她这几个如此自然、如此含笑而带着信任的话语开始的。对于"你是谁"这个问题——如果她问了我的话，其实我是答不出来的。而她一下子就信任了我。为什么呢？是否她只要我去了音乐会就够了？或者我从那样远的地方来，却能在勃拉姆斯的一首曲子上和她会合？我像接受一份天赐的礼物一样，接受了她的存在、她的面貌和身体。她身上混合了耐心的温柔和几近痛苦的坚强意志力。是否正是这个存在，具有改变一切的力量？到那时为止，周围的世界对我一直压力重重，现在它摊开来了，展现给我丰富的含义和回应。好像，透过薇荷妮克的影像，我才第一次看见它。尤其我们不是朝夕相处，每次她的身影走近我，或离开我时，我就有新鲜的感觉，每次都像一次不寻常的会晤。

薇荷妮克是 L 市的一个外省交响乐团的团员。她有时会随团到法国各地和国外巡回演出。除了她工作上的牵制，我也学会了尊重她保持独立的需要，这样做不是没有痛苦的。尤其在我们刚开始来往的时候，一起散步或听完音乐会回来，她让我送到门口，对我说：

"你先回去吧，我需要休息，"或者，"我们两天后再见面吧，我得练习，最近我对自己不太满意。"

我学会了等待，后来把这种折磨变成了对我有利。在这个既焦躁又甜蜜的紧张中，我尽量投入工作，往往也能有丰富的收获。有时，她巡回演出归来，事前毫无通知，直接到了我家：

"我回来了！做碗汤面给我吃，现在我有个中国胃了！"

后来，她发现她破解新乐谱时的摸索一点也不干扰我，就比较常到我的画室来练习。我在作画时，隔壁房间就传来她的横笛声。如何忘得了这些彼此仿效、相互启发的时刻？在薇荷妮克的鼓励下，我又开始画水墨画，她说这种"滋味圆润的色泽"令她着迷。我将水墨随意浓缩或稀释，画出一些生动或空灵的景象，不是藉光线的明暗效果，而是用某种似乎更接近原生本质的素材。我想是从那时起，我开始听见自己的声音，找到了我的道路。一天天下来，我的画布上留下被记忆净化了的风景，薇荷妮克本能地在里面和我会合。或者不如说，她去到我所来自的那个遥远的地方。她对我陆续诉说的过去越来越感兴趣。

有一天，在一系列非常安详宁静的画前，薇荷妮克对我说：

"哎，愿意给我吗？它们特别让我感到安慰，可以让我平静

194

下来。"

这句很平常的话却使我悚然一惊，久久不得忘怀。她需要安慰，她不平静吗？和我的动荡不安比起来，她的日子在我看来简直风平浪静，全部是一条直线，就像穿在她身上格外平顺好看的连衣裙。她的一生不就是朝向音乐这个目标吗？难道，由于长期浸淫在音乐里面，为音乐而活，而使她焦虑紧张？要不然，就是有什么其他秘密在折磨她。对一个和我产生亲密关系的人，又能知道多少？对方如何才能满怀信任地向你倾诉？你又怎么能听懂她说的话？当我多少有点自私地、急切地需要倾诉时，我可想到去聆听薇荷妮克？反正她总是很有风度地不太谈论自己。

她曾经说过，"我不问你是谁。"但我相信，我们相处一段时期后，她对我的了解一定多过于我之对她。只有一次很偶然地，她和我谈到一次痛苦的经历。我忘不了这个下午，我们轻松地随便闲聊着，我的几句话使她联想到她从未提起的一段往事。我谈到中国古代音乐家伯牙的传奇。伯牙向大师成连学弹古琴。他非常有天分，三年后已经能够掌握技艺。但是大师觉得他太注重乐器了，不能与之保持距离，以致表达不出真正的感情。有一天，师徒二人乘船出游，到了一个岛上。师傅突然失踪了，剩下伯牙一个人，周围除了鸟叫就是海涛声。他开始弹奏起来，一来借以求救，再者可以纾解他的恐惧和绝望。在完全忘却他的乐器之下，他达到了纯粹的音乐境界。薇荷妮克听了，激动得眼里浮着泪光，叫道：

"这个故事太妙了！我有过同样的经验！"

于是她告诉我，她学横笛三年之后，在十九岁时染上了肺病。这是个非常沉重的打击：她所有的梦想刹那间崩溃。她后来到疗养院去住了几年，等着死神降临。当时是大战末期。她才刚体验了一点生活，而且是在贫困之中。最后救了她的，当然有医药的奇迹，但是，对她自己而言，是她内心里这个从不曾停止的，以伤心和怀念组成的旋律，不断在对抗着掠夺、遗弃和失望。既然被剥夺了演奏的机会，她便把自己的病体当成乐器，这样她可以继续按照技术规则来"冥想"音乐，而且更为生动，更为真实。当她痊愈后，再拿起横笛时，一点也不觉得曾经中断过；更好的是，她欣喜地发现这件乐器已经在她掌握之下了。因此她完全不考虑放弃音乐学院的学业，尽管父母甚至医生都反对。

这段过去是薇荷妮克生命的伤痛，也许她潜意识里要忘却。她说给我听是有点大意，但如此一来，我们更亲近了。如果我有足够的时间，我想我会再深入她的内心世界。不过真的这么肯定吗？因为同时，透过这段插曲和我们共同生活的经验，我发现要接触到另一个人的内心深处，尤其是女人，是多么不容易！男人真能接触到连女人自己都感到深不可测的欲望底线吗？的确，无限的温柔可以将男人一些可笑的意念和幻想，像无用的灰尘般掸落。在两情缱绻的昂奋时刻，二人一体的梦境亦得以短暂实现。然而男人被结束的阴影所苦恼，费尽力气要追上欢愉隐情伸延到无限的女人，却永远达不到目的。他只能是个走失的孩子在海边哭泣。男人如果愿意，学会聆听从那里滋生，在他身体内外回荡的音乐，也许可以得到宁静。是的，谦卑地聆听女人，直到她变成一首萦绕心头却又遥不可及的歌曲。

十二

我常陪薇荷妮克到外地巡回演出，随着他们去的地方，我认识了一些外省城市，也更熟悉这个接纳我的国家。后来她有了空当，便决定带我到她卢瓦尔河畔的家乡。我们从巴黎出发时就租了两辆自行车，她认为这样我可以看得更深入一些。

在城市里生活得久了，我几乎忘了在中国经常长途步行的体能活动所带来的精神焕发。骑自行车，虽然快些，一样再度使我感到是踩在土地的节奏上。在乡间，一路清爽宜人的空气，以及青草混合着尘土的气味在在使我们醺然欲醉。

来到卢瓦尔河，我们不能免俗地参观了许多古堡——这些在文艺复兴时期，意大利的天才和法国精神巧妙结合的成果。它们的建筑风格虽然有时太过矫情，太工于巧设，但内部结构的协调，与外界风景，树木、山丘、流水，以及翻卷白云的完美搭配，都构成了无比的魅力。我不禁联想到中国画中的界画，画上楼台的几何直线很和谐地对比着周围的自然风景，二者之间紧密结合，相依相偎。

最令我高兴的是薇荷妮克的变化。她的脸庞，在巴黎时总显得苍白，在这里则染上了当地的颜色，稍见粉红地暖暖含光，吹弹得破的皮肤不时辉映着一点血管透出的青蓝。她面部和躯体的线条与建筑的石块十分协调；这里的建材切割得如锦缎般细致，比例匀称的浮雕更使之有如具备了生命。看起来，这些石块的运用是为了使生活于其间的人显得高贵，再不允许任何懒散随便或萎靡不振。好像这个地区的人创造出一种建筑，后者再反过来迫使他们符合其风格。艺术没有模仿自然，而是最后让自然来模仿它了。薇荷妮克回到她度过童年和少年的地方，她越是融入风景，便越是妩媚焕发。

我跟着她穿过森林和田野间的马路或小径。突然，我感觉阵阵特别的气味穿过田野，穿过薄雾下青草遍地的小山坡，迎面扑来。

我大叫道：

"河水的气味！"

薇荷妮克既失望又高兴。失望，因为她原想给我一个惊喜；高兴是因为我毕竟是个内行人，能够欣赏这个水乡泽国。

"你倒是个'河民'！"

"我这个地道的中国人，怎么会不喜欢河呢？"我于是和她谈到长江下游，江苏和浙江之间的景色。

"去看卢瓦尔河去！"

我们到了河身特别宽广的地方，讲话的声音一时变得飘渺了。河中央，流波时急时缓，像是淘气地在和沙洲嬉戏，一面不经意地倒映着路过的云彩。我以为来到了古典时期画家们喜欢描绘的风景中。在这个被时间忘怀的角落，风景保持了它亘古未变的原貌。我们两人在那里，遗世独立，相互之间从未如此亲近。

薇荷妮克生长的小镇位于俯视卢瓦尔河的一个山坡上。我们把自行车留在下面，顺着一条小径走上去，两旁排列着方形的小菜圃。半山坡上开始出现嵌在岩石里的房屋。她的父母属于这个河域特有的穴居居民，他们是工艺匠，淳朴一如贯穿全境的这条河。

卢瓦尔河敞开胸怀，好整以暇的河水塑造出浅色眼睛、眉目清秀的居民。可是温和节制的性情下，也会藏着激情，看看在这里成长的拉伯雷和巴尔扎克吧！就像这条看起来平静无害的河实际上暗藏着无数的涡流，大意的游泳者碰上了急速旋转的旋涡，便有被拉下水底之虞。

我虽是河的儿女，过去却不曾如此沉浸在河所散发的丰美中。每当我沿着堤岸漫步，看到歇尔河注进卢瓦尔河里，看到更为女性的安道尔河软化在大河的魅力之下，总是激动不已。大片的河滩在草丛的后面时隐时现，那样纯净、明亮，是刚苏醒的世界洁净无尘的镜子；野雁飞过，了无痕迹。

和我当年随着老画家一样，现在我在薇荷妮克的陪伴下，坐了下来，仔细观察着，把所见所感画在纸上。我画的是周围的风景，而不是河流本身，包括两岸林木苍郁的山坡，石灰质岩石，开阔的田野，以及和谐地点缀其间的石桥和石板屋顶。河水流动中反射出的光影，给周遭罩上光环的氤氲水汽，使得风景不再单调，也不会再局限于一角，而不断朝远处的地平线伸展，或者慷慨豁达地与天空结合。这个空间里的每件东西都保持着适当的距离，在它们之间，我的中国眼轻易地看出虚实相参而调节出的结果，并不期待壮观的景象。我只是锻炼自己的观察力和感觉，使之更为细致敏锐，能够捕捉到难以察觉的差异，以及对岸山坡或水面上随着时光推移产生的色调变化。色调是动态的，从来不确定，似有心又无意，藉着它，我们不自觉地从一个状态进入另一个状态，有点像个听故事的孩子，一面陶醉在故事情节里，一面走向梦乡，故事在他的梦里继续下去。

当雨踩着轻巧的步伐来到，我一动不动地待在原地，和少数几个垂钓的渔夫一样；只有鸭群突然的聒噪声打破周遭的寂静。我等着。我知道在法国的这个角落，河流和天上的云是有约定的，雨从来不会一直下到天黑。事实上，我不记得有哪个傍晚，瑰丽的夕阳不是依时前来赴约，将天和水在遥远的西边混而为一。只有一次，一场像是积压了几个世纪的暴雨，开闸泄洪般地迸发出来，冲倒了树木，掀起滔天巨浪，放出笼中禁锢的野兽。雷电垂直落下，自我肩上擦过。附近一点躲雨的地方也没有，我们只好干脆待在原地。和在荷兰大水坝那次不同，现在我即使就地倒毙，也将无怨无悔。

像在回应一个呼唤，我们决定追溯卢瓦尔河直到源头。在这趟悠闲的旅行中，我们紧沿着河道前行，逐步进入它蜿蜒的秘密天地。最后一天，在登上最后一个河湾前，杰彼耶德戎山神秘的身影即将出现之时，我们在高坡上伫立良久，居高临下地看着蓝色的河水，任由耀眼的白光环抱着我们。我发现我仍然是原来的我。注视着风景的这个流浪者，不就是当年在扬子江畔，那个跟在父亲身边的小男孩？不就是在四川内地伴着玉梅沿河而上的少年？他和以前同样发现：河再是宽广长远，在源头上都是藏在人进不去的草堆里的一条涓涓细流。我在畅饮为旅客设置的、从岩石导引下来的天然泉水时，心中充满感激，感激这块接待我的土地，以及身边这位导引我的伴侣。

十三

来到河的源头。这是一个新生活的开始吗？还是旧生活的结束？我始终相信，时间是周而复始的，但并不重复；所有新的循环都带来一个既预感到又出乎意料的变化，在我，这是一个完全合于我的世界观的老话题。果真如此，我是否可以变成一个了无记忆和牵挂的人呢？在这个异乡异地，由于是个全新的环境，我是否可以用一个蓄意的动作，切断过去的根，解开错综纠缠的结？切断根？也许。人不过是来到地球表面的这个动物，他接触到的文化不过给了他一些积习成俗的老方子，他真的根深蒂固地认定了一块土地，而无法考虑外移吗？我虽然在试图超越时空之际经历了种种考验，现在仍然想说服自己去相信这种改变的可能性。至于要我切断心坎上的牵连……

这趟旅行两年之后，我收到一封玉梅的来信，还是自香港寄出的，从邮戳上看出中间很耽误了一段时间。信上只有寥寥数语："据告，浩郎在劳改营病故。我们始终未能互通消息，任何关系都是被禁止的。你千万不要写信给我。可是别相忘啊！你的玉梅。"她在信末却留下了她的通讯处。

我尽管替浩郎作了最坏的打算，也只是想他有很多年的罪要受，从来没有想到这样一个身强力壮、坚韧不拔的人，竟会突然从这个世界上消失。他是我唯一的朋友，我一度怀恨但永远热爱着的兄长，这个力与光的泉源已经枯竭了么？玉梅这封颤抖着手写成的短简，我握在颤抖的手中，在巴黎这个绝望的下午，我再次惊异自己怎么还在这里，或者从此哪里也不在了。

土地在我脚下流失。铸成我这个人的根基顿时崩裂。更确切地说：我这些年来跑过的地方，一个接一个坍塌，只剩下天边那块土地，我遥远的故乡。没有了它，就再没有什么能支撑我的东西。在这块土地的核心，我知道有个人一直在等我，就像池塘边殷切垂询的杨柳，照顾着生者和亡人。这个人，美得那样奇异，又那样熟悉，她将额头的几缕发丝拢开，在泪眼中微笑着，好像在对我呼唤："回来吧！"或者"你竟然来了！"在空旷的地平线外，我再度听到我无法抗拒的命运之音。殷切的呢喃，来自我自己的命根，预言了必将发生的一切。

第三部　回归的神话

一

　　一九五七年初，我启程返国。我必须克服双重的割舍：一是薇荷妮克和我之间的感情，一是我才刚开始尝试的新创作形式。但是我没有选择；因此我根本不选择。我知道我只是笔直地走向始终在拖延的现实，走向自己的命运：找到玉梅！她不是在那儿，好好地活着吗？我怎能任她一个人陷在绝望的深渊？我知道回到这个改变得我已认不出来的中国，可能面临炼狱般的考验。我害怕吗？也不全是。就像母亲过世时一样，我想到目连救母的故事。在这个佛教传说之外现在又加上希腊的奥菲神话。我愿意付出沉重的代价，哪怕自己被踩进烂泥中。思考之余，我让自己相信，找到玉梅，我就完成了一件大事。噢！我远远不是玉梅期待的救星。像我这样一贫如洗，被匮乏和焦虑所磨损的边缘人，几乎一无是处。倒是我自己需要玉梅的拯救。或者说，玉梅和我团聚后，我们可以一起获得拯救。再没有任何对手能够把我们分开。至少，我拼命要自己这样相信。

爱情、爱情，这个词在西方随着流行歌曲飘荡在空气里，直到像汽油味般令人作呕，我这一生中曾经说出口过吗？那里面掺杂了那样多说不清楚的冲动，那样多急切的需要，对自己尽量的宽容，对别人无限的苛求，加上占有和驾驭的可憎心理，我几乎不敢去设想它的内容。但是，到了决定的时刻，我必得去正视这个过于激烈、令我一直回避的感情。这种感情简直不近人情——全身投入的人将在炙热的熔岩里粉身碎骨——，看来人类还不能全面承担。但是，这是我唯一剩下的财宝。今后，我将用这个不太人性的财宝来面对太不人道的世界！

接着就是在警察局、各国的领事馆和中国大使馆之间的疲于奔命。薇荷妮克尽量保持冷静和尊严，相对地也迫使我找回自己的尊严。不要落得唉声叹气，泪眼汪汪。悲哀终究会来的，也许在很久以后。薇荷妮克听了我给她讲的那些故事，进入了我的事实。她感染了我的伤感和希望，甚至很想能认识玉梅。她最受震撼的是，我们都还活着，竟然"此生不可能再见面"。以至于一连几个星期，她演奏时都掌握不了正确的音符。她是生活在一个被保护的环境中，没有哪里到不了，这个今生今世就永别了的念头，中国人早已习惯了，在她，既无法接受，也不可思议。

抵达北京后，我下榻于招待外国人和海外华侨的友谊饭店。里面各种国籍的人都有，大厅里吵吵嚷嚷地挤着说各种语言的客人，有的颔首招呼，有的拥抱为礼，不太自然地维持着欢乐的气氛，但毕竟还是出于善意。

对海外华侨而言，兴奋和谨慎交替着出现。他们回到故国的喜悦是真诚的，很高兴能够贡献在国外所学的专长，但也害怕从此将生活在这个没有机会再出去的国家，把自己套进严谨刻板的生活模子里。当他们开始和干部们晤谈的时候，便证实了这种疑虑。干部们看起来十分和善，但是仍不免感到阶级体制下的苛刻要求。很快，返乡的人也直觉地脱掉了惯常穿的衣服，换上中山装，改口说当地的标准语言。

我的要求正好和当局的意愿相符合，我被派到杭州美院执教，离玉梅所在的上海很近。我的另一项要求也获得许可，就是先到南昌去看望家人。返乡探亲的权利在中国是神圣的，当局不能将之取消。这也是大陆上的人唯一能够在国内旅行的借口。我到南昌前得先经过上海，在那里停留几天应该是没有问题的，这是和玉梅重逢的大好机会。

我坐火车抵达上海，希望享有一点自由的时间，结果事与愿违，立刻由上海市政府文化科安顿在一个官方招待所里，和一名干部同住。

二

我找个参观市区的理由，趁机溜了出来，循着玉梅给的地址去找她。我去法国之前在上海住过一个月，对这个结构复杂的大城市颇有认识。但是玉梅住在离市中心很远的环城地带；我换了好几趟公共汽车，每次都费尽力气才上得了挤得爆满的公车。啊！中国人惊人的身体柔软度，似乎可以把他们无止境地塞进车身。人数多得难以置信，车里的人团密集到水泄不通的地步。比较起来，巴黎尖峰时刻的地铁简直可以说舒服了。我又喘又累地来到一个荒僻破旧的社区，有的地段肮脏不堪：一长排看不见尽头的粗糙水泥屋，建得很草率，亦未加保养。在这些满是污垢、散发着各种杂音的屋子里，重重叠叠地挤着好些家庭。

我按照地址登上三楼时，手脚情不自禁地发抖。我看好了门牌号码敲门。一个蓬头散发、声音沙哑的女人过来开门。听到玉梅的名字，她摇摇头说："不认识！"我追问下去，她解释说，她在一年前分到这栋房子，不晓得原来的房客是什么人，叫我"去问区长"，就"砰"一下把门给关了。此时其他的门打了开来，传出孩子们的哭喊声或锅铲声，然后纷纷关上。我一时没了主意，边想边走下了楼。我衡量一下，一个华侨如果被人发现在寻找某个人会有什么样的后果，因此我无论如何不能碰上区长。走过一条人来人往的街，我在候车站旁边的长凳上坐了下来；很多人在等车。过了一会儿，背后响起一个女人的声音，把我吓了一跳。我转过身去：旁边有一个陌生女子。我站起来，和她面对面，心里想："糟了……是区长！"她的眼神却不是在询问，倒不如说是在请求。我朝她走过去，和她站到一边，一面还假装在等公车，免得引人注意。

"我是玉梅的邻居。您是法国回来的赵先生吧?"

"您怎么知道呢?"

"您的鞋在这里买不到的。"她带着有点伤感的笑容说,接着表示:

"您找玉梅。我不知道该怎么跟您说。别找她了;她不在了……"

接触到我惊慌的眼神,她的声音哽塞了。

"我全告诉您吧。我不怕;我是工人,出身好,没有人会拿我怎么样。玉梅原来不是住在这儿,孙先生被判刑后,她才从市中心搬到这里来,配给她一间我们隔壁的房间,她和我们共享厨房。她的日子很不好过。她去办手续时,总是遇到麻烦,区长也经常找她的碴儿。但是玉梅依然漂亮,又那么有尊严,而且她和大家都处得好……我们知道她过去是著名的川戏演员。有时候,我们央求她给我们讲解一个角色,她会唱给我们听。那真是美极了! 后来,另外分给她两间房,还有自己的厨房。区长不再来打扰她了:因为另一个有权的人对她有意思。

"有一天,她接获消息说孙先生死在劳改农场里,这对她真是个天大的打击。我们想尽办法安慰她,给她打气,最后总算熬过来了。但是那个干部对她逼得越来越紧,要她嫁给他。有一天她拿了这个包裹给我,对我说:'替我留着,放在你那里比较安全,因为我不知道他们会把我怎么样。我有一个朋友在法国,他姓赵,万一他回来了,而我不在这里时,请把这个交给他。'当时我不懂为什么她要把东西托给我。我答应下来，只是想，放在我家也许真的比较安全。她那样做了以后我才明白……"

她的声音又哽住了。然后，她很快地一口气把话说到了底：

"她自杀了。她什么人也没告诉就这么做了……您知道自杀是等于犯罪的。遗体很快就被火化了。您别难过，她现在是清静了。包裹拿去吧，您节哀啊，我得走了……"

当这个女人转身离去时，我做了一个要留住她的手势，但她的背影已经融进了路人中。我迷失了。我在何处？我是谁？我此时此地在宇宙永恒的中心做些什么？尤其不能再坐回那张长凳，像块枯木般钉在上面。羽化吧。高飞吧。立刻变成一朵遗忘的云，远离臭气熏天的尘埃。一班开往市中心的公车到了；我像个机械人似的被人群挤进了狭窄的车门。我在最后一站下车。前面是一条宽广的大马路，行人和车辆来来往往，放眼望去，看不见一张可以落座的椅子。我走了几步，颓然靠在墙边用来停自行车的铁栏杆上。我知道我不能在那儿留得太久，否则会引人注意：又是一个年轻人——他多大年纪？不过三十三岁，却已经走到路的尽头——大白天这样无所事事地闲逛。但是我顾不了这么多了。令我窒息的痛苦变成了愤怒，感觉自己上了一个天大的圈套。骗局早该结束了；我要用最粗野的笑来撕裂这个卑鄙丑陋的世界。一切要有个了结，是的，但不是毫无计划。在我这一生中至少应有一次——最后一次——选择我做事的方式。我不再害怕，不再屈服于绝望的压力下。绝望，我经历得太多了。当我离开玉梅和浩郎时，在夕阳西下的桥边；当我离

208

开教我绘画的大师，在苍白天穹下的十字路口，心中无不充塞着绝望。当时远方还有母亲。当我获悉她的死讯，从敦煌匆匆走上漫长的归乡之路；当我在塞纳河畔，在极端落寞的时刻，眼前浮现玉梅和浩郎的身影，绝望又兜上心头。而那时远方还有玉梅的影子，现在只剩下手中一直没有打开来的小包裹。但是我无论如何要阻止自己被绝望击毙。我必须好好想一想，务必有个了结，但是要冷静地去做。

我站起身来，朝黄浦滩走去。模糊地希望找到一块清静的角落。我了解到一件很简单的事实：人活下去需要阴影遮蔽。我开始怀念欧洲的教堂，随便什么时候都可以进去，不管是不是教友。我在欧洲的时候习惯到这些厚实的石块建筑里去找清静，在里面你是自由的，又不至于面对自己的形象而感到孤单。

从黄浦滩上可以望见港湾里停泊的几艘船，我鼓足了勇气从口袋里拿出玉梅给我的小包裹。"原谅我。别忘了我。别忘了我们。我们和你永远在一起，我从来就是你的，你知道的。"在这封信旁边有一块手帕，上面绣了一朵梅花，像一滴鲜血那样显眼，以及两张折起来的纸，一张已经发黄了，另一张比较新。我打开来，认出第一张是我少年时替玉梅画的第一张像。另一张也是画像，是十多年前在N市所作，背面有几行铅笔字："所有浩郎的东西都被搜走烧掉了；只剩下两张你的画，我一直带在身边。"

我至亲的人给我留下了些什么？少得不能再少了：玉梅的几封信，这张绣花手帕，我背在心里的几首浩郎的诗，以及母亲的骨灰。

我一时还不能去和他们会合。但是死去的人，比活人还更像在活着；他们强迫我继续留在这个世界上，哪怕是几天或几个月。我知道在做最后决定之前，我对死者还有未尽的义务。

现在，我得在食堂开饭之前回到住处。夜晚沉重地落下，罩住了烟雾中喧哗的城市。所有白天支撑我的力量：痛苦、愤怒和反抗，我面对不幸和荒谬突然产生的意志力，一时都溃散了。我步履蹒跚，哀伤一直涌塞至喉头。玉梅不在了，浩郎不在了，世界不在了。我一个人，走到了一切的尽头，是怎么熬过下面的分分秒秒，走完这条看似无止境的大街的？……我不知道我是如何做到的，总之我回到了招待所，假装在注意听对面同房那个人说话，听着他浓重的鼻音和浑浊的笑声。我必须编造一些白天里做过的事，逛书店，参观美术馆、鲁迅故居等等，然后在这个"照顾"我的人满意的鼾声中再熬过漫漫长夜。

三

自父亲于一九三五年过世后，我和家里就断了联系。不出我所料，父亲和其他家人的坟墓已被铲除。坟地现在改成了一块可怜兮兮的耕地。房子被没收归公了，里面杂七杂八地住了许多个来自各处的家庭。唯一还住在里面的家人是那个暴虐的二伯一家人。二婶死了；他自己变成了瞎子；他的独生子，过去那个令佣人和家庭教师最头痛的小主人，和媳妇及两个孙儿一起挤在北厢房里——那个以前分给我父母的又冷又潮湿的角落。

有双巧手，喜欢下棋和打麻将的那位伯父也过世了，很可能是死于无聊烦闷。他的妻子靠着养子生活，就是我母亲曾经照顾过的那个小男孩。他现在成家了，夫妻俩都在一家工厂做工，有一个孩子。

至于"只会给家里找麻烦"的那位抽鸦片的伯父，他以殉道的精神死在劳改农场里。他的妻子精神失常，在疗养院苟延残喘。

我在南昌探访了分散各处的堂表兄弟们。每次情况都大同小异，也很单调无趣，因为谈什么都是禁忌，说来说去就只有围着吃打转，"吃"是最要紧的事。在上面所花的时间，尤其多得不合情理：首先买菜就必须到处排长队，厨房是和邻居共用，炊具非常简陋，烧出一顿饭来得花费大量的时间和力气。由于肉的配给很少，饭桌上见到的多半是各种蔬菜。尽管如此，有时也会做出很可口的东西来。而就着几道可口的菜围桌而坐，人整个放松开来，窸窣有声地喝汤吃菜，其实也是白天和夜晚长期忍受沉默的一种报偿。和他们重逢，不仅没有安慰我的沉痛，反而使我加倍哀伤。如果说我们都是在一个看不见未来的沼泽里，踩着泥浆前行，以我一身沉重而又不得诉说的悲情，只有越陷越深。我不知道如何才脱得了困境，再继续去迎战前面也许更为恶劣的命运。

只有一个人不同，就是那位独身的姑妈。她没有家，也没有生活来源，便住在收容所里。在全院共享的大厅里，在周围许多弯腰驼背、干瘪萎缩的病人中，她站起身来，挺直着腰板，步履坚定地朝我走来，仪态端庄有如女王。

"啊！好久、好久不见了。我记得你，你是……"

"天一。"

"你爹是战前死的，该是一九三六年啰。"

"不，早一年，一九三五年。"

"你妈也过世了，我听说了，死在重庆。我很喜欢她，她心地善良、正直，待人热心极了！你呢，你打哪儿来？"

"我刚从法国回来。"

"法国？真想不到！你在那边做什么？"

"我在那儿学画。"

"学画？太有意思了。你有画可以给我看吗？有没有法国的风景？"

她说话的声音很大，完全没有注意到别人在竖耳倾听，不像其他亲戚朋友，知道我从法国回来，什么也不敢问；不是他们不感兴趣，而是这个话题太危险、太容易给人添麻烦了。由于我有意地压低声音说话，她会意地照做。我所有的画作都直接邮寄到杭州美院了，并没有带在身边。为了不让姑妈失望，我想到替她画张像。这张原本丑陋的脸，如今经过岁月的历练，变得浑圆而高贵。

在我替她画像时，她继续和我闲聊。她的爽直依旧，以前在封闭保守的大家庭里就已经格外凸显，今天在如此层层封锁的闭塞国家里更是语出惊人。她的话在大厅斑驳发霉的墙壁之间开拓出一块绿洲。几次我都想把自己的不幸向她诉说，但是忍了下来，我知道，像她这样一个率真的人，是无法进入我纠缠的内心的。

像画好了，姑妈望着我笑得好开心，盖过了她一脸的皱纹。她顺便问我，有没有去探望那位和丈夫离婚后住回家里来，并创建了一所孤儿院的姑妈，我有点尴尬地说，还没有。

事实上，这位姑妈和家人是隔离开来的，平常很少看到她，我这次回来竟然把她给忘了。我到她的学校去找她，她仍在里面工作。我等了很久，她才得空过来，因为她的事情多得不得了：看管幼儿，打扫教室……当只剩下我们两人时，她告诉我她这些年来的情况。解放后，她的学校由地方接管。上面派了一名对教育一窍不通的女人协助她；这名干部唯一的工作是监视教学的意识形态。由于姑妈坚持她原来的教学原则，摩擦很难避免。这位助手便在一次运动中发动学生家长和学校的同事批判姑妈的思想。这次运动之后，那个女人当上了校长，姑妈仍然被留了下来做各种杂务。她忍气吞声地接受了这种安排，是为了能接近孩子们，希望无论情况如何，都能默默地带给他们些微光明。

姑妈在诉说时，声音几乎不带感情，好像一切都和她无关。在她平静无波的神色下，我看出了一种不可侮蔑的尊严，一种不寻常的节操。突然，我知道了，我是为了看她而回来的。我想起我还是个孩子的时候，在家中的院子里碰见她，她习惯将一只手放在我肩膀上，不说话但充满感情地对我微笑。我和她从来没有交谈过，但我觉得我们已经说了不少话了。二十多年后，我又坐在她对面。告白的时刻到了，我开始诉说我闷在心里已经快要爆炸的故事。她一言不发地、静静地听我说。等我说完后，她沉默了很长的时间，我以为是冷漠或不赞同。最后她用坚定和严肃的语调对我说：

"我们都曾经努力追求和对抗过，如果命运允许，我们还要再活下去。我们尽管什么都丧失了，只有一样仍然属于我们，任何外力、任何压迫都拿不走：这便是你所说的爱情，我所说的友情，因为这个来自我们自身，全听由我们决定。你经历了可怕的悲剧：失去了你最亲爱的两个人。但是你真的失去他们了吗？我觉得，能够激发那样真爱的人是不会消失的，他们始终在那里。你说你丧失了生存的理由，这是什么话呢？活下来的人比任何人都应该好好活下去。你的母亲不在了，她对你就什么也不是了吗？她以无比的耐心和感情忍受了又完成了那样多的事，难道是让你不再活下去？……"

第二天，姑妈把我带到家人坟地的旧址，我将母亲的骨灰撒在地上，这块土地继续在滋养活着的人。

四

杭州市和西湖以及附近的山丘，是中国江南秀丽风光的典型代表。在这一九五七年的秋天，悠闲祥和的大自然和明争暗斗的人类世界形成的强烈对比，是我从未感受过的。美丽的风景似乎在嘲笑战栗恐惧的人。当时正是接续着"百花齐放"运动而来的"反右"时期。

直接波及的杭州美院，一下子便卷入这股热潮中，热潮很快转变成了丧失理性的癫狂。干部们整天召开斗争大会，被斗争的对象便会在会上成为众矢之的，被批评得体无完肤。擅长书法的人全体动员，在所有能利用的墙上张贴大字报，画家则被发动来画巨幅漫画。在这场运动中，任何人都无法确保安全过关，因为必须超过百分之五的"预定额"。打击了"大右派"之后，开始找"问题分子"；然后是比较没有"后顾之忧"的单身者，这些人也被迫替别人牺牲。他们获得承诺，只要认罪改过，就可以很快得到平反。

刚开始时，在白热化的气氛中，由于自己不是唯一受指责的人，也还不感觉受到羞辱。可以说很带劲地跟随着这种集体亢奋潮流，有时甚至以幽默的态度来看待。比如有个雕塑家说，把他归为右派是有道理的，他现在才明白为什么他正在制作的雕像左半边没能成功。在当时，很多人没有意识到被贴上右派卷标的严重性。不久后，为了"改过自新"，不光是一系列"真诚"的自我批评就够了，还得在偏远地区的劳教队里待一段时期。此外，"右派"无论到什么地方，都受到恶劣的对待，被行政机关百般刁难。他的周围散发出一股邪气，波及所有家人，切断了朋友和人际关系。如果案情不是特别严重，不久后可以摘掉"右派"的帽子，但曾经有过这种卷标是要列入纪录的，等于从此打上了擦不掉的烙印。他们犯过的错误也可能在下次运动中再旧话重提。

我必须参与所有的活动，但未直接涉及这个运动。我刚回来，彼此都很陌生，缺乏陷我于罪的动机，就算曾在外国待过这件事也是一个错误的话。所有其他的人，红着眼睛，面色憔悴，脑子已经被弄空了，空得什么也不再想，甚至不敢去想任何事，害怕泄露出内心情绪。每个人都在防备着突如其来的攻击。几乎只有我一个人还偶尔看看外面的世界。有些清晨，我很奢华地欣赏着正是美不胜收的风光。山脚下的西湖，笼罩在飘逸的薄雾中，隐隐约约地散发着令人怀念的芬芳。中央的堤坝，像用干墨画出来的一撇。我们似乎看见一叶扁舟的身影，被遗忘在中国遥远的记忆里。在这幅横面的图画中央，有一个细小的影子，因为是直立的而凸显出来。我顺着小径，朝它走去。我靠近的脚步声惊动了他，他开始动起来，对着我迎过来。原来是学校里面一个我并不熟识的同事。和我错身而过时，他飞快地抹了一下眼角。接着立刻收敛情绪，遮掩地说："清早的雾水扎眼睛呢。"他怕我揭发他。

五

在这段动乱时期之后，杭州美院少了一部分被送去劳教的教职员，但是大家仍然慢慢凝聚力量，设法恢复原来的生活。经过冷流的吹拂，人人心里都加了一把自我约束的戒尺。教学内容因此作了大幅削减。在西方艺术方面，现在只能研究具有社会主义含义的所谓"没有问题"的画家：像处理过农村或革命主题的勒南、米勒、德拉克洛瓦，以及曾参加过巴黎公社的古尔贝……所幸的是，在中国传统水墨画之外，继续把西方油画技法编进课程。除了上课，学生有权到外面写生，但必须在风景中加入勤奋工作的"劳动人民"。我和学生们总是到杭州周围山坡上的茶园里找题材。我又得以嗅到庐山山居时熟悉的茶香。

在茶园里写生的时候，我在众多采茶女中注意到一位老妇人，她和其他妇女一样戴着一顶草帽，摘下茶树细小的叶子，但动作特别慢，也笨拙得多。当她采完一行时，便接近了我所在的地方，我趁机避开监视和她攀谈。

"您辛苦啊，很想帮您一把。"

"在这里，活都得自己做，没有谁帮谁的。"然后她转进另一行茶树，走开了去。但每次她再回来时，我又继续和她聊几句：

"喝茶的时候，想象不到采茶有多么辛苦。"

"就像法国的葡萄园。看起来很美，但是采葡萄时可就辛苦了！"

"您到过法国？"

"去过。那已经是二十年前的事情了。"

"我去年才从法国回来。"

"竟有这种事！"老妇人的眼神充满了讶异。

"请问您贵姓？"

"我叫 C。"

听到这个名字，我心上被猛扎了一下。我对她慕名已久，以前读过她的一些散文和翻译书。听说她后来去了延安，但一直保持着特立独行的作风。

"您让我想起我的母亲。"

老妇人没有回答，她激动地沉默了一会儿，然后说：

"所有对我有感情的年轻人，都可以把我看做他们的母亲，但这样的人太少了。我有一个女儿，因为我的关系，她被分配到很偏远的地方。不论我到哪里，人们一听说我的身份，脸就沉了下去，好像我得了麻风病。有一段时间，我住在一间位于公共茅厕旁暗无天日的屋子里。就连到医院看病，都得等到最后才轮到我。他们后来开恩给了我一份图书馆的工作，管抄写书单，图书馆里灰尘大，我的气喘病恶化了，于是调了一个户外工作；就是现在这个。我算是幸运的了，其他跟我同样年纪的人都进了劳改农场。在这里，至少，我还能喝到龙井，这是我最喜欢的茶！"说最后这句话时，她顽皮地笑了一下。

在这一九五八年的秋季里，我后来又间歇地再遇到过几次C女士。她请病假的次数多了起来。九月底时，她不再来了，没有任何消息，唯一留下来的，只是我画上那个瘦弱的身影，戴着粗糙的草帽，像一棵大力修剪过的树，只剩下几根光秃秃的枝桠。

年底时，美术学院被送去劳教的人回来了几个。有些是从北大荒归来。听他们描述，那里的生活艰苦无比，不仅要抵抗严寒，而且连最基本的设备都没有。北大荒是个邻省逃荒的饥民也从来不敢涉足的地方，只有少数猎人能活下来；但这些人却是从气候温和的杭州，突然被送到当地开垦，其强暴性难以想象。这一大片蔓生野草的沼泽地，秋季才过了一半便开始刮起从西伯利亚吹来的刺骨寒风。冬天里，人是无法在户外活动的；在这个白雪铺盖的结晶平原上，身上的衣服很快便硬得和钢板一样，口里面呼出的气立刻冻结成冰。但是他们不能不外出。有一名教授因为疏忽了两个细节，而被扯掉一小片嘴唇肉：他先是向手上的锯子吹气，结果嘴唇粘在上面，然后他又粗率地用力把工具拔掉。大家因装备不够，手脚都长冻疮而溃烂。

当春天姗姗来迟，气温又从极冷转为炎热，大自然的急遽变化和冬天风景的单调封闭形成强烈对比。遍地色彩鲜艳的野生植物、动物走出了冬眠，展示出各式各样的种类：野雁、白天鹅、鸳鸯、鹿、野猪、狼；猎户不愁没有收获了。说到狼，当地有一个将狼制伏的传奇人物。这是一个已在劳改农场多年的资深改造分子，有一次在下工返回营地的路上，他拖着长柄铁锹跟在同伙做工的人后面走进一条小径。突然，他感觉后颈上有一股气息。他冷静地没有回头，幸亏如此，否则他早被撕裂喉咙，一命呜呼了。他用力一甩肩膀，把背后将两只爪子攀在他后颈上的狼摔倒在地上，反身一挥铁锹，打在狼头上，狼惨叫一声，接着被其他闻声赶来的人合力制伏。巧的是，这个大汉的名字叫浩郎，正好和"嚎狼"同音；从此"嚎狼"就变成了他的绰号。

"您说的是写诗的浩郎?"我急忙问道。

"没错，他是个诗人。他比谁都要早被送到北大荒，被放在最严厉的劳改农场里。"

"诗人浩郎。这是不可能的，他已经死了，死在南方一个劳改农场里!"

"确实听说他在南方时碰到传染病，别人以为他死了，结果又奇迹般地活过来。然后就把他送到了北大荒。"

六

什么样的命运！多么荒谬的人生！为什么如此残酷又出乎意料？我是为了浩郎的死和玉梅的生而回到中国。现在浩郎还活着，玉梅却死了。死得冤枉。

好朋友既然还活着，我自然打消了自杀的念头。只要我活着，我今生就只有一个目标：和浩郎重逢。怎么和他重逢呢？我被锁牢在南方的这个角落，就像一个大机器上的螺丝钉。必须找到一个绝对荒诞的理由，才能穿过整个中国大陆，去到它的另一个顶端。这个念头会不会只是个幻想？但是，这个幻想将是我今后唯一的真实。

等我比较平静后，仔细揣想，我这个疯狂的梦不是实现不了的。我甚至相信自己迟早会达到目的。和其他人一样，我开始摸清这专制集体生活的一些特殊运作；这也许不是出自政权明确的意愿，然而普遍的武断终于形成众人默默承受的自然法则。这些特殊运作程序可以浓缩为一句谚语："因幸福而分离，因不幸而相聚。"

在同一个单位里，年轻人恋爱会遭到严厉批评，他们的感情被指责为"布尔乔亚的温情主义"，再加上一桩"缺乏劳动热情"的罪名；已婚夫妻则被派到不同的单位，老远地分隔两地。不知道哪一天，你又会和并无任何亲密关系的人聚在一起，在一场运动中同样成为被批斗的对象。有一些特别的地方是专门用来集中这些人的：

没完没了地进行斗争和自我批评的公共广场、从事长期劳教的乡下、形同流放和做苦役的劳改农场等。北大荒也成为被排斥者的集中地，我倒觉得这样缩小了寻找浩郎的范围，对我不无便利，而不免暗中庆幸。无论如何，我到那里去的决心已定，现在只须耐心等候，掌握每一个机会。

尽管心意坚定，仍不免焦躁不安。每个星期、每个月，在我看来都是永无止境地虚耗时间。

一九五九年，这一次，我感觉命运在向我眨眼，和我定了约会。国内发动了一场规模较小的运动，清除历次运动留下的"残渣余孽"，所针对的是"右倾机会主义分子"。我不禁向命运叫道："来吧！……机会主义？我完全合格！我正是日夜等待着机会的人哪！"

我鼓足勇气，一头钻进了运动中，太多的绝望使我对其他的危险都麻木了。我几乎想也没想，害怕想多了会失去这可能是我唯一的机会。我在运动中大胆坦白，同事和学生们嘴里没说什么，但看得出他们都在暗中佩服我，没料到我这个平常行事淡泊、从不出头的人会有这个胆量。我知道指出西方绘画的好处，说它伟大的传统表现在文艺复兴时期，甚至在现代某些大画家的作品中，是多么犯忌的事。我在一夜之间成为众矢之的，上了大字报，一次又一次地在斗争会上被拉出来批斗。在这些群众大会上，我采取逐渐"醒悟"的策略，最后接受所有指正，低头认错。这期间说我不害怕是假的，但是在我内心深处，有一个坚定的、可以说是犬儒式的平静在支撑着我。在被批判和与人争论之间，我有时会突然感到痛快，兴奋自己有这么一次发泄了压抑在心中的力量。

为了表示我真诚地愿意接受再教育，我主动要求去最偏远的北大荒。他们对我这种态度十分赞赏，甚至在我的个人档案里记上了一笔。

就这样，我一步步走向预定的目标，也不特别感到惊异，我知道每场运动的机制其实是相当简单的。但是真正搭上去北大荒的火车又是另一回事了。这些日夜不停奔驰的列车简直是一个没有出口的活动隧道；车里挤得爆满，走在过道上会踩到人，很多人内急了便在车厢之间就地解决。艰苦的现实以它的铁臂一把攫住了我，躲也躲不了，变成一个突如其来的噩梦。没错，一场噩梦。因为同时，一切又变得不真实到荒谬的地步。我想了又想，怀疑是不是自己脑中把所发生的事全部虚拟或混淆了。

被困在车轮有节奏的吱嘎声中，忍受着嘶嘶汽笛声和煤炭气味的鞭挞，我观察了一下周围的人：和我一起上路的同伴多数在中年以上，来自全国各地，他们在干部面前努力表现出甘愿接受改造的积极态度，但和旁边一群喧闹的年轻人一比，就不免显得心虚。这些年轻人是自愿响应——我忍不住暗中苦笑，要说自愿，只有我最货真价实了——来参加开垦祖国边陲的神圣任务。一个带头的小伙子不断怂恿着，他们就扯开喉咙，把几首歌曲唱了一遍又一遍，还间杂着齐声高喊的口号。到他们终于累了，便横七竖八地睡倒在木凳上。列车这时进入东北地区，速度放慢下来，有时在杳无人烟的乡野一停几个小时，好像它也和人一样，对接触到最后的命运感到心慌起来。

七

火车终于气喘吁吁地抵达 H 城终点站；车站淹没在一个没有围上界限的工地上；到处都是脚手架、建筑器材和潦草速成的房屋；较远处有一些巨大的仓库，放着拖拉机、大木箱和一直堆到天花板上的硬纸箱。仓库周围停了各式各样的车辆。区内各地的劳改农场都是到这里来补充日用品和粮食。

我们这批新到的上了几辆老旧的敞篷卡车。车子一辆接一辆地驶上一条宽广的泥土路，先到作为集散中心的一个镇上去，大伙再从那里出发，赶赴各自更远的劳改农场。

北大荒！这个可怕的地名响在耳鼓里，让人联想到严酷的大自然，以及永远的流放和致命的挑战。现在它随着车子的前进，像舒展一幅画卷般地，无止境地展现它的空旷，一望无际的荒野开阔得令人恐慌。看不到边际的沼泽长着一些发黑的柠檬树，周围的野草高过腰际，人很难进入。有时像为了打破单调的风景，会突然耸起几处林木密布的高地。在视力所及的远处，待耕作的处女地直伸展到天边，终止在屏障般的山脚下，山上秃了几块地方，像白色的头癣。这块地球表面，单一却又不协调，像是在大灾难里被撕裂的无以计数的野兽，恬不知耻地把腐烂的皮肉随意摊在混沌的天空下。在这个大致保持了原始面貌的大自然中，偶尔冒出大片种了庄稼的田地，看着不像是真的。我们不难想象最早的拓荒者作了多么大的牺牲才有这样的成果。他们或者是退伍军人，或者是政治犯，要不然就是普通罪犯，从清朝开始，成批地被遣送到这里来；政府就是这样用一次次的运动和流放政策，不断吸收民间人力资源。

已经有相当岁数的老爷卡车在黄土路上颠簸得尤其厉害，每个部分都在吱嘎作响。除了那批年轻人，车上没有人开口；大家都默默地在衡量着自己的体能可以应付得了多少往后的生活。农场终于到了：这是一堆急就章盖起来的简陋房屋。那么就是在这里，在这苍茫大地的一个点上，大自然和人都得屈服于一个人所制定的法规。也是在这里，人必须接受生命韧性的考验。

以后如何生存下去？要做什么样的工？对这些被迫抛妻别子远离家园，到北方边陲来的人，这些问题非常重要，他们不是来几个星期，或几个月，遥遥无期的归乡日是以年来计算的。资格最老的一批人喜欢说"今天能有这些个已经够舒服的了！"他们在几年前刚到的时候，"日子比石器时代还要苦"。我们史前的祖先们至少还能选择住的地方，到气候比较好、自然灾害较少的角落定居。而他们这些现代苦役犯，被流放到这个只有野兽、人类绝迹的极北边区来，反而要抗拒最恶劣的自然环境，天寒地冻的严冬，野草堆里的蚊虫和瘟疫。

如何生存下去？要从事什么样的劳动？农场的组织基础是分散在中距离内的一个个生产队，由军人层层管理，军人再由政治专员辅助，整个结构是以军队的连、营、排等级为模式。这些生产队合组成分场，再由分场聚集成集体农场，由一名总场长统筹指挥。在一九五五年到五六年期间，整个北大荒共有十几个大农场。更精确地说，这些农场并非都是劳改农场。里面住的很多是退役军人，包括军官和士兵，整个单位地迁移过来。他们和一般中国的农民一样，过着集体生活，家就安顿在村子里。但也有其他的生产队是名副其实的劳改队，因为五十年代初，远在这些大型农场尚未组成之前，一些为数不多、简陋得多的国家农场就已经在运作了。接受"劳动教育"的政治犯和被判"劳动改造"的犯人便是这些农场里的劳动力。这些人原来是受国家某部管理，现在隶属军方的管辖范围；他们分散在各个分队里，构成特别劳改农场。

在这些男女分开来的劳改农场里，在正式的等级之外，又形成了其他的高下区别——军人高于平民，老资格高于新人，工农高于知识分子等等——，这种理所当然的等级不得僭越，否则会受到处罚。对于通常手无缚鸡之力又不善于劳动的知识分子，有些军人一有机会就向他们讲述自己在一次次的革命战争中如何出生入死，要他们记住，因为有军人的奋斗，才有今天的和平。这些人说起话来声如洪钟，叽喷有声地吃他们的"特别菜"，晚上往热乎乎的床上一倒，没有任何感情或意识形态上的苦恼，对自己的权力深信不疑，凭特权把这些被他们管理的人的命运玩弄于股掌之上。看到稍具姿色的年轻女子，不免当面施予小惠，暗地里占便宜；对于那些心思太多、不能想得简单直接的摇笔杆的人，他们认为强制性的体力劳动和纪律管理是有益的。

摇笔杆的于是变成了拿铁锹的，住在草草砌成的屋子里，经过风吹雨打，这些根本不经事的"建筑"很快就破败老旧了。屋子里更显得脆弱，墙壁和屋顶都抵挡不了当地常有的狂风暴雨；没有经过铺设的地面永远透着湿气和寒气。沿墙打造的土炕上睡了十几个人，每人顶多五十公分宽的铺位。屋里没有预备放置个人用品的地方，被缩减到最低限度的这些私人东西就堆积在角落里；每天整理内务的严格纪律抹除不了脏乱的感觉；地上各处放着每个人的白铁盆子，这唯一的容器，有时拿来当痰盂或尿壶，有时用来热东西吃；屋子中间的火炉周围杂乱地搭着浸透了汗水或雨水的裤子、袜子和沾满泥浆的鞋子。

除了夏天某些天气好的日子以外，很难顾虑到个人卫生。偶一为之的清洗，用的是隔壁小屋的一口大缸或水槽里舀出来的冷水。水是一桶桶地从大井里挑过来的；大家都知道付出了何等昂贵的代价，尤其在冬天，挑水的人顶着狂风，加上双肩的重量，每一趟来回简直举步维艰。我们既然变成了牛马不如的牲畜，很快也就习惯了肮脏，任由污垢像疥疮似的结积在皮肤上。除了这种"皮肤病"，最难忍受的要算在领导干部面前卑躬屈膝，一切个人的特性全被抹煞，好像我们是从尘土里冒出来，没有过去，没有欲望，没有任何感情关联，总之挂个名字或长了一张面孔都是多余的。这里没有任何独处的时刻，不允许有私人的权利——除了在梦中。但是当夜晚降临，煤油灯微弱的光一旦熄灭，每个人精疲力尽地往炕上一躺，夹在其他被掏空了的身体中间，就像是在一排锯断了的短木桩里。

改善居住的环境不是这里优先的考虑：建筑工事都留在冬天，大家勇敢坚毅地以蜗牛的速度进行。自来水和木板床以后再说。眼前有太多别的事要面对了。

八

除了某些因时序和天气的关系而不得不暂时停歇的时期外，工作确实做不完，而且每一件都有"紧急性"。必须达到上面规定的生产数字；如要得到好评，还得超过这些数字。领导们给的口号永远都有一个"抢"字。但是做的工全是有道理的吗？建了一座又一座的水坝，开垦了一片又一片的荒地，从来没有做过事前考察，没有预先画出蓝图，全凭各地领导的一声命令，后来也证实有些不过是劳民伤财，许多完成的工程根本无法使用。而这些是以超出人力所能忍受的极限，牺牲了不少性命换来的：有的过度劳累，倒在深草堆里，而被拖拉机误碾过；有的是被准备不善的炸药炸死。被毁容的人，手脚被严寒冻坏了的人，因为在月经期间长时间泡在冰冻的水里而弄得全身病痛的妇女，这些死伤难计其数。

在极端恶劣的天然环境下，劳役总是苦不堪言的。北大荒的春天不过是冬天的延续。一望无际的麦子、大豆或者玉米田，播种得用上近一个月的时间，大家每天顶着像鞭子般抽打在脸上和身上的凛冽寒风，双手带着严冬留下来的冻疮，用鹤嘴锄或平板铁锹将凝固的泥土翻松，再由犁田的牛车或耕耘机来进一步翻掘。肚子饿了就啃几口稗子面馍馍。这种没有发酵的死面馒头冷却后更为硬实，大家都先把它揣在怀里，靠体温多保持一点软度。吃东西的时候，手下也不能停歇，随着播种机前进的速度，搬动大袋的种子，粗麻布袋子在冷空气下变得僵硬无比，不小心便把手磨出血来。播种机聒噪的杂音宣布了新的一年于焉开始。将泥土解冻后，再继续开垦其他更荒芜也更顽劣的土地；先得烧掉野草和荆棘，用力拉出深入地下的粗大根茎，以便耕耘机通过。沼泽地要用沙土填满，或是将之改变成田地。然后夏天到了，天气突然暴热起来。这时候的工作就是锄草和中耕。我们一步步地跟随长达数里的犁沟，头上和背上叮满了蚊子和"小咬"，——它们吸饱了血，一动也不动地粘在热汗淋漓的皮肤上——翻动泥土，捡出有害的杂质，小心地不要碰触到植物。前进得越来越吃力，不停地被队长吆喝着："往前，往前，小心别碰坏东西！"被弄坏了的是我们。忙得没有喘息的时间，渴了也没有水喝，时间长了，背痛得像要断裂，腿则开始抽筋。我们感觉自己是个爬在地上的可怜的虫子，别人不小心就会把我们踩死，弃尸当地。

秋季要来的时候，我们最害怕的是下雨。雨季到了，在队长煞神般的脸色之外再加上黑压压的天色，更是愁云惨雾暗无天日。雨一旦下起来就没有停的时候，到处都是黏嗒嗒的，什么都在雨里成了泥浆。由于机器无法下田，大家都知道此即意味着在绿得发黑的地狱里长日的苦役。从清晨三四点到晚上八点，农工们踩在有时没及小腿肚的暗色胶泥里做工。每人沿着望不见尽头的田垄，躬着湿透的身子，拿着镰刀，每天重复千百次同样的动作。抓住一大把麦秆，贴着根部猛砍一刀，拔起来成列放在一边。

当这些使人精疲力竭的收割工作终于做完了，忍受了一季的潮湿和污垢的农工们，已经损失许多在中间病倒或碰上意外的同伴，然而大伙仍不得喘口气。在雨季结束和寒冷到来之前，时间分外短促。必须一天也不间歇地、日以继夜地，在大院子里打麦子和筛捡麦穗，接着晒干、装袋，收进谷仓里。事实上，从十月中旬起，冬天之神已经张开了厚厚的帐幕，覆盖住山丘和平原，性急地要看看它的利器——寒冷，是否依然威力十足。它很乐于使用这个武器，气温一天天下降，把它威力的极限不断往前推移。它也会随性之所至，发动翻天覆地的大烟泡，动摇天地，掀起遍野惨烈的狼嗥。

要知道活着的人是如何承受无情的钳制，只要看看大自然把人的活动限制得多么森严。事实上，户外几乎再见不到人影。除了那一群被迫成为莽汉的流放者，他们穿着一层又一层的旧棉衣，在腰间用绳子紧紧捆绑着，戴着棉帽的头缩进了臃肿的衣服里，在冰天雪地里画出一条战斗的黑线。因为队长们选在这个时候推动另一条严厉的纪律，就是提高收益。现在已经没有其他的"紧急"工作要做，他们可以放心地把劳工用在一些被延后的工作上，筑路、修屋、挖掘水沟、修建水库等等。可是在天寒地冻到石头都裂了缝的时候，还能做工吗？

石头裂缝？其实这样说并不恰当。实际情况是，当气温降到零下四十多度时，石头和冰结成一整块，硬得和水泥一样。可以说整个北大荒"团结一气"地在抗拒人类的努力。在广大的工地上，每个劳工都成了冰寒入骨的雪人。他的周围画出了一个空间；由他来刺破这个坚实的整块。他拿着一把钢锥，使尽全身力气敲打冰冻的表面。锥尖在上面甚至划不出任何痕迹，就像用针在钻石上划过一样。他再敲打，钢锥反弹的震动力从手传到臂膀，冻僵了的手掌心崩裂出血丝来。他仍然继续敲打着，痛苦地迅速消耗身体的能量。

放弃吗？他没有这个权利，也不真的想放弃。燃烧热量，即使纯粹在浪费，他至少感觉到体温。在这里，西伯利亚的寒风刮在皮肤上，有如锋利的尖刀，一阵飞翔旋转的雪花扫过时，人在原地根本动弹不得，如果他停顿下来，他知道身上的汗水将在衣服下结成冰。他就只有等着患上肺充血，或者死亡。当然，如果他有勇气跑一趟，他可以回到工地中心，那里烧了一堆火。对于烤火，北大荒有一句形容："火烤胸前暖，风吹背后寒。"他还没有下决心去烤火，继续敲打着。这一次比较聪明些。他把锥尖的落点集中在一个固定的点上。敲了三十几下之后，显出一条刀痕。一个细微的破绽出现在原本无动于衷的表面。然后，裂开了一条缝。冰块破裂了。现在，轮到冰块下方的石头接受敲击。漫长的劳动日开始了，远比他刚完成的要更具杀伤力。但是他很满意他手上的血不是白流的；他的鲜血毕竟战胜了顽强的大自然。

九

　　眼前最要紧的是设法持续下去，在同命运的陌生人中间保持生存的本能。碰到大规模的运动时，劳改犯是整批遣送，场里大多是来自同类部门的人。这一次的运动有点像是上次的收尾：目的在收拾未除清的"余孽"。场里便什么地区的人都见得到。随着住宿的偶然安排，新到的人加进先来者的行列，混合成一个多元的团体。我所在的农场里最初都是大学教职员和艺术界的人，现在成员复杂起来，很多状况令人意想不到。在新旧犯人相互认识的摸索期间，只有碰到日常生活或工作上有需要时才交谈。从来不触及个人隐私，也不会随便探问。但是大家之间的关系是再密切不过了：睡觉时几个人挤在一个炕上；如厕是在一个统舱里，每个茅坑中间没有任何间隔。在盥洗室里，每人手上拿着脸盆，推挤着到水槽边舀水，像一场悲哀的芭蕾舞。

　　由于这种亲近，我们感觉彼此相知甚深，从声音上、气息上和触摸上。肚子里发出的咕噜声，放屁、打嗝、打喷嚏、咳嗽、做噩梦时的梦呓，汗水混合着尿液的臊臭。相互碰触的皮肤，粘手的、粗糙的，或有时在绷带里透出凝固血迹的……

　　这种身体表面的衰败，和我以后所认识的他们真正的人格相差甚远。我发现，和别人向我描述的劳改农场比起来，我目前的所在，以及附近几个属于劳教性质的生产队，算是相对宽松了。在那些特别严厉的场区里，政治犯和罪行严重的刑事犯混杂在一起，而在原本已经很严苛的纪律之外，生性粗暴的和喜欢告密的都被利用来加强对全体犯人的钳制。我们这一类的农场里当然也少不了这种巴结阿谀的小人。但是我渐渐发现，同场区的很多难友实际上是中国的精英，往往因为他本身的人格优点而被判刑：就是刚正不阿，敢于直言。套一句法国人的说法："他们是社会的奶油。"那么，为什么一定要把这层奶油撇掉，把国家最好的这部分隔离开来？是否把这些人如此长时间地集中在一个地方，从事那样卑贱的工作，就能"改造"他们呢？

如果，法外开恩地只规定他们按照各人的特长一起工作和生活，让他们自由交谈来往，他们会组成多么有活力的社团啊！他们将成立多么有创造力的工作坊！不幸的是，正由于他们怀着高度的理想，便得承受命运无情的打击。现在他们被聚集在这里，每个人都只是应自己的良知做了最起码的一点事。这些作家和艺术家，有的还很年轻，过早被打断了创作的飞扬。一个奉公守法的公职人员，平日的消遣就是练书法和打太极拳，因为反对区长的一项决定而被判刑。一个与世无争的图书馆管理员，温和得近乎女性，上司和同事都欺负他：说看见他在一张大字报前摇头，而明知道摇头是他的颈椎病引起的一个习惯动作。一位学贯中西的哲学家，替理想主义价值多说了几句话而被判刑。专门研究中国古代铜镜和织锦艺术的历史学家，因为不同意艺术形式的演变是由社会经济条件来决定的说法而遭到流放。瘦高个子的共产党员实习工程师，他来此则是因为批评了其所在工厂的管理方法。——大家给了他一个"堂·吉诃德"的外号，因为有一次，他自告奋勇地去除掉屋檐下的一个蜂窝，戴上防毒面具，手上拿着一根长竹竿，像一个武装骑士手持长枪。大家也知道他的妻子在他被送进劳改农场时离开了他。在他旁边正好做个配角的是一个喜剧演员，当局认为他演过的一出戏是在嘲讽执政者。他天生的乐观，和他来自中国乡土的诙谐调皮，给劳改农场带来一线阳光。只有他能够引据主席的话来反驳头头们，让他们哑口无言。他敢这样和他们作对，也是因为他生就的体壮如牛，再艰苦的活儿都难不倒他……

十

我注意到有两个人从来不和大伙混在一起。他们年龄比其他人大许多，睡在房子尽头一个漆黑的角落里。当我们知道他们是什么人时，也很快明白他们为什么这样避在一边了。派给他们的是大家能躲就躲的最肮脏污秽的活：洗厕所，以及将粪便挑到水肥池去做成肥料。而这还算是对他们的一种优待。因为这份工作不需要赶时间，可以视他们的体力状况或缓或急。挑水肥的桶可以不装满，走路的速度不一定求快，也没有凶狠的声音在后面催促。可他们也要从清早忙到夜晚才做得完。这种特权使他们变成了别人不接触的"贱民"。在场区里不可能好好清洗，年老又使得清洁问题变得更形严重，以致他们周围几尺内老是散发着些特别的气味。

这两个人同样头发灰白，满面皱纹，但外形上却很不相同：一个脸色阴沉，好像下定决心就这样活到底了；另一个则看来心平气和，有时甚至露出一丝笑容。他们是什么人呢？阴沉着脸的原是经济学家，他提出一套让国营企业和私人企业混合的经济理论，他也主张采用马尔萨斯人口理论，但这和"人多好干事"的论点根本是背道而驰的。至于脸色平和——或者说比较能够隐忍——的这位则是这里的元老。他在五十年代时就随着第一批从河南遣送来的犯人到了北大荒。他大部分的同期伙伴都先后凋零，只有他，看起来最弱不禁风，却活了下来，但付出了很高的代价：他的左手已经萎缩，丧失了功能；长期在矿坑里工作，导致不断咳嗽，又损坏了一个肺叶。多半是因为年老资深、健康不佳以及表现良好几个条件加起来，使他在辗转多个农场之后，到了这个待遇比较温和的场区来。他绝口不提过去。少数新到的人还想打听，得到的回答只是一个苍白的笑容。但是大家隐隐知道：他曾经胆大包天地"窝藏反革命分子"。他没有和他们一起被枪毙真是个奇迹。他到这个场区来并不合适，但是大家习惯了他，就像习惯了他的气味一样。我们看得出来，在他憨厚老实、略带迟钝的外表下，是一个颇有教养的人；他在知识分子中间不会黯然失色。好像为了强调他的资格老，他的棉袄上打满了补丁，使我想起我在欧洲时见到的一些私人汽车，令人羡慕地贴了许多旅行各地时收集来的当地标志。场里的人称他"老丁"，这有点论辈分的意思。说到辈分，大家是一致赞同的：在一个团体里，有那么个不给人压力，也不多事打扰的老年人，不是很好吗？我们

234

感激他尽力保持住自尊；有他在，我们感到自己年轻，也怀抱着最后不至于过度损伤的希望。

是否因为这样，当经济学家病倒被抬进医护室以后，必须找人接替他的工作时，我才一口承担下来？是否因为我这一生总是需要去和年纪长我很多的人来往？他们的脆弱在我看来，正是印证了他们知识学问的扎实。要不然，就是因为我有自虐狂，使我不断想去做令我恶心的事，去碰触深渊的底部，去在别人的行为反应上寻找自身的动机，这些都是弱者的本色！老丁他的动机又是什么呢？为什么在我开始认识的那么多有意思的人中间，他这位老人，会不时从他的角落里给我打招呼？他为什么对我感兴趣？是因为我是新到的，是画家，还是因为我是从外面回来的？何况最后一点是个不能提的禁忌。只有一次，在盥洗室里，灰头发的老人没来由地压低了声音对我说：

"我们离海很远呢，是吧！地中海更要远啦……"

或者最终说来我是希望和集体生活拉开一点距离。总之我自告奋勇地去洗厕所，大家闻言都松了一口气。平常喜欢大声喊叫的黄班长，这次一言不发地批准了我的要求，认为反正我做粗重的活儿也胜任不了。

于是连续几个星期，我学着做这份肮脏的活，戴着面具抵抗熏天臭气，夜里就去睡在老丁旁边。工作重新调配后，我们被分派和另外六名伙伴同住在一栋隔离开的屋子里，这是位于边区的一间茅草房，碰到风暴时，屋子好像随时会随风而去。屋里的墙脚下长满了苔藓和杂草，硕大的老鼠目中无人地自由来去。碰到气温特别低的时候，木柴火堆只是刚够将墙壁上凝结的霜融化，墙上便湿淋淋地闪着水光。我们八个人挤在这间小屋子里，负责打扫厕所、照顾猪圈和替大片菜圃施肥。这类活儿比下田轻松些，但是由于菜圃占地很广，又得一季接一季地不断照料各种农作物：黄瓜、番茄、葫芦、青椒、扁豆、白菜、白萝卜和红萝卜，工作非常繁重。冬天里也得不到任何休息：几乎每天都得下到黑暗阴冷的地下仓库里，整理储存的蔬菜。这种不停歇的劳动在晴朗的季节却能获得一些乐趣，虽然短暂，但是分外强烈，比如在满身热汗淋漓时啃两个熟透的番茄，或者汁液饱满、香脆爽口的黄瓜。

在茅屋旁边，一个有顶棚的猪圈里养了二三十头猪，这些猪属于比较野的猪种，有的龇牙咧嘴状颇野蛮。这些不嫌肮脏、生性顽固、老在咕噜噜抱怨的动物却需要非常仔细的照料。正由于脏，得替它们刷洗，把毛皮擦亮，清理它们的排泄物和食槽，它们用的木桶和盆子也得保持干净。要猪长得壮，喂食得有变化，要先在火上热了再拿给它们吃。天气好时，还得赶它们到沼泽区活动，让它们在那里找草吃。尤其，在发生流行病或小猪要出生时，更是加倍忙碌；往往要在冬天难以抗拒的寒冷中守候通宵。

和猪群相处久了，伺候它们吃东西时，得用手去接触这些黏糊、浓稠的猪食，令人恶心的程度比它们的排泄物差不了多少。把东西倒进食槽时的汩汩声正和猪喉咙里面发出来的咕噜声相互呼应，而我们的手和前臂全浸满了让人反胃的气味，渗入骨髓。吃饭时，常常压不下去那股充塞到喉头的反胃感，使简单的吞咽动作变得极端困难。这种长期不消失的作呕使养猪人对所有猪类强烈嫌恶。

嫌恶？我们最后还不是超越了憎恶感，习惯了这些浑身肉嘟嘟的东西？在欠缺女人的男人的手掌下，动物粗糙的表皮摸久了也变得软滑动人。对于长期未再听过温柔话语的耳朵，猪的低吼声倒也能让人心神不定。养猪人感觉他的臂膀下或双腿之间有这样一个无邪的东西在挣扎时，骤然感到丹田里面升起一股快感。当其中一个长得够肥壮了，被牵到院子的另一头宰杀时，又是多么凄惨。它愤怒的嘶叫声，难道不是在抗议被欺骗的感情?!

秋季，雨下个不停。为了代替下了田就陷入泥浆里动弹不得的机器，数百名男女农工躬着背，拿着镰刀，开始抢工收割，每天连做十二三个小时。晚饭吃得很晚，食堂里挤满了疲惫不堪、腰酸背痛的男女，热面条的气味混合着头发和身体上的汗臭，间杂着沙哑的交谈声。在昏暗的光线下，我看见图书管理员朝我走来，比平常更苍白瘦弱。他凑着我的耳朵说：

"我看到你把猪赶到池塘去，你把它们照顾得真好。这些畜生也许不好伺候，不过它们很可爱呢……"

"这要下很多功夫的，你知道……"

"哪天有机会我也养养猪，对我也许会有好处，哪怕只是一两天!"

"一两天应该没有问题。我去和班长说，由我来替你做田里的活。"

237

结果，图书管理员没来得及抚摸这些"很可爱"的猪。我还未能和他交换工作，他就在麦田里倒了下去，一个字也没有说。我仍然被调到田里帮忙。

<h2 align="center">十一</h2>

猪圈里的几个人尽管对脏臭深恶痛绝，又不像田里工作的人一样可以见到女人，但是没有人愿意和大屋里的人交换，因为这里要自由得多，虽然有定期检查，但平时不会像他们那样承受军事化的管理。尤其他们在漫长的冬季里，除了到户外做工和到大统间去参加政治集会之外，都挤在不够宽敞的屋子里，时刻由大小领导严密监视着。我们住的地方小得多，夏天臭气熏天，但是感觉有如在什么私人俱乐部里，可以"享受"某种程度的私人生活。大屋里不时有些人溜出来加入我们。大伙一块消磨的时间无异于荒漠里的甘泉；躲在这个和我们一样赤贫的茅屋里，零零碎碎获得相处的乐趣，这种情境近乎荒谬。历史学家在这一小群听众面前，没有图画帮助解说，以极具感染力的激情讲述中国古代的镜子和纺织品，它们的形状、颜色，制作的精致，被发现的经过，以及与某个女人的命运或某件历史大事之间的关系。年轻作家和诗人朗诵旧作或新写的作品。音乐家表演的则是"无声的乐曲"——演奏家在一长条纸上画出黑白二色的琴键，一边口里哼唱着，一边在这个假想钢琴上弹奏肖邦或拉赫马尼诺夫的曲子。他激动得泪流满面；因为他知道，这钢琴

家的手已被各种苦役磨损，以后再也不可能弹奏了。有时候他替歌唱家伴奏几首熟悉的曲子，像贝多芬的《亚德莱依德》，舒伯特的《流浪者》和《菩提树》，舒曼的《致未婚妻》……这些经由钢琴家的哼唱和歌唱家压低嗓音所组成的不协调的和谐，比一场完美的演奏更要动人心魄：这是悲伤的绝唱。

就在这些人显露出他们被中途破坏的命运时，"哑巴张"让大家从他的无声里体会到更深沉的意境。接在这些令人心碎的音乐之后，他吹响了竹笛嘶哑的妙音。这是像诱鸟笛的一种小笛子，他失去了毛笔之后，就随身带着这个笛子，吹奏的时候尽可能压低声音。若不是他手上的笛子和他吹奏的动作，不会有人听到什么。声音小得几乎听不见，更像是凭空想象的东西。但是，我们听见了。所听到的超越了里面和外界的间隔，来自很远的地方，比风还要远，又比在茅屋周围嚎叫的饿熊还要近。这是一股平和的微风在轻抚着沙滩，沙和芦苇在抚慰下轻轻颤抖。我们觉得天边随时会出现一叶扁舟，漂浮在渺茫的水波之上……然后，什么都没有了。剩下的只有长长的沉寂，只有一颗巨大的心在跳动。"哑巴张"让大家都和他一样失声了；他邀请我们进入他的沉默世界里，万分激动地和无限交流。我认识这位在美术学院教水墨画的同事，他是少数敢按照自己的想象作画的人，他拒绝把红旗或者脚手架画进风景里。同样的，在他的书法里，也不去理会口号式的大话，而尽写些有言外之意的句子，诸如：

此中有真意，

欲辩已忘言。

事实上，使他的情况更严重的，是他的闷不吭声。在政治会议上，无论别人怎么批评，他始终不发一言，把指责他的罪状全都承担下来，被判了刑，也没有抗议。到了农场里，他继续做他的哑巴。但他不是一个自绝于外的孤独癖，在我们的"俱乐部"里，他是个忠实会员。来了，他就安稳地待在一个角落里，什么也不说，却成为我们中间最仔细的聆听者，又是最珍贵的：他的一抹笑容或赞同地一点头，其他人都视若珍宝。

有一天，来修理猪圈的一名木工撞见我们的活动。正讨论到兴头上的我们尴尬地沉默下来。来者假装视而不见。他一面吹着口哨，一面修理。吹着口哨干活，显得多么舒适和优越！这是除了把活儿做好别无他虑的自由工人们才有的特权。一个多小时后，他过来向大家打声招呼表示要回去了。

他突然说：

"你们都是知识分子。想看书吗？"

大家再度沉默不语，有点惊讶这样一个危险而莽撞的问题。

木匠的笑容是诚恳的：

"你们想看书，是吧？"

"书？……呃，那当然啦。"

"书嘛，我有很多。我在这里许多年，看到一批批的人来了又走了。由于我喜欢书，走的人都把他们偷偷带来的书留给我。现在我有满满几箱子，可惜没有时间看。我看得很慢，很吃力，一天到晚又有做不完的活……"

"满满几箱子！你有些什么样的书？"

"说几个书名来听听，我看我是不是有。"

这头一天，我记得很清楚，大伙提出了三本书：托尔斯泰的《复活》，杜甫的诗集和沈从文的短篇小说集。当木匠第二天得意地把这三本书放在我们面前时，大家简直不敢相信自己的眼睛。

此后，由于木匠源源不断的供应，我们的小茅屋真的变成了阿里巴巴的宝库，任"俱乐部"的会员们随意享用。

这种不敢奢望，也无法想象的幸福持续了一段时间。直到有一天，大家最害怕的造访者来到了门口——露出龅牙的黄班长，拉开他荒腔走板的大嗓门叫喊着。对这个喜欢吹毛求疵、老要在鸡蛋里挑骨头的家伙，我们有时候反倒有点怜悯。他只是战战兢兢地恪尽职守，唯恐上级指责；却没有其他总要在上级的要求之外再加上一成的小喽啰那样坏。只听见他激动地叫着：

"这是在干什么？搞起小团体来了？想要阴谋造反啊！"由于没有人答腔，他再上了一层纲，"好吧，你们等着瞧！"

此时喜剧演员发挥他的演员功夫答道：

"我们怎么敢搞阴谋呢？我们是想做模范革命分子，所以才认真学习啊。"

"学习？叫你们来这里是做工的！"

"那主席为什么说'学习，学习，再学习'？"

"你可真会说，忘了你们是在劳动改造吗？"

"我们正是希望改造再改造。我们要变得又红又专，像主席教导的那样。"

这回答太犀利了。小队长对应不上来，恼羞成怒厉声命令道：

"闭嘴，别胡扯了！现在就给我散了！以后不许了！否则统统坐牢去！我够好的了，这一次就不报告上去，但是要处罚，当作警告：连续十五天取消午睡。你呢，一个月！"

结果，喜剧演员并未碰到太大的麻烦。班长没有过分坚持，因为他实际上也担心被上级指责疏于职守。私下关于黄班长的传说是真的吗，他处心积虑地想要把妇女队的一名女子搞到手？此外，他对队里这名喜剧演员扮演的正面角色颇为赞同，认为他可以松弛紧张。至于取消午睡，身强体健的"演员"根本不在乎。他对午睡仪式早就感到厌烦。但是在休息时间到大太阳底下去做苦工，又是另一回事了……

十二

我一刻也不曾忘记，我为什么要到北大荒来：和浩郎重逢。随着时间的流逝，我焦虑得几近瘫痪。离他如此近，却感觉从来没有像现在这样远过——远在我接触不到的地方。我确实相信是见不到他了。这个北大荒本身像个大陆，或者一个遍布着小岛的海洋，小岛便是分散在各地遗世孤立的农场。只有通过上层，场区之间才能互通讯息。当然我很快就知道浩郎是在哪一个劳改农场里。他在这里是"老资格"，又有诗作在年轻人中传阅，倒颇有些名气。以和镇上的距离相比，去他那里要比到我这里来远得多，总共一百五十多公里的路程。一百多公里……和生死之别，和欧亚大陆之间的海洋，以及分隔各省的崇山峻岭和滔滔大河比起来，又算得了什么！然而，距离尽管短，横在我们之间的墙却是逾越不了的。这是人所筑起来的墙，用的是行政命令的障碍和严格的监视。而我们是在不同的场区里；我知道我没有任何机会突破这个现实。

我既焦虑又恐惧。我的健康状态允许我支持到这个近乎绝望的重逢时刻吗？我想到在海难中溺水的人，游了几天几夜后，终于见到了陆地。但是他太疲倦了，无法再前进，最后一股浪潮将他的尸体冲上了岸。

好几次，我想办法被编入到镇上采购的小组。我在店铺和合作社里尽量拖延时间，看是否会碰到偶然也来采购的浩郎。

我几乎放弃了再见到他的希望，更不用说像我来北大荒之前所梦想的，和他生活一段时间。我退一步想到捎一封信给他。即使这个，我也不知道能用什么方法。也许让木匠帮个忙？有两次，我想向他开口，结果还是不敢跨出这一步。

劳改农场的日子继续着，每一天、每一小时不曾停止的劳动，没有留给人任何思考的余地。春末的时候，运河河堤决裂，淹没了一部分大豆田。强壮的人被派去抢救，我和两名同伴则被调到田里做些排水、扶正倒下的庄稼之类的活儿。烈日下的劳动幸亏有妇女在旁而得以减轻一点辛苦。她们穿得很单薄，即使只是没有诱惑力的灰色，在这个贫瘠的地方，依然产生难以抗拒的吸引力。我心里另有所思，是少有的一个不太注意这群妇女的男人。

有一天，在田中央，我抬起头来，透过布满额头也遮掩了视线的汗水和蚊虫，看到一个人很专注地在观察集体劳动。不像是来拍照的官方摄影师——我们的样子没什么好拿来做宣传的！——而是一个年轻人，手上拿了一个本子，正在作画。

"命运是很奇怪的。"我对自己说。在我这一生中，事情总是不断重复，却从来不是同样的样子。在杭州时，我对着采茶的女子写生，因此遇到了女作家C。今天，有人在画一批正在田里排水的犯人，我却是其中一分子。我的角色颠倒过来了！这便是古人所说的时间的循环吗？一个周期结束了，另一个周期又开始，看起来像是在依循同样的轨道，但是孵育出别的东西。什么东西呢？……

"您是画家吗？"

"还不是。但是我喜欢画画。"

"我是画家。"

年轻人听到这个回答，眼睛一亮，他看来有点尴尬，像是在说抱歉，我没法帮上忙。他知道这里的规则：各人的工作都得自己做。

每当我做完一行回到他面前时，我们就接着方才的话头谈几句，我把我单位的编号告诉了他。最后这名年轻人提议放工后到猪圈来看我。

他是谁呢？能够这样在场区外自由来往？

年轻人第一次来看我时说明了他的身份：他是分场场长的儿子。

244

我耐心地纠正他所有初学画的人都会犯的一些错误，告诉他打影敷色的方法。他很受教，我们之间很快建立起友谊关系。于是我想到托他转封信给浩郎，但仍然担心会遭到出卖。

我把这个想法告诉老丁，我和他说过玉梅和浩郎的事。老丁常看见这名年轻人到我们这里来走动，也知道他是什么人，听我这么说，轻描淡写地答道：

"你既然相信我，为什么不也相信他一次呢？"

相信他？在这个只有怀疑和猜忌的环境里？但是我没有忘记长幼有序、师道为尊的传统，中国历经变故战乱而屹立数千年，不就是靠了这些代代相传的伦理在维持。这样转念一想，我决定向年轻人开口了。我并不算多么年长，但由于是将我所吸收的古人的智慧诚恳地传递给这位年轻人，他应该有足够的理解力和感谢之心，而不至于将我的命运毁于一旦吧？

当他下一次又来看我的时候，我打量着他光润的额头，这样的额头应该是有着某种人生理想的，我突然心跳不已；我确定这回碰到了保护神，我期待那样久的目标如今就在伸手可及的地方。一个长了翅膀的天使正在我面前，在这个紧靠着猪圈的破烂屋子中央。我的直觉马上可以得到事实的证明——除非，这些事实只不过是我的欲望的投影而已！我才刚说出浩郎的名字——我再试试这个名字的魔力是否还在——就听见对方顿挫有致地背诵出：

　　　　我们痛饮了大地的朝露，

却是以自己的鲜血换来的；

那千遍焦焚了的大地啊，

因我们依然活着而庆喜。

他既然属于特权阶层，传信应该很容易，但事实不然。在每座农场之间没有定时的交通工具；必须等到有卡车前往的时候搭乘便车。送一封信得用上一整天的时间。尤其，到了那边的场区里，怎么才能在不引起别人注意的情况下接近浩郎？浩郎虽然是个小有名气的诗人，但是他的身份特殊，脾气也大，是队长和班长们的眼中钉。

现在浩郎知道了我在这里——他不知道多么震惊。对我而言最重要的几乎已经完成了。我们又建立了意念上的相互沟通。我对意念的力量深信不疑，确实感觉已和挚友"重逢"了。如果在这期间，我发生了什么变故，也将死而无憾。但是，只要我这个学生在那儿，我就不能放弃和浩郎接近的可能。是的，更为亲近；就如同我现在习惯和玉梅同在一起。多少个晚上，她在月光下鹿一般地悄然向我走来，随即用她清水般的眼光将我淹没。多少个日子，在每一个略为空闲的时刻，她突然靠近我，近得令我呼吸急促。她不知道我陷在深沉的绝望里，只用她一贯愉悦的声音说："还不晚嘛，我们再做点什么！"确实还有事要做。现在我设法想象和浩郎的重逢：也许在一次群众大会的会场上，一场政治运动中；或者在几个农场集中起来看表演的除夕晚会里。

十三

　　五月中旬，令劳改犯们谈虎色变的火灾发生了，这是"北大荒史诗"不可或缺的一章。北大荒的夏天，野草和树林普遍干燥，本来就极易起火，但大部分是出于人为的疏忽：首先领导就不注意安全的问题，用火的设备因陋就简。发生了火灾，只会盲目地把缺乏训练的人推出去抢救，一面喊着口号："不怕火，不怕死!"

　　火警的消息在傍晚时传到我们场里来，于是全体动员，除了负责厨房工作的之外，都被派上了前线。能用的交通方式全用上了，乘卡车、开着拖拉机、骑马，甚至徒步，一齐赶赴二十公里外的灾区。途中，我们碰到来自其他场区的人，一样的惊慌失措，蓬头垢面。在危急氛围中，每个人都绷紧了脸，只是简单地挥手打个招呼或交换一下最新消息。在风的助长下，火势迅速蔓延，附近的庄稼眼看要毁于一旦。

　　身强体壮的人先搭上车赶往现场。我属于走路的一批，有四小时的路程，除非卡车调回头时半路把我们载过去。我们拼命加快脚步。老远就可以看见平原尽头冒起一股浓烟，向我们宣布悲剧发生的地点。随着队伍的靠近，逐渐感觉到热气的烘烤，猛烈的火势染红了天穹。

　　现在，得放开步子奔跑了，什么都不要想，跑向那头疯狂发威的猛兽。"不怕火，不怕死!"我们跑过田地，掉了鞋子也无暇顾及。

许多人干脆脱掉了外衣，扔在田边，只穿着汗衫，也已经湿透了。

我们终于到了夜色包围下的火警现场：无垠田野外，是一大片野草，远方再接上浓密的森林，火的起源地。火已经烧到田的边缘上来了。人们在田地和森林之间的草地上，横向挖出了一条防火沟。当我们抵达时，已经有人意外伤亡。那是因为在挖防火沟时，没有预料到风突然转向。十几个人被浓烟窒息倒地，当场被烧成了焦炭；其他人受到重伤。现在，有数百人，也许上千人在用手边能找到的工具救火：像用草和树枝扎成的扫把，各种大小的铁锹，在手中传递的水桶。救火的工作只是临时凑成，乱成一片。几个领导，红着眼睛从一组跑到另一组，扯着喉咙拼命嘶喊着命令，没有人真听他们。大家的上身挂着被烟灰染黑了的汗水，汗衫早撕烂了；灭火的惊恐中现在掺入了狂怒。伙伴的死亡把大伙变成了受伤的野兽，誓不退却。

火焰的狂妄遮天蔽日，是从深海洞穴里钻出来的蛇发女妖，她的威力令人惊惧，也令人着迷，所经之处尽成荒野，因为她在满足无以名状的需求时，也牺牲了自己。她的攻击策略变化多端，或者威胁恐吓，或者声东击西。等到猎物出现在可及之处，便开始围着它打转，蛊惑它，假装擦身而过，再回头抚摸它，紧紧拥抱它直到它窒息在铁箍般的双臂中，然后久久地、淫猥地舔遍它的全身。当她感觉时机成熟了，便一举将之撕裂，无情地大口吞噬。

这里的火灾和城市里的状况不同，在原始的大自然里，包含在原生熔岩里的冲动一旦释放出来，就很难收复。生物界的一切都被推向了疯狂：树木在痛苦的反抗中扭曲，或断裂成碎块，爆炸成灰烬；野兽被赶出洞穴，野兔、山羊、野猪发足狂奔，超过体力极限地飞跃，然后笔直落进火焰里。它们烧焦的肉体淹没在到处噼里啪啦的崩裂声中。救火的人尽管筋疲力尽、骨节僵硬，仍然疯狂地扑打着。他们停不下来了。没有什么能让他们停下来，烧灼、死亡，都不能。总算这一次有了扑打的自由，他们将扑打到最后一口气。砍掉七头蛇不断再生的头，也为心中一天天积累的怒火和哀伤泄洪，为他人的死和自己的命运泄忿。

在这场伟大的战斗中，处于第二线的我，传递着水桶，拿着一把简直荒唐的树枝扫把，根本发挥不了作用。我的头脑虽然被烈火烘烤得几乎麻木了，却依然清醒地想到，这个特殊的夜晚是我遇到浩郎的一个机会。在赶路时我就一直在想："浩郎他们的连队一定在那里！"现在我知道它确实在，而浩郎就近在咫尺了。我在被火光撕裂的黑暗里，在跳动的火焰下，设法看清在第一线上的几名大个子的脸。浓烟模糊了视线，认人非常困难。尤其，我想得也未免过于天真，在如此激动忙乱的群众中间怎么可能辨认出某一个人来？而且即使他就站在面前，我也不一定认得出他来。我脑海里还是他二十岁时的样子！但我继续找，继续找，这是独一无二的机会……

随着夜越来越深，火势逐渐后退，我的希望也开始消散。突然，我想到何不到现场安排的疗伤站去看看？到了那里，我获悉我们队里有三个人在头一个小时就受重伤被疏散了。在这三个人中，我最熟的是"堂·吉诃德"，他以党员的身份被派在一个非常危险的位置上。此时，部分伤者还躺在就地放着的担架上。有的盖了一张被单，只露出面部。我飞快地检查每一个担架，一张张脸看过去，他们一下子又混成了一片。几乎到了最后一刻，我一眼认出了那个北方大汉壮硕的头颅；他的脸和头发都被灼伤，身体其他部分想来也难幸免。他双唇紧闭，强忍着痛，以他和火奋战时烧红了的眼睛，看着周围忙乱的人，好像无动于衷。为了确定我没认错人，我叫了一声："浩郎！"

男人的眼光转向我，注视了我一下。他没有发出任何声音，但是烧坏了的脸上似乎浮出一丝笑容。担架员这时正好过来将他抬走，他向我点了一下头。

十四

浩郎的英勇表现赢得上级的赞赏；再加上跟我学画的场长的儿子向他父亲说项，我不敢相信，甚至不敢梦想的事情，变成了我伸出颤抖的手就可触及的事实。这样一个奇迹就足够让我相信，在这一生中，我和其他人的生命一样，痛苦和磨难迟早会得到报偿。

有一天，一名四十来岁的中年男人来看我。他头发已经花白，额头上一条条的皱纹之间有几道伤疤，显得比实际年龄大十岁，但是高高的颧骨和方正的下巴始终透露出坚毅果决——他锐利的眼神也在证实此点。他的臂膀粗壮了，步伐变得比较沉重，肤色被户外的艰苦劳动染成了红棕色。他就像一座日晒雨淋铸造的石像或铜像，一个可以说只保留最精要部分的整体。这个人经历过死亡，被人当成已经死了。他身上求生和创造的力量终于战胜了所有自我毁灭的念头。

这个男人受尽严厉卑鄙的对待。他进的第一个劳改农场位于南方一处沼泽区，非常潮湿，夏天则酷热难当。地底下不论何时都冒出一股沼气。在古代，死刑犯就是被送到这种地方，任由他们被蚊虫、血吸虫和其他更为可怕的昆虫叮咬而致命。然则现代的劳改农场又如何呢？有一次犯人把他们发酸了的馒饭倒在田里，却被视为犯了"浪费国家粮食"这样一个不可饶恕的错误，于是连长下令全体队员在酷暑中顶着大太阳下田，并把剩下的馒饭吃掉。结果有好几个人死于食物中毒。我面前的这个人险些在这次事故中丧命，后来被送到和南部边区截然不同，却同样充满敌意的劳改农场，和他的出生地相距得较近。他的体质显然更适合北方的气候，于是他坚强地活到了今天。

任何一个像他这样以如此高昂的代价来偿付刑罚，并有数次优秀表现的人早就该恢复自由了。但是他始终拒绝作自我批评，因此被归类为重刑犯。这个铁打的人，现在能够面对一个超乎他坚强的意志力，可能触及心灵最脆弱敏感部位的事实吗？

在这个值得记忆的一九六〇年的秋末，经过领导之间的安排——他们知道饥荒正在国内扩散，而且反正很快要将几个劳改农场合并起来——，我到这个世界的尽头来寻找的人被转到我的场区来。

没有任何言语能够传达我们见面时的激动；我们也不努力找话说。两人久久泪眼相向；不停地拍打对方的身体，好确定面前的人真实存在，而不是在梦里。然后，该说的话自然而然地宣泄出来，形成两条并行的河，日夜不息地往前奔流，直到最后汇流入海。两个人都有那样多别后的事情要诉说。我们在思想上假想共同生活了那样久，以致忘了我们在一件不幸的误会上分手已经是十五年前的事了。

彼此要说的话就这样自然地交融吗？也不全是。首先要由我来找出最恰当的字眼，告诉浩郎玉梅的死讯。这些恰当的字眼，我得要找得到、说得出来才成。当它们响在浩郎的耳里时，本来要从胸膛中漫出来的倾诉别情的河流，突然被截断。他沉默下来，再也吐不出一个字来。这个能言善道的人一下子患了失语症。一连数天，他像个机器人，被痛苦、悔恨——后悔摧毁了他自己和玉梅的生命——以及反抗的情绪啃噬着。他想彻底毁灭：毁灭自己和周围的世界。多半是因为有我在旁边，而制止了他采取不可挽回的举动。他能允许自己再一次伤害世上仅存的亲人吗？可叹的是，芸芸众生中，多少人身上都有一些根深蒂固的牵绊，一朝相系，永世不得抽离。将他们联系在一起的属于另一个层次的力量，它超越了怀恨、自责、反抗；完全不是当事人所可以左右。这股力量促使人们去完成他们不曾想过要完成的事情，去到他们没有想去的地方。我，天一，为什么会在这里，而没有留在法国，自由地过另一种生活？这个力量是什么？盲目的宿命吗？宿命，也许；盲目，就不一定了。

自从杭州美院以来，走过了多少崎岖的路。但是，踏着一块块路砖走来，我走近了我疯狂梦想的地方。我来了，来到这个苍茫乡野。浩郎在这里，在我们重逢的地方……

可能是由于失望，或是为了补偿那样多的匮乏，那样多在远离玉梅的岁月里的自我约束——俾以配得上她——浩郎放纵酗酒，和人随便发生性关系。看起来难以置信，在这个管制如此严厉的环境中，胆子大的男人还是可以暗地里和女人发生关系。在男女劳改队一起劳动的时候，在拖拉机或其他的机器背后，在医护室里，甚至——在某些"领导"的家里。

暴虐的世界里总是充满猖狂、惊惧和漏洞的；合乎人道的东西却总会利用任何非人道的钳制力所疏忽的罅隙发芽生长。

十五

为什么不说呢？但是要怎么说呢？我深感惶惑空虚。在寻找浩郎的激情中，我曾焦躁不安；然后在接近目的，最后终于触及目的时又是难以描述的兴奋。寻获浩郎后，告诉他玉梅去世的消息，我的任务也许完成了，我们三人的共同命运应该就此结束。然而看到我所引发的慌乱，我莫名地变得几近漠然。活下去的欲望也一天天丧失。浩郎的反应尽管是可预见的，但这样的结果仍然令人沮丧。突然，我开始怀疑我们重逢的意义。是否一定要有意义呢？难道我们在一起还不够吗？我们现在要怎么做？以后呢？

愤怒不平和内疚撕扯着浩郎，我眼见他在自我摧毁，却无法抓住他，阻止他往下沉沦。我每天反反复复地思索着，情况的复杂显然超过了我智力的限度。两个人继续卑躬屈节地忍受无止境的羞辱，或是结束这个卑贱的生命？谁能帮助我们看清楚事实？没有任何人。玉梅如果还活着，可能帮上一点忙。不过，如果她真的还活着，我也不会在这里了！她走了，我只剩下了浩郎。他对我的感情到底如何呢？哎，此时应该揣测我对他的重要性吗？这实在有点过分了：我竟然在寻思我们友谊的证据！我们不是一见如故吗？当我们穿过四川时，不是两人已经契合为一了？即使发生了严重的摩擦，他不是因为我而离开了玉梅？这个在我面前的血肉之躯，是我平生的挚友，最忠实的伙伴呀！不论他做了什么，或将来他会做什么，他仍然是玉梅的一部分，因为她曾经爱过他，而他曾经使她快乐。这里难道还存有一丝一毫的妒忌？如果我真心爱玉梅，也就更应该爱浩郎。这一切都如此纠缠不清，却又昭然若揭！设法和他沟通，不就是在抓住一块浮板？我原来不是希望和他重逢时，找到他身上散发出的活力，这股曾经使我觉醒，将我不断往前推的活力？它还在吗？或是已然熄灭？

我记得是在九月中旬的一天，那样多被压抑的告白突然又开始像小河般汩汩流出。这是被老丁的话引出来的。不错，是老丁，这个始终关心别人，平常不多言语的难友。（事后回想，这也是很自然的发展：如果必须有第三个声音来打破僵局的话，除了老丁，哪里还有人知道我们的故事？）这天，在收成完毕，冰雹和雪球尚未降落之前，在一切停顿的短暂空闲里，风像刀子般刮在脸上，坚硬、纯粹，一如水晶。当动物准备冬眠之时，身心极度疲惫的人们开始寻找一点慰藉，有的到记忆里去搜寻，有的则干脆设法遗忘。有的终于愿意面对事实真相，即使真相永远和他们的想象隔着很大的距离。

某个下午，大家睡午觉的时候，浩郎毫无睡意，把我和老丁拖到菜园外面的小林子里。里面有一处相当宽广的空地，常有人会到那里去享受一点树荫和微风。既是午睡时间，便只有我们三个人。

浩郎显然多喝了两杯。他神情恍惚，是醉酒和被内心的怒火压迫的结果。一进到林子里，他就大吼几声舒解一点压力。然后，躬着身子，沉默地靠着一棵树。过了一会儿，老丁开始以他惯常的平静，坚定地说：

"对于发生在我们身上的一切，我们道歉吧。"

"道歉？"内心极度不平的人说。

"道歉，并且原谅伤害我们的人。"

"原谅？……"

"是的，原谅。我知道这样说会使你们吃惊，但这是我们唯一的武器；是我们对抗荒谬唯一的办法。我们每个人都经历过可怕的事。现在我们三个人在一起。我们知道自己不可能像伤害我们的人那样做。原谅了他们，我们就可以切断仇恨和报复的锁链。我们可以证明宇宙间永远存在着正气……"

我们感觉他还有很多的话要说。也许太多了，以致他不能立刻继续下去，但是这几句话已足够引起浩郎的话头了。

"原谅……切断仇恨和报复的锁链……趁现在还来得及，我们把这话说清楚吧。我是为了求得别人谅解，才离开亲友去投奔革命，留下玉梅单独一个人……"他的声音哽住了。但是他并不就此中止。他努力控制自己的情绪，脸色也凝重起来。

"我们这个地下队伍由近二十个人组成，准确地说十七个人，带头的是一名共产党员。在抵达湖北北边的解放区之前，必须经过一个特别危险的地区。我们步行了六天，只有情况不对时才停下来，藏进山洞或一些'靠得住'的村子里。我们累得几乎是睡着在走路。当最后一个晚上枪声响起来的时候，我们完全不晓得发生了什么事情。大伙从梦中惊醒，起初还以为是有人在恶作剧；我们显然是被出卖了。叛徒后来被找了出来。他受到应有的惩罚：毁容，吊死。

"话说回来，枪响后，我们在月光下溃散奔逃。我的小腿肚上中了一枪，更糟糕的是，我扭伤了脚踝。我还有力气挪到一棵树旁边。感觉脚下有一个沟，我躺了下去，从身边抓了几大把落叶盖在身上。多少次，步伐声夹杂着喊叫声走近了又走开去，再走近来，会踩到我身上来吗？我的呼吸都停止了。若不是伤口的血把裤子紧粘在腿上，而且开始感到疼痛难当，我还以为自己已经死了。疼痛难当？和撕裂黑夜的号叫比起来实在算不了什么。号叫来自正在被残酷虐待的身体，重叠着刽子手的吼声；像这个少女的哀号，你根本无法想象人类的耳朵居然能够承受得了，以后也永远不会自记忆中消失。他们都是中国最优秀的子女。他们自愿离开家庭的温室，为了一个他们认为正确的理想全心奉献。现在却落入最凶残的野兽的利爪：都是一群报复心切的人变成的。

"天刚亮的时候，我聚集起最后的气力，一直走到一座村庄。我一面担心不会有人敢收容我，同时又希望在这个游击队活跃的地区，民兵不敢长期停留。敲了几个门之后，一对老年农民夫妇收留了我。他们很清楚如果被人告发，会遭到什么样的命运，但是他们替我疗伤，让我分享他们有限的饭菜，和吊在炉子上的那一小块平常要吃一年的腊肉。在他们不善言语的粗糙外表下，是多么的殷勤、仔细！由于屋子里根本没有多余的空间，我和他们同睡在一张床上。晚上，他们在我旁边睡下之后，就不再翻动，只听见他们平静的呼吸声。我在他们身上感觉到父母的温情。

"等我能够再走路了，便开始寻找联系。在这样一个充满怀疑猜忌的野蛮世界上，怎么找到自己人呢？但是，事情进行得出奇顺利，有一天，在市场的一个菜摊子前，一个容貌端正的人朝我微笑。他一定观察了我很久。这是个很有经验的人，在我身上很快认出了那个设法归队的离群之鸟。于是，我和另外三个人一起，又开始了漫长的徒步赶路，走向世界的尽头。到了河边，一条船在被风吹动的芦苇丛中等着接我们。水流湍急，过河时惊险万状。但是河的那一边，终于是我们的福地！总算到了自己人中间！这么多的牺牲值得吗？我们几乎相信是值得的。觉醒了的人民，走在新开辟的道路上，耕种新征服的土地。大家亲爱精诚，互助互信。

"中国后来忘记了曾经有过这样的时期。然而革命能够满足于一个单纯的、伸手可及的幸福吗？革命的成就是否应该和它所造成的人命牺牲成正比呢？当战争还在继续的时候，各地已经在组织群众法庭了。我也被卷上齿轮，身不由己地跟着转动。他们派我当战地记者，跑遍河南和山东前线。战役无一日停止，战争是无情的。我们一定是英勇的。杀人为了保命。我们不虐待战俘，这是真的。但是之前先大批歼灭，以便'削弱敌人的生命力'。跟你们说这些做什么呢？我当时想通过追寻一个更为远大的目标来为自己洗罪。结果我所爱的人也死了……仇恨和报复的循环，就是这么回事。我们之中还有谁能够有权利原谅？你呢，老丁？你是凭了什么，以什么人的名义对我们说这样的话？"

"以什么人的名义？……也许以孔老夫子之名。他不是一再告诫讲求恕道吗？……可是对于我，这是另一回事……"

老丁沉重地犹豫了好久……然后接着说道："这是一个很长的故事。噢！其实说起来很简单。尽管如果说出来会丢命的。今天还是说给你们两个听吧。

"我当时是个无忧无虑的年轻人。我的老家在安徽，是当地一个地主文人家庭。我在三十年代初完成法科学业，如人们所说的'前程远大'。中国那时正动荡不安，我呢，我准备在我们那个偏安的角落，安静地享受士绅的环境。由于念书的关系，我把家里面安排的婚期往后推延，后来干脆取消了，造成轩然大波，我深深伤害了和我订亲的女孩。以后便开始了'怪人'的生活。到底发生了什么事呢？可以说，我受到极大的震撼，后来对一切产生强烈反感。什么震撼？在安徽的大城，H市，有一天早上，我经过法院后面的街道，撞见警察正在对一名犯人用刑，用一条钉满铁钉的鞭子抽打，被钉子刮下来的一块皮肉溅到了我的脸上。后来又有一次，在同一个城市里，河上漂过来一块拆下来的门板，我看见上面钉着一对偷情的男女。什么样的兽性让人做出这样的事情来？我了解到，恶毒已进到我可怜的同胞们心里；极恶侵蚀了人性。我周围各种各样不合情理的生活情境，有意的或下意识的残忍行为，使我无法再忍受下去。

"我大可以变成一个道德重整家，或者一个革命家，结果两样都没有做，我信了佛。你们觉得奇怪吗？整天在我脑海里盘旋的都是怜悯。是的，我的性格不允许我以暴制暴。从那时以后，在我的家乡，我在人们眼里是个做善事的'居士'，颇得到大家尊敬。我也以此自豪，其实尊敬等于是用大笔钱买来的。我的家境允许我这么做。只要我拿来筑路、造桥，甚或整修寺庙，家里都不会讲话。但是当我拿出大笔钱来救济穷人，计划买下一家印刷厂来印发宣扬佛教的传单，家人就不同意了。看到我完全没有意思结婚，他们便说我何不干脆当和尚去。我自己也动过这种念头。后来没有真的这么做。在这中间，发生了另一件重要的事。

"在霍乱流行期间，我结识了一些基督教传教士，他们分发疫苗给我们，并且帮忙照顾病人，包括我的家人在内。后来我们成了朋友。但是在一些重大的思想观念上，我们争论得很厉害。我想知道，为什么他们接受了一个来自遥远地方的异国宗教。他们告诉我说佛教也是外来的宗教。至于他们信仰的内容，确实令人费解，如此苛刻的对痛苦、死亡、爱情和生命的看法，又全都和耶稣这个人独特的事迹有关。他们使我怀疑的同时也激起我很大的研究兴趣。有一天早上……我记得，前一天晚上我们还争论得面红耳赤；最后我们决定平静下来，停止所有争论，承认信仰其实是来自各人的习性：有的人信奉儒家，有的依从道家，其他的是佛教徒，或是基督徒，等等。可是那天早上，我去找洪牧师。他没想到我会主动去找他，很惊异地接待我。我要求和他一起去散发宣传福音的小册子。许多人见我这样做很不以为然，几乎所有人都耻笑我。大家指着我说："瞧这个瘸子老丁，现在他吃斋不够，要靠传教吃饭了！"我没有动摇。擦掉别人朝我脸上吐的痰并不使我感到恶心。我把它看成一种必须承受的考验。

"不久后，我被派到其他城市，做一位英国牧师的副手。他看见我的教育程度，想让我也成为牧师。要达到这个目的，得先送我到上海或香港去念书。在这个计划得以实现之前，眼下有做不完的事情：战争的阴影日渐迫近，我们的院子变成了一个来者不拒的聚会地，每天接待贫困饥寒的人，供应他们吃的，照料他们，对每个人一视同仁地给予安慰。到我们这里来的人什么样的都有，贫民和歹徒，普通老百姓或军人，包括路过的红军；也因为这一点，在解放后的大清算中，我得以保全性命。要解决的困难和问题是那样多：物质上的匮乏，身体上的病痛，争吵斗殴，家庭纠纷，亲人过世时的哀伤……我们这样终日忙碌，是否像牲畜过的日子呢？其实不然，我们是生活在欢乐里，一种粗糙而执著的欢乐。每天都好像在发明新的生活。没有任何人感到被人轻视和遗弃。我全心全力地投入工作，简直没有时间想到私人生活，但是透过一张非常有人情味，甚至有点过于有人情味的面容，私人生活还是出现了：这是一位寡妇；有一天下午，在走廊之间交换的一个眼神……我们打算结婚；政权易手阻止了这件婚事。幸好如此，否则我将连累她一辈子！在'肃反'运动还没有发动之前，外国牧师被驱逐出境。洪牧师、我和其他几个人因为把印发反对唯物主义传单的一个天真的传教士藏起来而被判刑。

"我们坐了三年的牢。监狱里的生活条件，浩郎，你是知道的；我们十五个人睡在一间本来是八人房的囚室里；吃的是馊掉的剩菜剩饭，就在仅有的一个马桶旁边。后来再被送进劳改农场，在那里禁止说出各人的身份，有人问起，只能说是'地主'。在历经山西的矿坑之后，接着是河南的水坝；应军方的要求，我们被带到了这里，就这样被扔在天和地之间，在野草堆里，我们尽管疲惫不堪，仍然必须克服一切困难，从零开始。大伙睡在凑合搭成的帐篷里，桌子是用树枝和编结的干草做成。过些时候才住进结实一点的简陋屋子里。意外受伤、蚊虫叮咬加上疟疾和头几个冬季的酷寒夺去了好些人的性命，包括洪牧师在内。

"为什么我会谈到这些从来没有对任何人说过的事情？我刚才说到原谅。因为你们都已看清一个事实：过分执著于伸张正义的人中，有些人却变成了越来越冷酷无情的人。谁还能打破这条仇恨和暴力的循环锁链？总之，我们作为人是无能为力的。只有上帝才做得到真正原谅。中国历史上不断有许多守正不阿的人，信守美德和圣洁；他们最后大多以身相殉。为的是彰扬文人的理想，和天地间的正气。这些都是伟大的，荣耀了中国。如果没有这些高风亮节的人，没有殉道者，国家也许就不存在了。但是它能够接受一个来自远方，愿意以爱和宽恕为名义而牺牲性命的人吗？……"

他突然停了下来。他说得太多了。他发现对面的人已经没有全神在听。或者他们有点跟不上了。听在没有同样信仰的人耳里，一个信徒的语言总是"无谓"或"荒唐"的。浩郎属于从来不曾对神明下跪的这一代人，宗教上的理念，有大部分他没有办法体会。我则比较接近一点，首先有母亲的例子，以及我那个抽鸦片的伯父，而且我曾在西方生活过。

浩郎站起身来。他伸手搂住老丁的肩膀，像是在告诉他，他绝对可以信任两个听他诉说的人，就像老丁信任他的上帝一样。

十六

火灾既是大自然无以掌控的突变，也是因人为疏忽所引起，这同时是缺粮时期的先兆。整整两三年中，饥荒遍及整个中国大陆，造成数百万人死亡。

持续如此之长、范围如此之广的这场灾难，难道都是因为自然灾害的关系吗？比较开明的共产党领导人及后来的经济学家、历史学家一致承认，那是因为什么才造成的巨大错误。两三年间，国内推出一个比一个荒唐的运动：先是大跃进，定下许多根本无法达到的目标；然后是人民公社，剥夺了农民们在家里做饭的权利；再加上荒废农事的大炼钢铁。以这样的节奏，难怪"泱泱大国"在很短时间内遍地闹饥荒。

北大荒也未能例外，一连三季，被迫停下田里的活，从事土法炼钢。产量本来就已经锐减的粮食又得抽调出一部分来救济情况更为严重的地区。

有的人却因大环境的不幸，而获得原来不可想望的幸运。饥荒改变了劳改农场里的生活，禁锢已久的人逐一被释放。我也不例外。但是我想尽各种办法留下来，因为如何处理浩郎的案子始终悬而未决。继续留在劳改农场的人后来都觉得，过去严苛的纪律一点点松懈下来。在采取严格配给口粮之后，领导方面发现每个人都在挨饿，根本无法胜任体力劳动。此种现象到了初冬的时候就明显感觉出来了。已经减少到最低限度的农活——修筑坚实一点的屋子——都无法完成；缺乏热量的男人们扛着木材或石块，在暴风雪下站都站不稳，被冻僵在雪地上；队长们也饥寒交迫，最后同意各人在集体劳动之外可以自己找吃的。一些停产的农场被废弃，再加上停止开垦某些荒地后，全年的工作大大减轻。现在是各显神通的时候了。我们把田里捡漏的高粱或小麦种子一一收集起来，又到处找野菜和可以食用的植物。也用手边凑合的工具捕鱼，以及平时想都想不到可以食用的各类虫子和小动物。本事差一点的就只好听天由命，靠食堂里分派的人手下慷慨一点，或者拼着他们天生的体力支撑下去。

浩郎在这场大饥荒中结交了一批特殊的族类——猎人。他们同样是东北人，有相同的口音和高大的体型，加上浩郎那"杀狼人"的名声，这些行将消失的流浪族群很快视他为一分子。或许，浩郎也在设法和他们汇合。由于他们的关系，他有机会吃到新鲜的肉，便唤醒了他身上沉睡多年，但压制不了的活力。这些性格粗野的人浑身带着酒精和野兽的气味，说话不过是吐出几个简洁了当的字，和石头一样粗糙得扎人。他们像是从野蛮的传奇里走来，传奇过于久远，以致没有人能把它的始末说个完全。他们身上披着兽皮，脚上穿着草鞋，腿用破布包扎起来，像军人打的绑腿。他们总是伴着打猎时不可缺的狗群，这些狗冬天便替他们拉雪车。

　　看到他们必定联想到本能和自由，当这些人第一次出现在我们这个钢铁纪律的劳改农场时，所造成的震撼非同小可。被囚禁中的人是如何激动地、满怀向往地，透过这些从草莽中蹿出来的闯入者骄傲的外型，企图想象原始的生活！闯入者？难道真是他们么？猎人难道不是这个天谴之地上最早的主人？在饥荒的逼迫下，他们——自己或父辈——放弃了薄田，将尸体弃置路旁，远走他乡。一路靠树皮和青苔充饥，最后来到这片从来就是与死亡相连的地方。

　　这些动作缓慢的农民被环境变成了顽强的战士；他们为了生存，用临时凑合的武器，标枪、大刀、弓箭、石头……等猎取野兽。不知有多少人受到蚀骨严寒、野兽袭击或中毒的伤害，甚或跌落在沼泽里，皮肉任由虫蚁蛇蝎螯咬，直到解脱的死亡胆敢前来；又有多少人，迷失在山里，被风雪困住，凝结成冰块，犹自孤独地咧着嘴，像在微笑？活下来的人是一无所惧的顽强族类，他们既不怕灰狼，也不怕黑熊，亦无惧于席卷一切的风暴。所有的一切都可能被横扫一空或埋进土里，不论是帐篷或栖身的洞穴。然而粗野刺耳的笑声证实他们确实活着，即使是在玩命。他们对地理形势和气象变化了如指掌，不分鬼神，一律揖拜供奉，无怨无悔，就像挥动短刀刺杀野兽时，神色也不为所动。

只要季节许可，他们就不停地打猎。当自然时序下令全面停摆时，他们便遵命行事；有时还稍微提前，赏给自己享受另一种生活方式的时光，毕竟他们也是个人。他们翻过山的另一边，朝边界的村庄和酒馆走去。一连数月，他们在那里用毛皮和肉类，用骨头及药草交换生活必需品：盐和酒，枪械和弹药。剩余的精力，就花在赌场和妓院里。有的人也试图成家。凡此种种无非是人性的常情，掺糅了暴力和温柔。这些人生活在法律的边缘，扣动扳机是家常便饭，有时不免混淆面对野生动物和面对人的差别。他们甚至忘了，杀死一头野兽或畜生被视为一种生活的需要，但是为了争风吃醋而杀人则属于犯罪行为，是要受到社会制裁的。因此，在他们无组织、非正式的部落里面——部落仍然作为一种权威存在，哪怕只是为了解决土地分配的争端——开始流传一些冒险犯难或寻仇报复的故事，在茅屋或洞穴的漫漫长夜里，给人带来津津乐道的话题。沉溺在烈酒中，不时犯罪的顽强族类是否有灭种之虞？答案当然是否定的。

猎人凭直觉知道往哪里走。他们不是在和野兽打交道中间学会了尊重生态平衡吗？破坏自然环境，尽管是必须的，却不能过度。

得让大自然来得及恢复。人也是一样的，他们心里明白。尤其当他们的人数减少，力量随之衰退时，总有年轻一代的冒险家加入他们的行列。危险不是来自他们自己本身，而是外界。在他们看来，大规模的开垦不过是一个巨大的亵渎，一场无法形容的灾难。他们原来是农民，为情势所逼，否认了农民的出身，也否认了耕种的必要。从一个草原到另一个草原，从一处沼泽到另一处沼泽，他们不断往深山里退却。

十七

浩郎和我饥肠辘辘地趴在地上，鼻端几乎碰到了泥土，努力搜索遗落的高粱种子，看有没有螳螂或老鼠可抓。我们在一个荒田里，旁边一条公路通向遥远的大山。我们那样专心，完全没有察觉有几个背着长枪、腰间插着短刀的猎人走过来。带头的魁梧大汉是个"独眼龙"——能成为首领的人必定受过重伤——，他认出浩郎是东北人，问道：

"你打哪儿来的?"

"哈尔滨。"

"叫什么名儿?"

"浩郎。孙浩郎。"

"啊，你就是'嗥狼'啊！太好了！自己人嘛！"

猎人的笑容露出一排利齿，刮去了浩郎额头的皱纹。我这才第一次看见浩郎笑了起来。猎人说着从背篓里拿出一对山鸽。"拿去。

不必去毛。你们把它包在泥土里烤，烤好后把土敲开，毛就和土一起拔掉了，就等着吃肉吧！"

有了这个简单的烹饪法，山岗上很快冒起缕缕炊烟。除了烧熟的肉香，我又闻到了我生命中少有的幸福时刻的气味——消失了的喃喃低语和爽朗的笑声——它们确实存在过吗？此时渐渐从香烛、鸦片或者烤红薯的气味中浮现，那和玉梅快活地走了一天路之后，在小径旁烤着的红薯……

从此，我们常在山边和猎人相遇，每次他们都会大方地给浩郎一些猎物或烤肉，浩郎当然都慷慨地和我以及在附近的难友们分享。有时候，他们留得久一点，让浩郎学开枪，也不忘表演一下射击技术：双枪齐发，尖锐的枪声惊起成群的野雁，两只飞鸟同时应声落地……然后，我们围坐成一圈，传递着装满烈酒的水壶，粗鲁地说笑着。在这样的时刻，浩郎显得非常自在，几乎精神焕发。他棕褐色的面孔和周围的人十分协调，但是没有一个人像他这样透露出复杂的人格。我想：

"浩郎从小没有了父母，后来也离开了叔父，他很可以成为一个冒险家，或者，为什么不成为强盗呢？一个原来完全开放的人，为什么后来走上了这样一条路？浩郎原本有各种生活的可能性，却陷入这样的窄路！"

看见他坐在披挂着毛皮和破旧衣服的莽汉中间，周围是苍茫荒野，我感觉无比荒谬。可是我立刻又推翻了这种念头。在这里，狂风沙夜以继日地鞭挞着每根草、每块石头，人活着永远又饿又渴，血流得轻易，死了没有藏身之处，到处都是被打断的誓言和未完成的爱恋，这块土地不是曾经充满承诺又被千万次背叛吗？在那儿埋葬了几个世纪的史诗，由谁将它重新呈现呢？不就是由这个形象高贵却饱受摧残，有如谪仙的人？是的，我确信感动浩郎的东西必定来自很远的地方，远到连他自己都无以知晓。某处，一个生命成形前的气息设法蜕化为歌声。也许应当由他来写成古老土地所等待的史诗。这个突然的想法像一记警钟，震得我浑身打战。我非常想立刻告诉浩郎知道！但是我忍下来了。这个诗人正在听猎人解说熊爪的妙处……

天黑了，山影盖住了整个平原。男人们好像倏然惊觉，纷纷站了起来，告辞离去。我们看见他们在不远处停了下来。把两个碗放在一块平整的石头上。一个碗里面放了一块肉，另一个则倒了一些酒，加进一点刚宰杀的温热的鹅血。他们一言不发地朝西方膜拜。一道火焰在风中摇晃，猎人首领用他浑厚的声音有节奏地念着祈祷文，其他人齐声跟着他重复。过了一会儿，广垠的山岗只剩下了恐惧和孤独的叫喊声，令人闻之惊心。

我记得就是这个黄昏，在荒野里，当我们拆除所有心防时，浩郎忍不住说："如果我是单独一个人，我会和他们走了。"这句突如其来的话使我惶惑不已。我该怎么回答？首先，如何不为他叹息，叹息他糟蹋了自己的才华，这个使他如此接近李白和杜甫、惠特曼或杰克·伦敦的资质，并且拥抱生活的多彩多姿，将人类的经验升华为美妙的诗歌？随猎人而去，他一定会得到不寻常的经验，回到原始野人的生活，以及连带的艰苦奋斗。但是能持续多久？这群人很快将被发现，他们将被追逐、包围。他可能抵抗到底，手上拿着枪，高喊着挑衅的言语或纵声大笑……他说："如果我是单独一个人……"我又想起我们刚重逢时，我脑海里盘旋着的一个非常直接的问题："我对他是个障碍吗？我们是彼此的绊脚石？"我正嚅动着嘴要说些什么，浩郎打断了我：

"我猜到你在想什么。这是不公平也没有用处的。我不是一个人，你也不是一个人。我们两个都不是……"

我们四目相对，他脸上的大小伤疤在落日余晖下灿然生辉。我什么也不说。浩郎这次总算触及了这个问题，我决定保持静默，听他继续说下去。

"这块地上发生了惊天动地的故事；我们也碰到了可怕的遭遇。到底该怎么做，我不知道。有件事倒可以确定：我们的重逢是个奇迹。你说过，老丁也说过。但是我觉得与其说是奇迹，不如说这是一种必然。今后，我们就是要去做这些必然的事，究竟是什么，我不知道，还不知道……

"老丁——哎，又是他——他的一番话让我想了很久。他对我说，人在现世中是不太可能达到完满的三角关系的，古人明白这点，因此在阴和阳之间放了冲虚。他说玉梅虽然不在了，却反而好像无处不在，她的空缺有朝一日会被填补。但是他怎么能如此确定呢？我这个不信神的人又应该如何来面对？至少有一点我可以确定，那就是这件事不取决于我：只要你在这里，我不会做任何不是由我们两人共同参与的事，或者干脆说，由我们三个人参与的。只要我在这里，我要尽力看清楚，哪怕只是一刹那……"

和猎人的来往是不可能继续下去的。他们出现的次数越来越少。接下去的那个夏天，就没有再见到他们。最后一次是在六月的时候，他们骑马路过。"我们不再来了。有些人打猎用机关枪扫射、丢手榴弹，什么都给糟蹋了，草地、水塘……我们有个人因此还不小心受了伤……这里是一点鹿肉，开始有点馊了；不过还是好的。你用水煮熟，能找到什么配料都可以加进去。"这批世界末日的骑士掉转头离去。独眼人突然回过头来，向两个"劳改犯"高声说道："时势不对，没什么好做的了。饥荒，我们是过来人。要死的就逃不过。"他先看看我，然后看着浩郎，说："他呢，我不知道，他得自己想办法。你呢，你是不会死的！"

十八

"他呢，我不知道！"我自己是知道的。既然灾难临头，要死的人大限也就到了；我很可能就是其中之一。我的胃已经破损不堪，饥荒却使我必须吞咽最难消化的东西，其间的绝对排斥性，莫以此为甚！公众食堂里每天分配的口粮越来越少。米已经不再供应，我们吃的是用玉米壳、高粱和其他粗糙的谷子磨成的粉所做的窝窝头。

这些坚实的球状干粮引起长期顽强的便秘，任何泻药都起不了作用。我们只好互相用凑合的工具钻进肛门里，将硬实的粪便一块块地掏出来，其疼痛难受非言语可以形容。这些都是缺乏粮食所造成的，许多人因此病倒，死的人也不在少数，很多被归类为"自然死亡"。其他的则被这年来得过早的严寒冻死。从十月初起，地面上就覆盖着厚厚的一层冰雪，将门窗都堵塞起来。整片的白，照得人睁不开眼睛，像一个冷血的幽灵，每天来催讨人肉，作为它的日用粮食。

我虽然有浩郎分给我的补充食物，仍然抵挡不住严峻的考验：剧烈的咳嗽简直把五脏六腑都翻搅得变了位置，无日或已的肠胃绞痛最后造成了不断出血。我和其他的重病病人被卡车送到另一个分场总部，那里有一间医护室，应现状的需要扩大成临时医院。我之所以能够熬过这一劫，得归功于一名特别尽责的中年女护士。从我回国之后，这是第一次享受到女性的温柔体贴。（在这样多呻吟的病床中间，满目尽是肮脏的绷带，不停地听见吐痰或呕吐的声音，说"享受"其实并不恰当。但是当你稍微能够喘一口气时，这是唯一还想抓住的字眼。）在我痛得最厉害的时候，因为没有止痛药，这位女护士便替我按摩腹部，或把她温热的手静止不动地放在上面。这只饱满温实的手凝聚了一个人体全部的宝藏，这样可以使我平静一段时间。当我烧得浑身滚烫，有时也故作疼痛难当，就盼望着她到我的床前来。当那只手搁在那儿，我感觉到它的脉动，我就从黏嗒嗒的地心引力脱身而出。对我感谢的眼光，安抚我的人只是凄然微笑，好像她也同时摆脱了自己的痛苦。

死去的病人都是悄悄地从医护室抬出去，立刻火化。有一天，我收到一张纸条，上面潦草地写了几个字："你也不会死的。"纸条是从另一间病房传过来的，是老丁的笔迹。这是什么意思？他说"你也不会……"指的是什么？他也知道猎人临走时说的话吗？要不然就是在说他自己？他自己！如果这位精力早已磨损殆尽的老人也到了医护室来，可以想见他的情况已经相当严重。我知道像他这样患了肺充血而未能医好的人，饥荒拖得越久，死亡率就越高，即使给他增添食物亦无济于事。老丁尽管咳得筋疲力竭，但始终拒绝比别人多吃些，每次都把分到的东西再分给周围的人。显然他选择了死亡的时间，这是他唯一的自由。多么庄严，多么了不起。他的死亡，没有任何声张，对将他剥削得只剩下一层皮包骨的人，却是沉默然而强烈的抗议。

又是个风声怒号的晚上，在室内说话都必须尽量抬高音量，我还没能够拖到老丁那里，护士便给我送来了他最后的消息。他留给我一个信封，里面放着一个扁平的小白铁盒子，以及一本薄薄的小书，不过巴掌大。盒子我认得，多少次我看见他从里面拿出针线来给他那件唯一的棉衣打补丁，或替同伴们缝上掉落的扣子。那本书我也不陌生，就是我小时候在南昌街头看见传教士散发的那种。我经过的时候曾领了好几本不同颜色的，那时还不识字，就拿来当作玩具。老丁从一个劳改农场换到另一个劳改农场的多次迁移中，看来都把这本书随身携带着，也许秘密地缝在棉衣的夹层里。在书的封面上，是"约翰福音"四个大字。

我在法国的时候，不是在纪德的《如果麦子不死》，或莫里亚克的小说里，读到过这本福音的片段吗？现在，缩在被窝里，我重读它的中文版；突然间好像被带到了别的地方，有点迷失了方向。我能够从这个奇怪的译文（既是中文又不太像中文）中获得什么讯息吗？翻译本里面自造的新词，蹩脚的语法，有欠顺畅的节奏，都不免造成阅读的阻碍。我想起以前替母亲抄的佛经，也是间杂着让人读来头晕的文句，中国人经过几个世纪才将之吸收过来。一种完全不同的文字怎么能够进入你的心坎，使你惊愕，将你击倒？这样一句话怎么会令你欢喜，或震动到你内心深处，再不离去，成为你的声音和举动、血和肉？像老丁，有一天，他便对这句完全不可置信的话从此深信不疑："力求保存生命的人会失去它，而在现世为真理失去生命的人将获得永生。"

十九

饥荒过去后，浩郎和我以及其他人，发现自己突然苍老了很多，但是还活着。我们的身体器官经过长期饥饿受到严重伤害：在严寒下生活久了，骨髓都被冻结起来，使骨骼受到侵蚀破坏。皮肤的色泽变深，松垮垮地失去了弹性。每个举手抬腿的动作都引发日积月累下来的疼痛。但是每一个动作也无不唤醒新生的欲望。我们变成了半个野人，融入了这块注定厮守一辈子的土地。我们无法想象还能活在另一个也许更为暴虐的地区。我们被钉死在这个北部边陲，没有其他任何牵连，最后只得在心理上认同了这块大地，把它的坚韧冰冻看成伟大和纯洁的表征。领导们一样元气大伤，没有精力再恢复饥荒前的严厉纪律。我们的营区现在简称为"农场"，除了大通铺以外，增加了不少个别住所。猪圈现在划归在一个专管畜牧的整体机构中，由另一个小组负责。除了按时参加集体劳动之外，我们只需要照管菜园……以及打扫大致改良了的厕所。在义务劳动之外，每个人拥有一点自己的时间，可以做些上级认为"正确"的活动。离劳改农场不远的乡镇周围开始形成村庄，聚居了退役军人家庭、手工艺工匠和新到区内的人。这个地区虽然气候不宜人居，但经过拓荒者血汗的灌溉，多少还能让人生活下去。

一九六二年的春天，在这个中国的西伯利亚，大自然不再耐得住过于长久的寒冬，冰冻的地面迫不及待地崩裂，爆发出所有被压抑的潜力。地平线不断延伸，边界越退越远，远过野雁消失的天边，甚至到了舒卷的云层之外，从那里捎来希望的讯息。花朵纷纷钻出残雪，动物奔跃着相互呼应。

我们却好像第一次经历这个开展新年的季节，我们两人的第一个春天，颤动着说不清楚的祈求。就我们两个人吗？不论是浩郎或是我，我们都不曾有一刻离开过那个没有她我们就不可能在这里的人。没有她，我们不会彼此相依，如同一个身体的左右臂。因为她的关系，我们之间的友谊可以说和爱具有同样的本质。这个人，我们的姐妹、情人，我们在为生存而奋斗的这些年中，很少提到她的名字，不是由于遗忘或疏忽，只不过因为我们不再把她作为第三者谈起，和她有关的一切，已经成为我们最为隐秘的一部分。她不在我们之外，也不在对面。她就在那儿，比活着的我们还要真实，在我们睡眠中、在我们清醒时，变成我们的思虑、动作、眼神和声音。我们的独白其实是对话，我们的沉默是不间断的吟唱。她不再是我们的欲望对象，而是欲望的本身。真实、沉重而扎实得像充满乳汁的乳房，同时又轻盈明澈有如清晨的露水。

冬季的漫长显得春日苦短。必须按时完成的农事接二连三到来，不容人有任何喘息的机会，节奏也越来越快：耕耘、播种、整顿田地周围、修理房舍。当春天直接过渡到夏天，中耕结束了，我们总算有一点休息的时间。这时强烈地想"出游"，当然没有忘记农场对个人行动的限制。场长的儿子在大饥荒期间去了北京，我利用他留下来的材料又开始作画。写生需要找适合的风景和人物，这给了我外出的充分理由。尤其我的风景水彩写生很受领导和其妻子们的喜爱，拿来挂在办公室或家里，也不失风雅，上面批准我们这类外出也就越来越干脆。于是我们穿过四川的情境又回到脑海。每一次，我们都选择不同的方向，尽可能走远些。

还有谁能够在这一生罕有的机会中，全心全意地去体会生命再度的恩赐？过去那种幸福的感觉又回来了，不是靠追忆，而是切身的领受，心弦在窃窃私语，身体每一寸最隐私的深处都在狂喜地响应。我们远足时，每一次迈步，每一阵饥渴，甚至衰弱的腿太快感觉到的疲劳，都使我们以为又回到四川。然而这不只是重温；我们的脚下像是寻回了逝去的一切。但是一切又有待发掘。这个半驯服、半野蛮的地区，看来单调无趣，却有意想不到的变化，和它的花草及野生动物一样，藏着丰富的资源。

走完开垦区之后，我们进入大幅起伏的野地，只见遍布茂盛的野草，河流蜿蜒而过，丘陵上长满针叶植物，岩壁沟壑纵横其间。那些在黑色黏土的背景前，不时蹿出的形形色色、成团成簇的野花，冲淡了周遭的严峻。没有路时，从一个点到另一个点，我们就得绕一圈，绕过或宽或窄的沼泽区。在不断夹杂着嗡嗡声的风中，只有鸟的叫声和突然成群跑过的野兽看来是真实的。人类的声音，被辽阔距离压抑下来，好像是消失在沙土里的水痕。然而，在这个无边界地带的中心，这种纯粹的消失倒也并不总是给人压迫感。只要我们一登到地势高一点的地方，阴影就退去，我们缓过气来，任由无边无际的空旷包围，此时便觉得是宇宙最寂静、最亲密的一刻。

有一天，我们决定到猎人描述过的一个角落去。天一亮我们就出发，赶了一阵路之后，穿过一条枯竭的河，进入树木高耸的林子里，空气中满是昆虫的嘈杂声和树脂及苔藓的香气。奇异的自然风景在我们眼前展开它原始的神秘。到了中国的底端，也就到了世界之外；而在这里，我们感觉好像又在世外之外。我们沿着一条模糊的小径走去，多半是偶尔来这里的猎人走出来的，然后穿过密集的树干，朝前面的开口前进。我们经过的时候，一根大树枝折断掉落下来，一头野兽奔窜而过，打乱了阳光画成的栅栏。那边，在一片闪亮的水畔，野雁尖叫着振翅而飞。然后，一切再安静下来，恢复了宁静。就在这一刻，吹过来一阵微风，空气突然带着蓝氲。我立刻认出了那个熟悉的地方和熟悉的人。"玉梅!"一声低沉的呼唤从丹田里冒出来。浩郎走在前面,此时回过头来,惊愕地站定。他也看到了。清晰的身影带着依旧的微笑,深不见底的眸子一样让人心醉神迷……持续了多久?电光一闪,还是一生一世?但是原来伸手可及的已经远去,耀眼的空气又恢复了它单纯的透明。

浩郎像一头被射中眉心的公鹿般跑了起来,他使劲快跑,免得被忧伤攫住。一面跑,他一面发出嘶哑的吼叫,好像祈神仪式中发狂的野人。最后跑累了,他踉跄几步,把自己摔倒在落叶堆上,仰面躺着,双臂张开。我跑过去,躺在他旁边,握住他的手。我感觉这个经过十多年的体能磨炼变得厚重的身体呼吸急促,脉搏剧烈跳动。以前背诵过的一首诗从记忆深处浮出:

> 当忧愁笼罩你时
>
> 把它推向天边去吧
>
> 你,划开云朵的野雁
>
> 身负衰朽了的季节
>
> 芦苇冻结,枯树焦黑
>
> 蜷伏于暴风骤雨下
>
> 而你却不再歇息
>
> 自由飞翔,抑或亡逝……
>
> 在故土和天空之间
>
> 你唯一的王国:呐喊!

浩郎一言不发地听着。他握着我的手此时加重了力道,几乎使我感到痛楚,简直要把骨头捏碎。这样过了好久。我先站起身来,把他从地上拉起来,泪水和污泥在他脸上混成一片,受伤的左腿渗出血来,浸透了大片裤腿。

这是决定性的一天。当天晚上,在以前的猪圈改装的房间里,浩郎无以成眠,把涌到指尖的字涂满了一页又一页的白纸。他在微弱的煤油灯旁边点上一支蜡烛,就这样写了一整夜。我醒过来几次,每一次,都听见他的笔尖刷刷地划在纸上。我又闻到中学时那熟悉的气味,就是当伏案的人疲倦地打瞌睡时,蜡烛的火焰烧到发丝的干焦味。天亮时,我看见桌子上堆了一叠写得密密麻麻的纸头:都是片段的随想和诗句。阅读之下,我陪同老友下到了炼狱。我从里面读出他颠沛流离的一生中最激动和最隐秘的时刻;他和盘托出,不分彼此的友情和爱情在纸上被全部摊开。在最后一页上,他用比较粗大的字工整地写了两行诗:

直到有一天,当记忆和遗忘都已枯竭,

奇异的林荫间,他们和心爱的人儿重逢。

二十

现在我们唯一能做的就是:写下来。很多人曾经这么做过:在迫害得最厉害的时候,把偶尔闪过脑海的词句,或者执著的顽念,否则就是遗嘱，匆匆写下来……这些被锁链困住的人，如果仍然想把所有的苦难提升为生命的瞬间，还有什么比"写"更好的办法？只要人还活着，就能做得到。但是写些什么？最简单的不过是把每天的非人生活流水账似的记下来。真的如此简单么？有的人原来怀着那样高的梦想，陡然坠落，受到沉重的打击，几乎变得痴呆了，以致丧失了仅把事情记录下来的能力。得有另一个同样惊心动魄的触动，迫使他再朝高处攀登……

接下去的日子，浩郎继续在写：一切都还刚开始。他一段又一段地重新润饰随手写下来的草稿，向自己展开了一场真枪实弹的战斗。他的模样十分吓人，既不是疯狂，也没有恼怒，更没有故作轻松、强颜欢笑，虽然有时他的确有意如此。他严肃而收敛的面孔，焦虑而专注的神态，忠实地呈现出重新寻回的尊严：一个临近毁灭的人，突然明白到必须做的事。看着他——我很少有机会这样长久地、安静地打量他——我发现有些摧毁不了的特质已经在他体内茁壮。他伤痕累累但执拗不驯；透过他，仿佛看见了历史上百折不挠的英雄典范，没有人再能把他压制失声。压制他的人会消失的。这些人在他的人生路上不过是些可怕的绊脚石，把他逼迫到了极限，也就是逼到了要害。他们会消失的。浩郎的报复将不是刺进某个小队长心窝的利刃，也不是往某个荒野地区奔逃，现在他重新面对了自己。

但是看见他这样，我脑海里出现了一个又一个的问题。他到底在做什么？用诗歌来使一个纠缠不清的三角故事重活一遍？为什么这个故事是非凡的？也许是因为他的关系才变得不寻常？也许只有靠他才能将一连串的失败改变为一连串的揭示，这样等于是在赎罪吗？揭示什么呢？诗人自己可能都不知道。他只知道，就像他经常所说的，即使人间很多事都已经活过和说过，事实上又好像什么也没活过和说过。他本来以为自己到世上来是为了做一个大诗人，结果只是在诉说他的"小故事"。故事有大小之分吗？所有故事即使微不足道，不都永远和那大故事有关联吗？他的小故事和大故事的关系如此密切，以至于整个淹没在里面了。在他生存的奋斗中，他甚至忘记了他唯一的武器：文字。现在他把它又找回来了。只要他在那里，就着烛光，在这些发霉的四壁中间，这个绝对的武器就在他手中。任何人——哪怕是最狠毒的暴君——都无法阻止他说出一切。

全然诉说吗？对于这，我又有一连串的问题。这个底线在哪里？再说，真有所谓的底线吗？是不是把原来以为知晓的事情重新再活一遍，就会赋予一切意义？说出来，确实是诗人天赋的能力，但是真正的诉说，难道不是一种难以测量深度和限度的无止境的追寻？

除了一般性的看法或者有关某些特定细节的问题，浩郎绝口不提他创作的进度，或是因为寥寥数语说不清楚，或是出于难为情：很多他谈到的事都和他的朋友有密切关联。我尊重他的缄默，不愿意借口帮助他，而作任何干预。最奇怪的是，在这段日子里，做完了每天艰辛的工作后，我就只是待在那里，什么也不能做。浩郎充满灵感而绷紧的身体发出的震波带起一股向心力，而我就卷在这力量当中。我知道自己不能走开：有个声音在那里，离得那样近，又那样远，在和我们说话。我相信我必须注意倾听，那个声音才会完整，才能全部被理解。我有时也不禁怀疑，在这些我们发动绝望的精力，以求自我救赎的时日中，浩郎和我是否听到了同样的声音？

我只要仔细揣想，便不难发现我们的差异有多么大，又是多么相辅相成。浩郎遇事总是勇往直前，或者努力将自己往上提升，为达目的不顾一切，哪怕拖累别人一起遍体鳞伤；至于我，我似乎来自别处，一直对这块土地上发生的事情感到惊异。若说我历经折磨，却依然保有这种惊异和赞叹的能力，那是因为我心底深处始终有个遥远的怀念在回荡。这个包围住我们的声音，当然只有来自玉梅；她全心全意地爱过我们，也承认正是我们的差异和互补使得她无从取舍。但是我们是以同样的方式听见她吗？我们可是在思念同样的东西？我仍然怀疑。浩郎也许只听见一个特别属于下界的人的呼唤，而我则是被什么世界之外的回声所震撼。

在我屏息聆听的核心响起了低沉的春雷。无数不停地诉说着真理的声音里都有玉梅；而所有声音这时又汇集成一个更高的形象，便是那个从未知的原生土里，从神秘的底层冒出来的"女人"。在这决定性对话的一刻，"神秘"这个字令我迷惑吗？并非如此。自从我在敦煌石窟工作后，以及我在比萨的"神圣园地"看到死亡大师的壁画，而玉梅变成我们自身如此隐秘和难以了解的一部分之后，我越来越相信，只有将眼光放在深不可测的神话境界，我们才会将无法一一道出的事承担下来。我们有谁能够掌握生命的真义，知道它的根潜入到什么深度，它的枝丫伸展到什么地方？只把曾经听闻或体验过的事大略记载下来，是否就算是有了交代？一旦达到存在的目的，一旦发出那声喊叫之后，生命将震荡出一个连一个的回音，朝向一个呼唤集中，那呼唤既是来自生命，同时又无止境地超越它。既是呼唤，它该如何表达呢？是否有一个明白准确的格式？我想最终还是得求助于神话，以弥补始终未能相互诉说的部分。

我们追求的对象，女人——应该说是女性的神秘——这个最为难解的谜，她的原形，狐仙或白蛇，云朵或莲花，她们可愿在今生或来世固定下来？她们即使愿意，也是做不到的。我对自己说："命运多变的女人啊，无论你去到何处，我必定追随。从一生到另一世，你不定的步伐最后画出了最安全可靠的路线。"我没有忘记，自从我在老家时进入那名上吊自尽的女人的房间后，我便部分和这条转化的道路相连，我不必担心迷失。

"还不晚嘛，我们再做点什么！"玉梅在一天快结束时，常喜欢用玩笑的口吻说的这句话，再度在我耳中响起，好像一个最后的指令。我知道对我也是一样，振聋发聩的时刻到了。在可耻的衰败之下，我手中有什么东西在复生，一张脸，最心爱的脸庞，它将尽其所能地忠于原来的她，也将尽其所能地忠于化成了的那个"她"……

二十一

为玉梅画像，我还能做得到吗？回国之后我就没再画过人像，尚未拿起笔，我就自觉缺乏练习会损坏玉梅的形象；我的第三只慧眼清晰记得她脸上的每一根线条，但是真要捕捉，却又稍纵即逝。

说到画像，不久前我突然有股冲动想描绘薇荷妮克的风姿。当时我在菜圃外面的桦树林子里——后来老丁的骨灰就撒在那里；翠绿或淡灰的树叶在微风中颤抖闪烁，漫步其间，我注意到一棵特别颀长的桦树。它银色树皮上细细的裂痕显示里面饱含树脂。我突然想到薇荷妮克，想到她每次在我面前毫不扭捏地从容褪掉衣服，显露出的乳白肉体。我自己的肉体，经过这些年的匮乏和粗糙食物变得衰弱干瘪，这时却在猛然升起的强烈欲望下鼓胀起来。我把身体凑上去，紧贴在这棵肉感的树干上摩擦，尽可能地持久，直到泄出一点仅余的精液。事后我颓然瘫倒。我觉得自己有点荒唐可笑，同时又感到安慰：我竟然仍能震动，还能寻回生命的活力。

第二天，如同返回命案现场的凶手，我再到林子里转了一下，想把我透过一棵树所见到的女人形象转移到画纸上。结果我无法把这个幻觉实体化，只好放弃画人像的念头，转而将注意力集中在桦木身上，寻找它点燃我想象力的原因。最后我画出一张色彩轻淡的写生，画上的桦木挺拔飞扬，旁边陪着一棵不显眼的小树。我是否画出了我全部的感受呢？当凡·高画柏树或橄榄树的时候，他画出了所有他想诉说的吗？

如今，我又陷入当初在意大利的两难抉择。我知道古代的中国人避免画人像，只是寄情于风景——或者构成风景的元素：树木、岩石、泉水等——用以表达内心世界，包括强烈的精神冲动和欲念。

画一个单独的人，尤其是女人，在他们看来总显得做作，缺乏深意。西方人在这个问题上不曾想那么多，他们的女人画像有悠久的传统，最具代表性的就是圣母玛利亚和围绕着她的各种象征意义。艺术家有了这个被公认的题材，甚至可以画下亲人的面容，同时给予理想化的形式，而超越了只是画像的单纯目的。因此，利彼和拉斐尔所画的圣母是以他们的情人为样本；德拉·弗朗切斯卡的圣母画的是自己的母亲。

想到德拉·弗朗切斯卡，使我一下子越过了两难的关卡。他把我带到蒙特齐敞亮的墓园，引进白墙的小教堂；圣母平静的面容和她覆盖整个宇宙的宽大裙子照亮了里面清凉的阴影。我心里于是萌生画出我自己的圣母像的欲望，集母亲、妹妹、情人于一身，她们是我最遥远、从来不曾得到补偿的唯一思念。什么时候画呢？不就是现在！在哪里画呢？可惜没有地方……我悲哀地发现，在这块土地上，我没有一寸可以留下痕迹的自由空间。

我把画人像的想法告诉浩郎，他一听立刻兴奋地大表赞同。我们于是开始寻找合适的地点，想遍了所有可能的角落，同时也知道没有上面的许可，要做什么都不可能实现的。不论是在一个废弃的仓库里，或是有天在森林里看到的那块巨石上；我们甚至想到猎人提过的山洞。我们失望地准备放弃时，突然想到该把事情去和木匠商量。对所有被命运抛掷到这块荒原上的人来说，木匠的确是位守护神，他经常有些聪明的点子。他听我们说明来意，脸上绽开了纯朴健壮的工匠才有的爽朗笑容：

"不如就在我这里。"

"在你这里？怎么行呢？"

"来看看我的工作坊吧。我在后面加盖了一间房。我本来就想把全部的书都放到后面去，在书前面放上大型工具和完工的活计。现在我只要用一道活动板把两个部分分开来。这样，你可以在后面所有的墙上画画；靠近屋顶正好有扇小窗子，把墙照得很亮。在间隔板后面你大可安安静静地作画。不过有一点，你得到村子里来住一阵子。"

木匠为了鼓励我，甚至提供颜料：他把油漆稀释，让我得以挥洒自如。

从木匠那里回来后，我时刻不停地想着这三面白墙。在我的感觉里，它们像是阿里巴巴大盗藏着宝物的洞穴；只是这次，宝物，要由我自己带进去。有一天，我想起在拉维那看到的拜占庭遗迹，尤其是葛拉·普拉契狄亚的纪念墓，里面铺着以深蓝色和闪金的绿色为主的拼花图案，使得封闭的空间和星月当空的晚上一样明亮。这已足够点燃我内心的创作欲望了。我将建筑自己的神秘居所，不管它是座陵墓、是座庙宇，或是哪天变成向天空敞开的废墟，都无所谓。浩郎的写作进度虽然如意，也对这样一个在秘密地点创作壁画的远景兴奋无比。他相信由我的手和情感产生的形象会给他带来灵感，把他本身的诗境推得更为深远。

村子里一样有干部的监视，但是在我们的眼里已经是一块福地。我们知道到村子里自力更生一段时期是有希望获得批准的。为了增加成功的几率，我们还是等到秋收时才提出要求，并且附带了一个理由：用绘画和写作记录农民的生活。

在此期间，我满怀热情地开始画草图，以多种多样的草图记录下大自然最秘密的角落：那些存在于矿物和植物世界之间的，从看得见的到看不见的，再反过来，从隐藏的到外现的。渐渐地，壁画的全貌开始透过这些片段在我心中组合起来。在诸多现象的结构中，一些人和动物从春天到秋天、白日到夜晚的底部色彩中浮现，有的是正在完成的凝聚，有的是意料之外的展示。画面上所有的组合元素都有各自的空间，同时又被一个整体的运动托载着，朝向中央的人物，这个人物，众望所归，变成了我生命的一个结，包容了我最混浊的欲念和我最疯狂的梦……

但是当我开始画她时，却无力地发现，原来如此熟悉、如此被收纳在内心深处的，竟然拒绝在纸上显露出来。也许正因为太熟悉和隐藏得太深了；或者问题在我自己，我不知道怎么才能忠实地将她在纸上定型，而不至令她了无生气。

一天早上，我鼓起勇气拿出玉梅给我留下的素描。经过了这么多年，纸已泛黄，加上褶皱，抹除了许多线条，只剩下最基本的图样。当时还很青涩的笔法勾出她面部椭圆的轮廓——又是多么准确，因为其间投注了十七岁的我能够感受到的所有温柔！这个脆弱纤细的痕迹是怎么承受了那样多考验的？而玉梅不是确实用它在人间的深渊边上编织过救赎的网吗？在这张草图中，正因为面部线条收存了全部潜在的特性，才让人有想象和感动的空间。我于是了解到玉梅的讯息：不要将线条固定下来，也不要将之圈死在一种表情里。画她的脸和身体时尽量纯净、简洁，只正确掌握最基本的要素，让它们在后来的变异中保持气韵生动，流露出曾经历过和梦想过的一切，依顺它们所包含的生气朝外开放。

我和浩郎终于在村子里定居下来。浩郎必须绞尽脑汁写一些歌颂农民的文章。他尽可能不出卖灵魂，而设法挖掘深藏的人性品质。他天生热忱，具有亲和力，很快和当地民众建立起感情。他古铜色的肌肤和古罗马斗士的体格也难免在一些少女的心中掀起涟漪。

除了少数几个邪恶、愚笨或有偏执狂的人之外，我们在村民身上又找回了熟悉的古老农民族类，不过更为粗犷，因为他们大部分都是从原来的居住地逃难到当地的。将他们入画时，我感兴趣的主要是青少年和老人。许多少女的眉眼间仍然含有梦幻的薄雾；而许多老妇，满面刀刻似的皱纹，则无声地抗拒和忍受着命运的袭击。男性方面，大多数青少年身上都有一种动物的本能；在这个四脚兽、爬虫和猛禽出没的地区，他们看来根本不再去控制自然发展的野性。用一些很原始的工具，棍棒、标枪、斧头、石块、钩子等打猎，有时只是为了好玩，有时也是一种挑衅，带着半是恐惧、半是兴奋的情绪将猎物一棒子打昏，或者听见骨头"咔嚓"一声地将它们的颈子折断，否则就是挖掉它们的眼珠。看来只有植物世界的自然法则才能最终平抚、驯服他们；随着年岁日增，他们终会变得和父祖一个样子，拖着沉重的脚步，四肢有如纠结枯萎的老树。

老农民们很清楚植物缓慢的生长过程，从深入地下的根茎直到迎着风吹日晒、承受雷电冰雹的树梢。他们看见这些脆弱的生命总能使奇迹不断重现。所以他们自己也一样：一生经历了各种生灵涂炭的天灾人祸，但始终保持着心中的信念，每一年都用活黏土修补筋骨血肉，使之更为强健。他们令人想起希伯来的先知，尽管受到上帝各种不可理喻的考验，对他的忠贞却不曾稍有动摇。

我就是在这些村民中间，开始了我生平最重要的创作。藏在我用板子隔起来的"工作室"里，面对着周围的三面白墙。

克服了最初的犹豫，以及因为长期生疏的动作僵硬之后，工作顺利地进展着；灵感源源而来，有如得到神助。形体一点点浮现，几乎和我在想象中看到的一样，同时保留住超乎画家意志的自行异化的可能性。我专心一意地作画，几乎忘了屋子里令人呼吸困难的燠热。气温特别高的时候，我的额头和裸露的上身汗如雨下，但是有什么关系呢！只要作品能够进展，能够趋向真实的内涵。这样满怀信心地继续下去是否就够了呢？我也知道，把全副精力集中在各种细节上，会忽略整体的运动，错过整体的连贯性。所以直到最后，我都一直处于这种夹杂着恐惧的极度压力下。

有一天，我走进画室时，比平常更紧张。这天我要在"情人"画像的周围加上我做了许多测试之后才找到的蓝色；这种无底又透明的蓝色，我曾在敦煌洞穴里面的佛像上和西蒙·马狄尼的画上见过。

在加上这一层画面的主色，战战兢兢地做这个决定性的动作之前，我迟疑了很久。然后，我伸出略为颤抖的手，在玉梅的面庞周围涂上早在我思虑中成熟的蓝色。画笔刷过，在铺开来的蓝中间不意带出一道沟状的纹路——彗星的陨落吗？还是云雀飞过？——我不去改动，只是继续画。逐渐地，我接近所求的了，于是我放下笔，松弛一下紧张。玉梅的脸刚被承托出来，就好像转世还魂一般鲜活。可喜的是，脸的轮廓虽然依稀可循，线条则介于勾勒和不勾勒之间，既是她的面庞，又更胜之，无以定型；所有其他人的脸直觉地朝向她。画中间的玉梅没有任何坚持，似乎随时可以隐退，却更加形成整体运动的中心。如此自由而流动，完全没有局限，使她有时看来平静肃穆，有时又被痛苦或喜悦占有。

这个下午预定召开政治集会，由党支部书记宣布秋收的劳动分配。浩郎比平常早一小时来和我会合。他进到这个狭小的间隔里时，正好屋顶的天窗照进一道阳光，有如刺穿篷幕的一把利剑。他平时对我进行中的工作会随时给一些意见，这回却一言不发地待在阴影里。他终于看到了壁画几乎全部的画面。和我一起离开屋子时，他看来异常激动，只简单说了一句："就是这样子的了。"

二十二

瓜熟蒂落，水到渠成。我明白这个谚语的道理。人已经尽了力之后，就让蔬菜果实自行发育成熟。"无为"不是什么都不做，而是做所有该做的，然后就不再随便"干预"。啊，不随便干预，甚或完全不干预，正是如此，我躲在这个智慧谚语的后面，至少等一段时间，不再回去看完成的结果，害怕会失望，并且丧失继续下去的勇气。我的直觉，再经过浩郎那句"就是这样子的了"所给予的肯定，使我相信，在上次的工作中，我也许达到了那个平衡点，还是暂时的，但已足够，即使壁画还没有全部完工。稍有疏忽，任何一点多余的动作都可能使我功亏一篑。

母亲曾经把她最拿手的腊八粥耐心地教给玉梅。浓稠滑软的粥含在口里有各种奇妙的滋味……木耳、红薯、笋子、白菜、细香葱、莲子、枣子等等，每一种作料的味道非常和谐地融合在整锅粥里面，又各自保持原来特殊的味道。成功的秘诀在于将每一种作料在煮到适当的时候加进去，尤其在东西全部加完之后，直到熄火之前，绝对不能开锅，哪怕是短暂的一秒钟。就像我们放心地让菜蔬相互认识、协商，避免任何外力干扰到它们的炼丹术。这种稠粥汇集了所有故土的香气，变成我最喜欢吃的东西；它像减轻痛苦的药膏似的，给我脆弱的胃"垫底"。

当我生病或身体衰弱的时候，母亲就做腊八粥给我吃。玉梅每次有空也爱做这道传统点心。和壁画的战斗结束后，我精疲力尽，便怀念起这道家乡风味。我想到它更是因为，下意识地，我有一个很天真的念头，就是：如果我也采取做腊八粥的无为而治的办法，我不就可以用遥控的方式让我的壁画自己来达到完善了吗？因此在我将壁画暂时搁置下来的这段时间，为了平抚我的焦虑，我找浩郎帮忙，把做腊八粥必备的材料收集齐备，请借宿的农民家庭让我们做。我们所需要的菜蔬有的在区内根本不生长，必须找代用品。在到处冒着香气的角落努力搜寻的结果，使我们又和广大的植物世界言归于好——这些必须烧掉和拔除的野草，必须按时节细心照料的蔬菜，得弯着腰一根根插下去的秧苗，一把把砍下的麦穗，然后一袋袋地背走……它们让我们流过多少汗水，受过多少次伤。经过这番努力搜寻，做出来的粥只能成功。看着锅子里冒出的蒸汽，农民一家和两位过客忍不住欢呼大笑。这个笑已经压抑得太久了。

秋收期的临近不允许我再等候，我决定鼓起勇气去看我的作品。第一眼扫过三面墙，我便确信不能再作些许更动，必须让它保留眼前的样子，让未完成作为它的完成。我原来以为会感到别扭或失望，结果万分惊异地发现，有一些纯真的东西从壁画的深处升起，有如油然而生的冲力或散发的光，超过了我原来的构想满溢出来。我明白了，我作画时虽然辛苦万状，实际上得到了上天的恩宠。这种状态，以后我再不会觅得。

在壁画的空间里，人物的形象融化在自然风景中，他们得到领悟的神态显示他们全心全意投入了一场由气韵导引的舞蹈，这场舞蹈连接着四季的周期、日夜的交替，以及星辰的循环。在这里，它超越了封闭在自身悲剧中的人彼此间的距离，将他们从地心引力的囚禁中解脱出来。

从浩郎的文章得到灵感而完成的这幅壁画，后来又是如何反过来影响到诗人的创作的呢？我无法说得清楚。这幅画深深触及我们两人的隐私，由于难以启齿，浩郎没有多谈他的感觉。但是我看见他再次投入长诗创作中，带着更胜于以往的热忱，乃至忽略了他得替当地报纸写的一篇见闻报道。也是在这次深入钻进他的想象世界之后，他才放下笔，意识到和那幅壁画一样，得让诗歌自己继续未了的行程。就我而言，我看到这篇原来是写实性的长歌转化为漫长追求的诗咏，而这个追求，如果诗人没有在最后一部分加入神话境界，可能不会激起如此隽永的回响。

> 大地尚未饮尽洪水时，
> 有箭自莽林深处飞出，
> 不幸射中母鹿的眉心。

> 随之以双枝的公鹿，
> 它缓缓步上土岗：
> 以血的喷泉彻底奉献。

壁画将有什么样的命运？我们无法预言。它现在已脱离了我们的掌控，甚至不能再看到它了。我们离开村子后，木匠忍不住偷偷让村民来看这幅壁画，他们立刻有深切的体会，喜爱非常。消息不可避免地传到干部耳里，倒也没人下令将画摧毁。告密的人是一个心眼狭窄的偏执狂，他很讨厌我们，非常不满他的妻子和女儿说我们的好话。农场里从此禁止我们这两个创作者再进入村子。

二十三

在闹饥荒时期，耕地动辄几十公亩地被荒弃，因此一切都得从头来过。更严重的是，大量树木遭到滥伐，被用来取暖或作其他用途，又没有种植新树。一九六五年秋季，在等候森林区的负责单位执行植木计划之前，征得他们同意，我们的农场组织了一个探测队，先深入北大荒边缘的大山里去发掘尚可利用的林木。安排在初秋是一个特例。习惯上总是等到冬天才让农工上山伐木；当局根本不考虑严冬里生活和工作条件的困难，只因为这是我们在农作和杂务之外唯一空闲的季节。另一个方便是，可以在雪地上用马拉的雪车来载运人员和木材。

二十人的先锋探测队组成了。任务是在山里尚未砍伐的地区开辟出一处伐木基地，尽可能修筑设施——帐篷、取暖设备、厨房、储存木材的仓库等，以便接待入冬时抵达的其他大批人员。队长的角色，如大家多少预料到的，派给了浩郎。他天生的权威和正直得到上面的全盘信任。他毫无疑问是我们当中经验最丰富的一个。他到北大荒来的头几年不是完全在山里过的吗？做的全是锯木和挖石头等最艰难的活儿。此外，众所周知，他是个很出色的猎人，要在深山里生存，狩猎是项不可少的技术。

进山本来是轮不到我的，我没有足够的体力。但是在我主动要求下，还是加入了负责后勤的小组：包括烧饭、储存水、看守营帐等。我后来发现这类工作也并不轻松，很符合北大荒所流行的一句话："只有不同的活，没有轻松的活!"当卡车把大伙在山脚放下来，在等候耕作车把必要的器材运来之前，配备简陋的后勤组就得面对和其他同伴一样的考验：在原始森林里用斧头辟出一条只够一人通过的窄路来，边行边砍；我们承受着硕大的蚊子和巨型蚂蚁的噬咬，防备着蛇和游荡觅食的狼。白天只能吃冷食，到了晚上，筋疲力尽，满身是伤，还得拿出最后的力气来架帐篷……然后，当基地建好了，便得开始适应原始生活，把自己设想为山里的野人：胡子和头发任其生长；在帐篷里光着身子行动；整天淋在雨中；喝的水是带泥沙的，有腐烂的树枝的味道；将尚有体温的鸟或野兽去毛剁块……后来，为了顶替两个重伤的同伴，后勤组也参加了锯木的重活。

伐木，在这些沦为野人的苦力身上，看起来似乎再自然不过了。尽管他们很快领会到，大树壮硕的躯体如此沉默，气味如此浓烈，却有一股不退让分毫的顽强意志力。他们维护自己的尊严直到最后一刻，整个笔直倒下，从不折腰。千百年来，他们就已经在那里，一头深入地下，另一头往天空伸展。我们相信，这些无形庙宇的砥柱，是上帝创造万物的神圣法则的守护者。树干在根部被砍断后，它们的倒下，先是慢慢倾斜，然后轰然巨响冲向地面，每一次都让人感觉是对造物的亵渎。但是面对它们的人类是不理会的。人承受的是另一种摧毁的法则。他们自己的身体和灵魂就是被摧毁了的，仅余的一点生命力，都必须用来执行这个不可违背的命令：摧毁。

怎么做呢？摧毁和建设一样是个专门的行业。除了浩郎和另外两三个人，来伐木的人全得从头学起。两名同伴因为不知道斧头砍下去时必须遵守的角度或方向，而被倒下后反弹起来的树干打成重伤。若不是正好有猎人经过，拿了药给他们敷用，他们大概已经性命不保。受到这场惊吓，我们更加小心翼翼。大家谦卑地从最基本的事情学起，如何依据一定的动作和频率拉锯刀，如何将树干拖到整顿出来的林间空地，但是一来一去之间还是无法避免伤害。

这样的生活原可以无拘无束，但实际上拘束性很大。浩郎身为队长，必须要求大伙谨守纪律，不论他自己对这种管制是多么反感。我们得在入冬之前达到农场领导所规定的数字。因此大家日出而作，很晚才休息。这时的秋天入夜后气温已经很低了，得在帐篷口的大铁桶里面点上火。白天只有午饭后稍有一点午睡时间。生活是艰苦的、肮脏的，唯一的补偿，在这些苦劳役工看来，就是换掉了田里的农活。很多人甚至希望在山上停留的时间尽量延长。下意识地，他们和古人一样，对山寄托了无比的信心：这是逃避帝制暴君或社会约束的最佳避难所。每个朝代的隐士们都将山视为天地之气的交接点，他们可以在里面放心藏身。

这个由政治犯和普通犯人所组成的探险队，渐渐地团结起来。其中唯一有意见的是杨老六。他原是个兵，因为偷窃受到处罚。这个血气方刚的粗人不接受浩郎的权威，经常找碴儿，也和其他人争吵，原来和他一路的刑事犯后来也疏远了他。他一天到晚口出秽语，以为用"他妈的"、"龟儿子"等就可以表现他的高人一等。这一天，他心情特别不好，故意把一批锯好的圆木材横着放，妨碍大家的行动。他和其他人相互斥骂；浩郎这时出面干预了。

"请把木材放好，别吵了!"

"我操他妈个 B!"

"同志，新社会的人不骂这种脏话了。"

"新社会，新社会! 是我们这些硬汉打下来的；我们拿他妈的枪杆子打下来的! 新社会是我们的!"

"现在队长是我。我禁止你在我面前讲这种粗话。"

"禁止我? 啊，你给我当心点，龟儿子! 让我来教你怎么禁止我……"

他一脚把堆在旁边的圆木材踢得满地打滚，捡起一根长着丫杈的粗枝，在浩郎面前恐吓地晃动着。

浩郎说："放下它。有种我们来徒手的。"

于是，两个人就挥动拳头打了起来。拳如雨下，扎实紧密。浩郎拳头的落点看来比较准确，大多打在对方的额头、肩膀和胸口上。长年的苦役没有减损他拳头的力道，累积的怨气反而增加了其准确性。另一个则在众目睽睽之下不敢使出他最拿手的毒招——打生殖器。浩郎正想住手时，对方飞来一脚，踢中他的下巴，嘴里冒出血来。浩郎步履不稳地反击，又引来一脚，这次他有了防备，趁势抓住杨老六踢过来的腿，用力一推，对方遽然倒地，左臂碰出血来。浩郎走过去朝他伸出手。"这回就算我赢了。下一次赢的也许是你。"

受伤的大兵无法拒绝他伸出的手。他站起来，设法掩饰窘态，喃喃地说："好，下一次……"向来嘻嘻哈哈的演员这时打圆场地叫道："好了！好了！大家来喝一杯！"他跑进帐篷里，拿出一瓶酒和一些兔子腿。在山里，脱离了铁钳般的管制，男人们任意发泄他们的暴力，事后，却又带点憨傻地，将粗鲁的叫骂声变成纵声大笑。只有他们周围的树木依然安静肃穆，对人类矫情的游戏无动于衷。

晴朗的日子，在干完活之后，大家身上满是刮伤和蚊虫叮咬的斑点，有的到山洞里去拿水，有的围着火堆做饭。其他的，只是蜷在树根下，望着远处的落日；落日和他们一样，悬置在天地之间，在入睡之前再和雾霭嬉戏一会儿。天空里现在只剩下老鹰和乌鸦的叫声。我们变得像隐居的山人，而不再想象会有其他的生活。有天晚上，浩郎心情特别平静，信口背诵，吟唱了一首王维的诗：

> 中岁颇好道，晚家南山陲。
>
> 兴来每独往，胜事空自知。
>
> 行到水穷处，坐看云起时。
>
> 偶然值林叟，谈笑无还期。

吟唱之后是长长的沉默。这首诗的意识形态非常"暧昧"，在农场里是没有人敢念的，现在很快被全队接纳为"队歌"。大家经常要诗人再侃侃吟出，像一群孩子入睡前要求大人唱催眠曲。

二十四

日子一天天过去，我们这些半途出家的伐木工人，越来越感受到病痛和疲劳的压力，却没有注意天气的变化。一天早上，高山上提早抵达的北风将我们冻醒过来，我在结霜的腐殖土和新伐的树木气味中闻出一股来自远方的气味。这种难以描述却万分鲜明的气味，我已经遗忘多时，但是仍深藏心底。童年在哈尔滨度过的浩郎也发现了。我们两个异口同声地问："哪儿来的河水气味？"

事情太令人费解了。我们无论如何得爬到山顶上去看个究竟，看山的那一边藏着些什么。我们用了两天的时间筹备，浩郎带齐了穿过荆棘丛登山必要的工具，我们开始了艰辛的登山路程；尤其我们只有两个人，而我能帮上的忙十分有限。出发之前，他把照管全队的责任托付给一直做他副手的一名成员；给大家的理由则是，他要去发掘其他可用的工地。

我们天亮前出发，带了少量万一迷路时救急的粮食。辛苦地走了八九个小时后，脸上和身上满是刮伤，我们才筋疲力尽地抵达山顶。站在野草中的一块巨大的岩石上，我们气馁地发现远处还有一座山，只是矮一点。时间不早了，已经快到下午三点，我们犹豫了很久，拿不定主意该怎么办：返回营地，还是继续冒险？坐在岩石上，观察了一阵子后，我们在这第二座山朝南的山坡脚下，发现一个猎人落脚的小屋。它对我们的吸引力就像在沙漠的地平线上出现的一个蓝色身影。除了走向它，哪里还有别的选择？我们决定继续往前走，没有忘记队友会担心，而且以后可能会受到斥责和处罚。杨老六，或者另外什么人，会逮住机会告发我们。但是管不了那么多了。一天到晚动辄得咎，为任何小事都会受到处罚的结果，使我们已经习以为常、刀枪不入了。劳改农场里有这样一句谚语："再坏也坏不过当前。"

稍微想了一下营区后，我们开始朝底部的山谷走去。下山不比早上的登山容易多少。一面砍除前面的杂草，一面小心不要溜滑跌倒，用我们可怜的身体去测量似乎永无止境的、比另一边更陡峭的下坡。这个体能考验同时又加上面对禁令和未知的焦虑。太阳好像急着落山，颇像看到主人生气的脸色倒退着离开的仆人；群山此刻正在谈心，不欢迎外人闯入。

我们终于在夜里抵达猎人屋，瘫倒在两张木板床上。我们把墙上挂的兽皮取下来盖着，在比较暖和的这个朝南的山脚下过了一夜。

身体的疲惫并没有让我的精神睡着。子夜刚过，我听见了夜的叫声。我是醒着的吗？还是在做梦？我完全不需要知道；当夜深沉时，一切都彼此关联着，不能也不用再去区分。夜，是我的土壤、我的摇篮。那样温柔、那样摧心的呼唤，我这一生听见过多少次！自从叫魂的女人出现的那个晚上，当我和父亲在庐山迷路的夜里，当我看着玉梅在院子里沐浴后入眠，还有在往敦煌的路上的星光之夜，以及在亚希斯时，我在月光下枕着城墙仍然温热的石头小睡片刻，又累又孤单，然而人间的美景赐给我短暂的慰藉；再就是火灾之夜，当我在和死亡搏斗的伤者中找到躺着的浩郎时……

穿过用来作为窗户的开口，在不时被夜鸟的尖叫声划破的天空之外，我看到几颗永恒而又多变的星子，它们越来越靠近，向我启示开天辟地时透明的蓝黑色，预告那位散发着檀香的女巨人降临。本能地，我的身体毫无保留地敞开来，混合着神圣的恐惧和赤裸的私密，让这一个肉体占有了我。慢慢地，我一口一口地啜饮天体之母硕大的乳房流出的乳汁。

我终于再度沉入睡眠里，数小时后才醒过来。我很容易惊醒，因此是由我来把浩郎从重得像铅一样的睡梦里拉出来。我们在中学时，以及两人穿过四川省去找玉梅的时候，每一次我们决定天亮便动身，总是由我来扮演闹钟的角色。不论冷热，不管是有跳蚤或臭虫骚扰，浩郎总睡得安稳异常，像座石像般动摇不得。我必须把这个躯体一块块地从它钻进去的深洞里挖出来……

从床上站起来后，我们就相互摩擦冲撞来热身。然后用热水瓶里尚有余温的茶水，吞几个干馒头，算是早餐。

爬第二座山比较不吃力，因为从猎人屋前面开始有一条通上山的小路，尽管还是经常被荆棘和野草吞没。我们在上午即攀上山顶，不免松了一口气。一看之下，再度大失所望。不是因为发现远处又有第三座山，而是比这个更令人困惑：什么也没有。不过是一片浑沌的白。雨吗？雾吗？烟吗？是一种不可触知的混合，几乎非人间所有。我们坐在山岗上，刺骨的冷风迎面袭来，没法怀疑我们不是在地上。而且这种来自大地肺腑的气味，从我们记忆的深处被唤醒，一股股地冒上来，扑打在我们脸上。

暴雨前的枝叶伸展，还是过于干旱的土地裂缝？刚洗过的潮湿秀发，还是正在晾干的洁净床单？它们交错成熟悉的肉体气味。而我们在那里，恰如两个空自盼望郎君归来，最后化成石像的寡妇。

一声汽笛，穿透了白茫茫的幕帐，令我们倏然心惊。这声汽笛翻搅了松花江畔哈尔滨人的热血，也震动了长江南岸的庐山之子，这两人后来在重庆港口时又每每为汽笛声兴奋不已。这尖锐的笛鸣，久久不息，引来了另一片背后的声音，是广大的流水之声，它弥漫在气味纷杂的周遭，和环境整个融成一片。但开始时听不到，就像旁边熟睡的女人的呼吸；我们一时感觉不到她的气息，因为我们是从那气息中醒觉过来。

现在，只有等待。静候浓雾被风吹散，让河流在我们眼前铺陈开来。这可不是随便什么河流。是"黑龙江"！是"爱河"！我们值得用一生的沧桑来换取这宝贵的一刻。这是值得梦想一生，而不敢想望得以成真的一次会晤。

两个孤独的人，迷失在这里，欣喜若狂，在天地间这个不知名的高山上，在永恒中这个确切的时刻。"河在那里！河在那里！"他们同时叫了起来，但喉头没有发出一点声音。在他们眼前呈现的难道是真实的吗？他们自己是真实的吗？会不会是因为发狂了，像那些失去了记忆的老年人，忘记所有当前发生的事，仅只记得遥远的过去？在那个过去的时刻，当他们在战火炽烈的四川，在温热的红土胎里，就曾藉托尔斯泰、陀思妥耶夫斯基和其他大作家的书幻想过西伯利亚……但是河流的身影越来越清楚了。出现了一艘船，接着又是一声号角；成群的海鸥拂掠河面飞过；这条宽广的墨色带子哗然往东流去。现在他们的眼光可以落得更远些，直到对岸，看到零星的枞木屋和一座俄式的小教堂；更远的后方，便是尽情摊开的土地，棕黄夹杂灰郁，从中间耸起一座监视塔……

我们的第一个意念，像我们在四川旅行时一样，就是往下冲，不顾一切障碍，把头和手都浸在河水里，而且，为什么不干脆跳进河里，游泳到对岸？所有的"那边"不是永远令我们着迷吗？而这个"那边"，这次，其实是我们年轻时梦寐以求的。但是我们没有动。我们这回的时间有限了。吹过来的刺骨寒风将我们冻僵在这块结霜的山巅上。我们不动，知道要保持清晰的全景必须留在当地。是的，少一步，我们就会什么也没有看到。现在，在山巅上，一览无余，我们将自己托付给这个最后的景象，它和我们生命最初的景象是合而为一的。

经过了多少命运的捉弄，承受了多少灾难和痛苦，我们才不自觉地被推到这个极端的边缘来！我们这两个囚徒在这里和世上所有的囚徒会合。在爱河的两岸——这是恶神所选择的一个试验地——被侮辱和被伤害的人碰触到了人间地狱的底层。我们在这里达到了土地的边界，不是北极，而是人类痛苦的极点，个人的痛苦在这里连上了群体的痛苦。不用再往前走了。从一条河到另一条河，直到最后这条河，我们命运的圆环，确实终结于此。

至于大循环，那就超乎我们了。汗水、眼泪、鲜血和人类其他的分泌物，这些有史以来灌溉着生命之流的物质，是否蒸发为云了呢？是否在空中停留一段时间后，再变成雨落回地面，滋养另一块新的土地？飘泊的、飞舞的、分散的灵魂，当整体终于复合时会再融入其间吗？所有在人间离别的人——被迫的或自愿的；在欢欣鼓舞中的或悲痛绝望中的；被凶猛的外力强推着的，或亲爱的手所挽留不住的；成群结队地陷入丑陋蒸气中的，或单独守在污秽不堪的苦刑地窖里的——他们会不会在流转之气的托载下，仍然记得归回发源地，而完成大循环？

就眼前而言，我们得尽快回到营地去了，等着接待即将抵达的大队，以及初临的雪，和它所带来的不可预知的后果。

二十五

始终惊异着怎么仍然活在这里。到底是在什么地方？深陷在一直抵到喉头的现实，还是在某个完全虚幻的境地？这里的物质世界和野猪一样顽强、固执、凶猛，一个由人和气候制定的法则强行管制的世界，其结果是永无宁日的挣扎奋斗。

肉体被牲畜的粪便和呕吐物的气味浸透，长年被血吸虫、牛虻和蚊虫噬咬，苦役和寒冷更使得骨质碎裂。然而在这个肉体敏感的极限，虽然疼痛不休，只要一息灵气尚存，就会感觉有什么事情要发生。什么事情，果然发生了；一层薄雾，稍有和风吹过，便从一直冻结到树根的枝干间升起，宛若香烛上飘起的袅袅轻烟。

在一切的尽头，在一切的边缘，就像北大荒之于中国的边陲，只要还听得到那声呼唤，或许可以从可怕的现实过渡到不可设想的，并且又比真实还要真实的境界？

这两个囚徒如今处在一个他们说不出来的情景之中，因为他们没有设法去说。很像做爱之后的昏睡，被掏空了的身体整个松懈下来。这种状态非人间所有。如此的空幻，使人几乎确定，一切均尚未终结，但是一切都已经完成。让元气继续在没有隔阂的空间自由流转，通过了时间的阶梯，使所有他们所祈愿的得以相聚；相聚得如此美好，以至于任何他求、任何期待看起来都是无用的了。周围仍然漂浮着悔恨或怀念的沙洲。但是当你进入其间，便迷失在一个存在的核心。这个存在和水或光一样可触知又抓不着；在它怀抱里，被温暖地包裹着，就反而看不见它了。只是"在"啊，她在、你在、我在，不可分割又永远泉涌的核心。三人一体、一人成三："玉梅——浩郎——天一"；"天一——玉梅——浩郎"；"浩郎——天一——玉梅"。瀑布中云雀的回声。烟雾中云雀的火焰。何时？何地？这里！这里！这里！终于同在了；终于独一无二了……

这两个朋友经历了无以名之的极乐状态。仅此一时，或者永远，他们变成了道家所说的"食尽烟火，躺卧云间"。

二十六

下方，很远的下方，在时间的领域之内，乌云开始密集，这两个在内心达成了幸福的人毫无所觉。

　　一九六六年，中国大陆陷入一个翻天覆地、史无前例的巨变中。红卫兵成群结队地坐上专车到全国各地串联，到处都被当成新征服者接待。他们带着红色的标记和满脑子的口号，完全不花精神去多了解一下中国的历史和眼前真正的情势，路过之处见什么破坏什么，包括祖先留下来的宝藏。他们面对斗争的对象，尽管对其过去一无所知，就胆敢升格为法官，用各种极尽侮蔑的方式加以刑罚：他们打伤一名著名钢琴师的手，只因为他演奏西方音乐；他们折磨一名老戏剧演员，正打在他扮演武生时负伤的腿上……他们迫使其他人走投无路，自杀了结。在这些行为中间出现整个一批的执法人和小头目族群。这个族群的寿命并不长。因为，事实上，他们都是由一些不露面的权威在背后操纵控制。当某个队伍过于强大时，便发动另一个来打击。红卫兵队伍不断增加，彼此间的对立和冲突更使得他们后来自相残杀，直到大批歼灭。其他为数众多的知青则被遣送到偏远的地区填满劳动农场，包括北大荒。因此，这些起初满怀理想、纯洁又脆弱、易于被利用的年轻人，在成年之前便将宝贵的青春年华荒废在无意义的斗争和牺牲上。

　　所有这些均属于日后一个邈无止境的噩梦。我们目前还只是在它的头一个阶段，我们还在北大荒。这块放逐者的土地，能够长久置身于惊涛骇浪之外吗？

二十七

一九六八年秋季。红卫兵的抵达整个改变了劳改农场的生活，指挥权落到他们手中。农场里非军人的领导们本身也变成了被告。

为了便于管制，新领导们把大家从各自的号子里赶出来，集中在一个大统仓里，这使我们想到战争期间临时搭建的难民营。

由于新领导们要求的日程非常紧凑，我们从早到晚都在疲于奔命。连上厕所和吃饭也是草草解决。照顾牲畜和耕耘的活继续在做，但是只能旁敲侧击地进行。大部分的时间都用在没完没了的政治学习会上：我们研习语录，跳"忠字舞"，高呼"万岁、万岁、万万岁!"有时半夜里广播器声音大作，把我们从睡梦中猛然惊醒；我们得立刻赶到集合地点，聆听北京刚传来的新命令。

红卫兵们逐渐认识到在北大荒生活多年的这个受诅咒的族群后，非常高兴在浩郎的身上找到一个稀有的斗争对象。这些在"胡风事件"发生时不过两三岁、从来没有看过胡风一行书的人封浩郎为"最顽固的老右派"。他被编排住到位于广场另一边的"牛棚"去，里面的人全受到严密监视。

我们虽然无法知悉细节，仍然知道他们大致的情况。每个人都被单独隔绝在自己的牛棚里，唯一的奢侈品，就是铺着麦秆的床之外的那张桌子。桌子是有其重要性的；每个牛棚住客都必须在这张桌子上坦白，他们的主子有权在任何时刻来审问他，要求他将他的过去和所犯的错误先口述然后写下来；往往由好几帮人轮番上场，一天中重复数次，态度也非常粗暴；其中一组的头目有名的残忍暴虐，他腰间系着一条镶了铁片的粗皮带。这类审问后来经常集合大家公开进行。广场就变成了一座大舞台，上演着由扭曲的人性导演的疯狂闹剧。在广场的这一边，集中在大统仓中的人，做完一天的工作后，消遣就是观看舞台上的表演，看他们不得不看的悲惨戏剧。

我也看了。我所看到的，在日后将不断地浮现眼前，对我的余生缠绕不休。我这辈子的精力不是都用在克服恐惧和内疚上，用在锻炼我的眼睛上，让我能够至少有胆量再一次逼视这个世界的卑劣行径？我说逼视，并不排除我自己——天一，因为我也有可能不由自主地参加演出。

我看见集体受审的人，一字排开坐在一条长板凳上，面对集合起来的红卫兵。后者已如同一锅沸水，高喊着口号，加重对被告的指控。全场不时高举双手，手上拿着的语录把广场染成一片红。高大的浩郎夹在被告中间如鹤立鸡群，他也是唯一没有低下头来的人，虽然两旁押着他的大汉拼命把他的肩膀和脖子往下压。他们怒气冲天，改为扯他的头发，这种动作不免使人想起"文化大革命"的第一个受害人——历史学家吴晗，他受到各种各样的粗暴对待，包括被扯掉成撮的头发……

浩郎成为这些初出道的革命分子最好的标靶，在接下去的公审大会里就剩他一个人，站在群众面前。他一头乱发，满面胡须，看来睡眠不足，但是他仍然很有尊严地，以低沉的声音回答所有的问题。这些问题事实上是不允许任何回答的，结果是更加煽起指控者的怒火。公审结束了，当他转身离开时，一名头目冷不防用皮带从背后朝他的小腿肚猛抽几下。他摔倒在地上，无法再站起来。审判者最后合力把他拖回牛棚。以后的公审，他跛着腿走出来，还是笔直地站着，裤子上的裂口一次比一次拉得更大。他不再说话，头稍微倾斜，似乎无所谓地带着嘲讽的神态。

我看见火堆在广场上点燃起来，红卫兵疯狂地把所有到处没收来的书籍纸张，一切有文字的东西丢进火里。火舌贪婪地吞噬着，焦黑的纸片漫天飞舞，里面毫无疑问地有浩郎的手稿（从此只能靠会背诵的人来流传了）。灾难的节庆进行得如痴如狂；这些来自外地的人了无章法的胡乱舞蹈愈演愈烈。除了成堆的书，他们还找来大块的硬壳纸助长火势，即使隔着一段距离，我也认出其中有我的画。那都只是些风景写生和人像。但是这些人除了视语录为万灵丹，其他一概不学。在他们眼里，风景中没有弯腰驼背的劳动者就不是风景；没有昂首挺胸横眉竖目的革命样板人物就不是人像。我画在硬壳马粪纸上，原希望能保留得久一点，结果它们反而比一根麦秆还要脆弱。

我看到红卫兵的卡车在区内其他地方突击了一天回来，吃晚饭之前，由小头头率领的一批偏执狂，在酒精和权力的饥渴下，决定在手边这名坚不"悔改"的敌人身上发泄剩余的精力。他们步伐坚定地朝牛棚走去，浩郎突然从里面钻出来，手上握着一把铁锹。这种扁平宽面的铁铲，边缘锐利，在北大荒用来撬开冰冻的泥土，挥舞起来可以让周围十个人人头落地（浩郎当年就是用它制伏了一匹狼）。他跛着腿往前走了三步，靠着他还能支撑的一条腿，竖起他东北人的高大躯体。他拖长了声音怒吼着，惊动了周围所有屋子里的人，寻衅的那批人也立刻止步。一阵惊愕，然后，一块扔出的石头击中浩郎肩膀。他摇晃了一下，举起铁锹当作盾牌，其他石头继续飞过来，他前额出现一块血迹，左边太阳穴也冒出血来。他沉重的躯体倒了下来。数名红卫兵从队伍里面跑出来，想朝他冲过去。另一组人拦住他们，以免事情闹得更大。（这些团体后来自相残杀。在我们那时候则还没有到冷血杀人的地步。）广场很快空了，罕见的沉寂笼罩在这个妖魔鬼怪的世界上。

我看见天一；我看见自己——但是我看见的还是我么？——幽灵中的幽灵，朝广场走去，走向躺在血泊中的人。其他几个幽灵也过来了，勇敢的伙伴和护士们。大家把他放在担架上抬到医务室去，紧急替他清洗伤口，将头部包扎起来，纱布立刻被染红。骨肉被撕裂的野兽闷声的低吼渐渐变成较为规律的沉重呼吸。到了夜里，没有被血水蒙蔽的一只眼睛睁开来，认出了朋友的脸，勉强微笑了一下，和火灾那天晚上一样，仿佛翅膀被太阳灼伤了的坠落天使。从这一刻起，古铜色的面具可以关闭了。最后的喘息和最后的呛血，都不再干扰他终于固定下来的容貌。

我看见天一，在肠胃剧烈疼痛下被送到镇上的医疗所。我看见他几天后趁机偷跑出来，在草原上跑得上气不接下气。当他被人找到的时候，已经完全变了个人，口袋里装满了马粪。回到医疗所之后，他继续溜出来在外面找马粪，再把口袋装得满满的。这些发黄的团状物为什么那样吸引他，使他想要咀嚼甚至吞咽下去？是不是因为令他想起以前作画所使用的马粪纸？

最后我看见天一被军车送到一座庞大的破落建筑里，那是一种为精神病人和身体残障者而设的收容所，位于S城内。到了那里之后，他就变成一个没有姓名的人。里面并不给他什么治疗；除了让他服用一些使人神智迟钝的药物。没有人干扰他。不受干扰，这是一种说法而已。他就这样随便被扔进沦落的人群中，他们身心俱残，反常扭曲，肮脏得令人作呕，然而非常奇怪地拥有自由。他们可以自由喊叫，放荡，任由所有突发的冲动获得满足，或者整天躬着身子缩在角落里什么也不做。我看见他抓住做各类用途的大卷纸头，像溺水的人抓住救命的木板。在这些带着泥土和青草气味的草纸上，他开始日夜不停地写，让连接起来的纸卷在他手中无止境地伸展，如同一条不断流动的河，也像在创作他的"长江万里图"。他把他在这块土地上所有的经历见证都记录下来，这块无比酷寒，又无比丰盛的土地。

曾经期待过那样多次甚至经历过的奇迹，说不定会再出现一次。今生最后一次里，奇迹不可能不再出现。这个名叫天一的人，如此平凡，又如此独特，把他一生大大小小的遭遇一块块地重新组合，终于得以让流动的活水再将分开的部分汇合起来。这些元素事实上自始就只有一个依归。凭着写作往前进，他突然万分惊异地确定了一点，就是尽管有这样多的变故，真正的生活仍然完好无损。到了一切的尽头，真正的生活才刚开始。对于天一，他不是一直在借别人的身体学习生活吗？如今轮到他自己亲身体验的时候了。伤痛永远包含着更为揪心的伤痛，欢乐永远会带来更令人雀跃的欢乐，未来可能降临的事，难道不是和真正发生过的一样真实吗？

真正发生过？多少事已经完全混沌模糊了，现在谁还能够那样确定呢？在我们认为真实的事情中间，不是又加上了梦想、希望、恐惧、怀念？……总而言之，老是遭到剥夺和忽视的流浪人早已不具有任何纸张证件。他可知道，当初如果没有三个人的相遇，也就没有所谓命运？他可知道，这三个人一旦相遇，就从来不曾分开过——天一确实离去又回来吗？玉梅确实辞别了这个世界吗？浩郎确实迷失在那个边陲荒野吗？如果有人告诉他所有这些可能都只是出于想象，他也会相信的。

反正，这些最后都可能重新来过，以别的方式，在另外的情况下。他如果呼唤玉梅，便依然听见她银铃般的笑声："还不晚嘛，我们再做点什么！"只要一提到浩郎，他耳旁便依然回响着活泼的脚步声，将风景变为格律清晰的诗行。只要赤足翻动温热的红色黏土，草的清香便会无休止地蔓延开来。时间周而复始地启动它万无一失的远古节奏；天边升起蓝色的烟雾，太阳完成落山的祭典后，让位给了月亮。夜色笼罩的大地，被水晶的光辉吸收，等待着新的周期翩然来临。永恒并不多余，为了让欲望之树再生。无可置疑地，它将再生。否则人们为何走这一遭，在此从事那样狂热的追寻，承担那样剧烈的饥渴，忍受那样刻骨铭心的伤痛？唯一重要的该是，懂得等待。

等待期间，只要那位以身作见证的人，吞下眼泪，永不放开手中的笔，让河水连绵不断地畅流下去。那肉眼看不见的元气，既然它是生命之源，便不会忘记这块土地上的一切经历——无尽汹涌夹杂着无穷滋味。它也有那样多的怀念，自然会再回来的，在它想要的时刻，在它想要的地方。

中西合璧：创造性的融合——访程抱一先生

晨枫采访并整理

　　著名华裔作家程抱一先生多年来著书立说，力求把中国诗画艺术的精髓和魅力传达给西方读者。他介绍分析中国诗画的著作透彻而又有自己的创建，成为法国读者了解中国文化的必读书。程抱一先生的诗歌自成一格，深受诗歌爱好者们的喜爱。一九九八年，步入古稀之年的程抱一先生发表了用十二年心血写成的第一部小说《天一言》。小说发表后引起强烈反响，荣誉接踵而来。《天一言》获得当年"费米娜文学奖"。评委们特别欣赏作者炉火纯青和优美动人的法语。程抱一先生在"费米娜文学奖"颁奖仪式上说："感谢法兰西，这个接纳我的国家给了我这么美丽的语言。当我选择了法语，这种语言就成了我真正的祖国。"仅一天之后，他的另一部著作《石涛：生命的滋味》获得马尔罗艺术著作奖。同年，鉴于他对中西文化交流的杰出贡献，法国总统希拉克授予他最高荣誉勋章"荣誉骑士勋章"。

二〇〇二年六月十四日，程抱一先生当选为法兰西学院（Académie Française）院士，成为四十名不朽院士之一。

法兰西学院成立于一六三五年，时值法国古典主义鼎盛时期。学院由法国宰相黎世留创办。创办者意在挑选出每一时代文学与思想界的顶峰人物，让他们共济一堂，以弘扬法兰西语言与文化。后来，学院也接受了少数宗教、科学和军事代表人物。由四十人组成的法兰西学院自此成为法国超越政治制度、超越时代限制的最高荣誉机构，入选者被称为"院士"（Academicien），亦被称为"不朽者"（Immortel）。成为院士意味着进入法兰西的历史殿堂，名字刻在学院墙壁上，令后代永志不忘。法兰西学院原位于卢浮宫，后迁入对面塞纳河畔位于巴黎正中央的孔蒂王宫（Palais de Conti）。从十七世纪至今，院士的名单里有拉辛、高乃依、拉封丹、孟德斯鸠、伏尔泰、夏多布里昂、雨果、拉马丁、缪塞、梅里美、大仲马、泰纳、法朗士、柏格森、克莱孟梭、莫里亚克、克罗代尔、尤奈斯库、尤瑟纳尔、巴纽尔、蒙泰朗、列维·施特劳斯、瓦雷里等作家和思想家，程抱一先生成为有史以来第七百零五名院士，也是获此殊荣的第一个亚洲人。

笔者曾与程抱一先生作了三次长谈。程先生系统地讲述了他的生活和写作经历，阐述了他对中西方文化的见解以及他在中西文化交流中的作用。

晨：程先生，您是融会贯通中西两种文化的学者和作家，这和您特殊的生活经历是分不开的。能否简单介绍一下您的经历？

程：我的祖籍是江西南昌，一九二九年生在山东济南，先后在北京、南京、武汉、四川和上海生活过。中学八年是在四川度过的。一九四五年中学会考结束不久抗战就胜利了，因此我的八年中学和八年抗战是契合的。之后我在金陵大学念过一年英国文学。抗战胜利后紧接着是内战，社会非常动荡，我无法集中精力读书。而我具有反叛的天性，既对家庭叛逆，又对社会叛逆。我还有个毛病，就是约束不住自己的思想，不能集中于某一专业，对读书、对生命产生形而上的彷徨和疑惑，上了大学不能集中精力读课程规定的书，而是读自己想读的书，有时连考试都不参加。反叛的性格必然导致思想"左"倾，但又不能走上革命的道路。

一九四八年，我有一个机会在联合国教科文组织的赞助下来到巴黎，后来就留在了法国。刚到法国的时候我很兴奋，但教科文组织的赞助只有一年，以后马上断了生计。我在物质生活上陷入困境，出国前没有学过法语，无法与人沟通，又没有国内的大学文凭，无法像许多在国内拿到大学文凭的中国学生那样直接进大学读学位，加之思想彷徨，有时陷入绝境，对生存的意义提出质疑。我当时的处境在别人看来简直不可思议。

到法国十多年以后，我才有了一份正式工作，在当时的巴黎高等社会科学院语言研究中心工作。这使我改善了物质生活，也是我学术生涯的新开端。我必须工作，无法去听课，但是我有了一个学术环境，利用这个环境自学，我读了很多书。六十年代结构主义、符号学等新兴学科方兴未艾，巴黎高等社会科学院是这些学科的大本营，我在那里受到熏染。我用了八年时间，可以说是孤军奋战，于一九六九年完成了题为《张若虚〈春江花月夜〉诗之结构分析》的硕士论文。结构主义语言学大师罗兰·巴特是我的论文答辩委员会成员之一，论文很受他和列维·施特劳斯的赏识，很快被巴黎高等社会科学院发表。结构主义是当时最新的分析方法，这以后我开始和法国当代著名学者有了交往。除了刚提及的罗兰·巴特和列维·施特劳斯，还有哲学家福柯、克里斯蒂娃以及拉康等。我和拉康交往很多，有时可以谈上一下午。和他们的交往使我受益匪浅。

一九七三年，门槛出版社和我签约，希望我用结构主义的方法对唐诗进行系统的研究。值得一提的是，当时能在门槛出版社出书是十分荣幸的，因为当时所有那些结构主义、符号学的大师们都在那里出书。我从此闭门谢客，集中精力写书，甚至和拉康也暂时"分手"，因为我总担心自己能力有限。我用四年时间完成了一本著作《中国诗歌语言研究》。著作出版后在学术界引起很大反响，那一代很多学者都知道这部著作。这对我来说是个鼓舞。后来在一个夏天里，我把自己关进修道院，凭着股冲动，用不到一年时间完成了《虚与实》（对中国绘画语言的研究），交给了门槛出版社。这是《中国诗歌语言研究》的姊妹篇，其影响超过了前者，因为这部著作不仅得到文学界和学术界的认可，还得到艺术界的欣赏，不断再版，这是超乎我想象的。也许是因为在这部著作中我试图把中国思想的精髓提炼出来，对生命的本质进行了思索，而绘画只是印证。

晨：您离开中国后第一次回国是什么时候？有没有隔世之感？

程：我第一次回国是八十年代初，中国刚刚改革开放的时候。很奇怪，虽然景物全非，但我并没有隔世之感，那种人际关系我并不感到陌生，与人们交流也很容易，也许是因为我一直精心收集并阅读所有我能得到的关于中国的书籍和资料。前年到北大讲学，我到海淀去逛，老百姓以为我是老北京。

晨：您的第一部小说《天一言》出版后引起强烈反响。作品透过三个主人公的爱情和友谊，反映了从抗战前到"文革"一代中国人的痛苦和处于中西两个世界之间的中国知识分子的彷徨、激情和对人性真与美的追求。您为什么会萌发出创作这部小说的冲动？

程：这部小说不是纪实性的，而是要通过见证体现一种心路历程。

我是个好奇而十分敏感的人，是个没有硬壳保护层的人。人间的悲剧即使与我无关，也会使我难以入睡。也可以说，我是一个脆弱的血肉之躯，不自觉地成为人间一切的见证人，正视一切不愿正视的残酷事实。这样我不但是中西文化的见证人，更是生命的见证人。生命中有高尚的东西，也有地狱般非理性的一面。我在国外对中国发生的一切有切肤的感受，即使是在中国极其封闭的状态下，我也精心收集所有能得到的材料。"文革"以前能看到的《人民日报》、《文汇报》、《人民文学》等刊物和所有我能得到的材料我都找来看。我觉得国内发生的一切和我息息相关。

中国经历了那么多痛苦的考验。从远处看，那时的中国是个陷入泥沼不能自拔的灾难性的民族，好像整个民族被掐住了喉咙，无法喘息。在西方人眼里那是一大群人在蠕动，在残喘，可是你把每个单个的人拉出来看，细细分析，用心倾听，你就会发现貌似麻木不仁的外表下有一颗激越的灵魂，这灵魂虽然受到损伤，但仍旧十分敏感。受到残害的人虽然处在绝境，对生命的渴望仍埋藏在心底。中国人的灵魂深度是西方人甚至中国人自己都无法探测的，像是个泉眼，越往深处挖，泉水越往外涌。这种灵魂不是抽象的，不是虚构的。

这部小说中许多故事是真实的，但是我试图体现集体、个人的命运是如何在二十世纪的历史条件下完结的，哪怕是悲剧性的。比如罗密欧与朱丽叶的命运是悲剧性的，但也是一种完结。因此，小说不掩盖残酷。许多读者读完这部作品非但没有鄙视中华民族，反而从中看到这个民族的人性的至尊，看到这个民族对生命的感应和信念。我写的是悲剧，但是透过残酷和荒谬对生命发出质问。两位主人公，诗人浩郎终于去写，画家天一终于去画。他们的自我完成是任何人间的残暴无法抑制的。几个激情中的人物在绝境中仍继续探索人性的至美和尊严，这就是我所说的心路历程。

也许这部小说应该留给二十一世纪中期的人去读。他们会更有距离感，会从中看到二十世纪的人留下的某种精神痕迹，而不光是残酷的现实。比如但丁的《神曲》影射了许多当时的人物，但是几个世纪以后这部作品成为一个时代的见证。还有《失乐园》、《特利斯坦和伊瑟尔特》等作品都有这种力量。我希望这部作品是留给未来的对一种心路历程的见证。有读者看完小说来问我"如何生活"，因为他们知道我是不回避生命考验的沉思者。我认为那种所谓超脱现实、回避现实的睿哲是没有价值的。我则希望透过人间地狱达到睿哲，这种睿哲是建立在人类生存极限条件之上的。

晨：您是什么时候开始用法语写作的？您用法语创作小说是情不自禁，还是一种选择，一种文化归属？

程：我一九七五年以前主要用中文写作，翻译介绍了一些法国诗歌，著作在台湾发表。"文革"后，徐迟主编《外国文学研究》，看了我介绍里尔克以及法国诗人的文章很感动，便约我写了一系列的文章。后来有一部中文诗集《三歌集》（谣歌、恋歌、悲歌）在香港发表。一九七五年以后我开始用法文写关于诗画的理论著作，八十年代后开始用法文创作。有一段时期内心有点矛盾和焦虑，自问是不是理论著作用法文来写，而创作继续用中文。当时也没想到中国会那么快开放。放弃中文写作是一种牺牲，但是用法文写作不能说没有得到补偿。透彻地掌握一种语言有一种新生的感觉，似乎给这个世界重新命名。我对法文不仅是对其表现性和分析性敏感，而且对其字和音都有新的领会。比如 arbre（树）这个字。a 的音是上升的，bre 是向下的，是投射出的阴影。中文以字形指示，法文用音达到会意和指示。英文的 tree 只能和法文的 tronc 树干相比，没有法文 arbre 树荫的感觉。中文的"树"在发音上也没有此境界。还有许多法文字都有这种形象性。掌握了法文，有的时候给我回归大地、回到世间的清晨的感觉。

晨：那么，就是说您用法文创作小说已经是一种必然？

程：我写小说时处于普鲁斯特所说的一种状态。他认为真正的生命不止于生命那一瞬间，当时生活过的要以语言去寻求，去重新体验。用语言才能给生活以光照和意义，生活真正的奥秘和趣味才能全面地展示出来。我在法国生活了几十年，成为另一种人。我写小说要以语言去重新体验生活过的一切，不是简单的纪实或见证，还是一种光照和启示。法文已经成为我生命的一个组成部分，而小说中天一生活的一大部分是在巴黎度过的，他以后回到中国的回忆又和西方的生活和语言分不开。用中文写反而有点勉强，最多是一部回忆录。但我不是要写回忆录，而是要进行超越年华的再创造，用新的眼光、从新的角度、以新的精神去看同一个过去。人每生活一段就会更上一层楼，就会从一个不同的角度看待过去。用法文创作更给了我对经历过的一切进行再阐释的机会。

晨：这部作品似乎使得您从学者过渡到了作家。

程：其实我从幼年起就自以为是创造者，而不会是学者。我是个非常有激情的人。我走上学术道路是历史的原因。我自己始终不愿意把自己看成学者。从幼年起，我对天地人间的感受就很强烈，直觉地感到有一天我要把心声吐露出来，唱出来。我不是音乐家，但是小时候一个人外出时会哼出调子。创作是我的信念。我觉得每个人都应该给宇宙天地加上光照，因为每个人都是宇宙生命的独特反映。人与任何生命都不同，人除了有一副独特的面孔之外还有自己的名字和自己的灵魂，人是语言的动物。如果人和人都一样，就无需语言，无需沟通了。所以创作是使命，是生命要达到的必然形式，是生命的最高境界。不是所有的人都是作家、诗人，但是人人都有言语，这言语可以是诗，可以是画，也可以是眼神或手势。在此意义上，每个人都是创造者。女人、孩子伤感的目光就是一种创作。我创作是不可抑制的，是非功利的。进入八十年代以后，我交往的主要是艺术家。和他们交往你会发现，这些表面上散漫、放荡不羁的艺术家们都有自己执著的追求，而且不随波逐流。

我的创作是从诗歌开始的。我八十年代开始出版诗集，现在出版了六本。其中《双歌》虽然是精装本，价格昂贵，却售出几千册，出版社也很吃惊。

晨：您通过诗创作要表达的是什么意境？

程：我的诗歌不入任何潮流，在法国自成体系。我尽力做到中西合璧，把两种似乎迥然不同的传统结合起来。中国诗有禅的传统，西方诗歌则延续了奥尔菲的传统。禅讲究从有至无，从无而有，所谓"见山有山，见山无山，见山似山"。而奥尔菲的传统是出死而生，体现悲剧性的隔绝，如人与神的隔绝。但是这两种传统之间有相通之处，因为无论"无"还是"死"都要经过毁灭而再生。西方的由死而生，其实在《楚辞》的《宋玉》里就有，只是《楚辞》表现得没那么淋漓尽致。西方诗歌那种从破裂达到超生和真纯的隔绝性的悲剧在但丁的《神曲》里表现得很充分，后来波德莱尔的诗歌也继承了这种传统。

我的诗歌里两面都有。《双歌》的主题是人与自然，如与树、石头，人与自己命运的对话。《恋情》是三十六首情诗，但表现的不是狭义上的爱情，而是人间的激情。主题是什么无关紧要，关键是把那种人与天地的交流中所流露出的奥秘以及人类命运本身所包含的悲剧性的激情体现在诗中，这是西方诗歌的传统。但是我又不像西方诗人那么铺陈，而是以简约而含蓄的言语表现，给人以一下一下敲击的感觉。我不可能像中国古代诗人那样超越现实，因为西方诗歌的主题也存在于我们的生活和创作中。我的诗歌常常是对主体的思考，这是中国哲学思想中所欠缺的。中国思想里没有对自由或者权利的阐释和维护，但中国哲学非常关注主体之间的微妙关系，主体之间的关系是我最近出版的诗集《滋生于之间的》（伽利玛出版社，《无限丛书》）的主题。和任何事物或人交流都得找到缝隙，找到切入点。

我的诗歌不是自我感叹，我避免当代法国诗歌空泛、抽象和做作的倾向，当代法国诗歌有时失去了法语的音乐性，而我力求找回音乐性。因此，法国人爱朗诵我的诗。

晨：任何离开本土到异国他乡定居的人，无论受教育程度如何，无论他是否意识到，都会有段时间像被命运抛向大海的尤利西斯，

"in the middle of no-where"。知识分子流亡则更痛苦。这流亡不光是指政治流亡，更是指文化流亡。离开本土文化和社会，游离于两种文化之间，成了"文化边缘人"。在这种处境当中，有人痛苦彷徨一辈子，也有人最终在两种不同的文化之间找到立足点。这时两种文化撞击迸发出的火花能激发出具有独特光彩的思想。希拉克总统说您不但在中法文化之间起了桥梁作用，"而且充实了法国文化"，这一评价是相当高的。法国文化的认同感很强，历史性很强，外人融入法国文化，使自己的创作不是法国主流文化的装饰而是纳入其中已经很不易，能充实法国文化的人就更是凤毛麟角了。您是如何给自己在中西文化，更确切地说在中法文化之间定位的？您认为您对中西文化沟通的贡献在什么地方？

程：从姊妹篇《中国诗歌语言研究》和《虚与实》开始，我一方面是自愿，另一方面也是被迫地成了在法国的中国文化的代言人。我心灵中始终有某种形而上的困惑，始终有一种探求生命奥秘的愿望，加上看到的各种材料和外来的压力，使得我把钻研中国文化当成了自己的使命，逐渐扮演起沟通中西文化的角色。一些法国思想家如福柯、德里达等，有时在思考新问题时希望在其他文化中得到印证，便找到我。我之所以担任这个角色，一方面是我能在思维方式上和他们沟通，当然也有语言表达自如的一面。我承认我是在非常孤独而艰难的环境中成为对话人的。

　　我没有变成边缘人，但是已经成了一种无法定义的人。西方文化中当然有糟粕，但是更有其向上、高贵而纯净的一面，这在宗教和艺术上都有反映。在欣赏西方绘画和音乐时我们都会感到精神净化，有一种无限上升的感觉。接受西方文化以后，使我内心产生一种追求向上、净化灵魂的要求。但我不是一个全盘西化的人，我始终把中国文化的最高峰当成自己的据点。虽然我和人交往、观察事物时已经超越了家庭和国籍的概念，但这不意味着忘本。我和中国的联系是割不断的，别人诬蔑中国或者中国人自贱时我都很难受，这不是狭隘的民族主义感情。当初的失落感没有了，但是有一种对自己的苛求和无限的追求：我念念不忘的是提炼中西文化传统中的精华，而不是玩弄西方文化。我觉得稍微一放松就会成为玩世不恭的人。我是个自愿的苦修者，通过这种苦行能达到内心的愉悦。我希望面对自己无愧。

　　有的当代法国哲学家对我说："您起的不仅是桥梁的作用，您的作用是无法绕过去的。因为您在中西文化间开辟了自己的道路。我们有时写十几本书，但是没找到自己的路。"我在书店为读者签名时，人头攒动。我问他们为何而来，他们说，您在法国生活了大半个世纪，您的著作不是简单的比较文学，不光是学术。我们从中得到一种睿智。这些话引起我的思索。我的确努力做到借鉴西方哲学思想，把对中国文化的反思和西方哲学穿插在一起，和西方哲学思想呼应，而不是进行简单的比较。我在思考时，这种穿插性已经不可避免了，成了我的一种独特的思维方式。

晨：您的理论著作里有诗情画意，小说里又充满睿智和思辨。无论是介绍中国诗歌绘画的方式，还是您笔下的人物，都让读者无时不感到中西两种文化在交织，中西两种思维方式在穿插。而这两种文化似乎都同样渗入骨髓，又泾渭分明，没有形成一种四不像的混合物，但又互相渗透。您的作品抓住读者的地方似乎正是这种矛盾的思维方法。

程：我思考事物的方式是西方式的，但是心灵、感受和情操是中国式的。我们知道，人的左脑负责语言和推理，有人说这半边是趋于男性化的，又是西方式的，严谨而明晰；右脑则负责情感、领悟和感应，是趋于女性化的，是东方式的。如果真是这样，我的大脑的左半边是西方式的，右半边则是东方式的。我对生命的信仰是西方式的，比如西方那种对人生中的悲剧和隔离的探索；而我试图在可见的东西里抓住不可见的东西，从有限中寻找无限，这又是很中国式的。

晨：您总在考虑如何以西方读者能接受的方式把中国文化的底蕴呈现出来，让西方人体会到中国人"心领神会"的意境，同时又赋予传统文化以新意。这或许是法国公众把您当成中西文化的对话者的原因。那么，您和西方人，特别是在和许多当代法国著名文人学者如米肖、拉康、克里斯蒂娃等人交往的过程中，受惠于他们的是什么？而他们又从您这里得到了什么呢？

程：这个问题得稍微绕个圈子谈。简而言之，西方文化的核心是对主体的思考和挖掘，这个思想传统从古希腊就开始了。西方人对主体的探索从没有中断过，神也是个人的神，神的形象是主体。中古时期僧侣阶层为保住其特权，限制思想自由，但人们对主体的探索也没有中断。中古将尽时，圣-托马斯又搬出柏拉图、亚里士多德的哲学为神学的基础，而后来笛卡尔提出"我思故我在"，这是关于主体的宣言。后来康德、黑格尔直到尼采，都延续了对主体的思考，即使尼采提出"超人"的概念，也还是以人为本。但是主客体是分离、对立的。二十世纪胡塞尔意识到主客体对立的问题不能解决，引入"主体际"的概念，但还是回到主体意识。他的继承人海德格尔、舍勒等哲学家发现必须真正走向主体际性的思考和存在方式。当代哲学家如德里达，则试图打破主体的圈子。总之，我们仍不能忘记对主体的思考和肯定是欧洲文化的贡献，思考最终极的意义是个体具有权利和自由。这是其他文化应当吸收的。这也是我从西方文化中得到的最大的启发。

我在和欧洲学者交往时特别体会到他们不妥协、不让步的精神，他们在非常注重个人尊严的同时，考虑问题非常严谨，对问题层层挖掘，刨根问底，实事求是，精益求精。仿佛那些学者每个人身后都有一个宇宙。

中国文化讲究个"中"，我说的是《尚书》里的"皇脊"，是《中庸》里所说的"天地之大道"，也就是冯友兰先生所强调的"中"的含义。说到"中"很容易想到折中、中庸和妥协的层次上，我指的绝不是这个"中"，这是违反"中"的原意的。我所要强调的"中"是把作为主体的人放入天地宇宙间，和宇宙交流。中国思想体系是三元的，比如儒家的"天地人"，道家的"阴阳冲气"。一元的文化是死的，是没有沟通的，比如大一统、专制；二元是动态的，但是对立的，西方文化是二元的；三元是动态的，超越二元，又使得二元臣服，三元是"中"，中生于二，又超于二。两个主体交流可以创造出真与美。这里二元是指两个追求生命真谛的主体，是朝向生命的。仇人相见不是二元，和恶的交往也不是二元。中国文化从表面上看似乎是一元的，所谓"一以贯之"，大一统，但是这只是主治，其运行方式是三元的。两个主体对话，交流创造出新的生命，而不是合二为一，回到"大一统"甚至专制。其实神也不是神圣的"一"，神创造出万物也是为了创造交流者。比如艺术都是三元的，艺术品都是艺术家和自然对话的产物，三元的命题很重要。这些日后有机会可以再详谈。

西方到了笛卡尔，人和宇宙的对话几乎不可能了，人和宇宙是征服和被征服的关系。西方人从主体出发，比如精神分析就是把病人从孤独和顽念中解脱出来。而中国文化不是以征服性的方式对待宇宙，中国的宇宙观里天地是有机的，是可以沟通的，不是主体征服客体，而是主客体之间的对话。但也不是主体化入客体。这是唐代诗人、北宋画家达到的境界。中国人对生命之间、事物之间发生的微妙关系很敏感，研究人与人之间、人与物之间以及物与物之间的关系是中国的文化传统。但是我不想为寻求所谓的"天人合一"而回避悲剧，回避隔离，而是正视一种对人或对某种境界的不可及的思念。我求索的是生命中可沟通、可变化的地方，也就是王维诗中所描绘的境界"行到水穷处，坐看云起时"。我想这是法国学者们希望在我这里得到的东西。

晨：您对中西文化的交融有什么期待？

程：刚才提到实事求是的探索精神是西方文化的精华，这是需要我们几代人才能学到的。我认为中国哲学思想的精华是先秦的哲学思想。中国的喜和悲都是从秦始皇统一开始的。从大一统开始，中国在社会制度上成了一个大的板块，先秦哲学思想对宇宙开放、直觉的领会被抑制了。但是先秦的哲学思想给了中国思想一个大的架构，使得中国以后虽然不断被抑制，但是总能有一个缺口去吸收外来文化。吸收外来文化是需要一个大的思想构架的，中国以后不但能吸收外来文化，还应该也一定会和西方进行创造性的交流。

（原发表于《博览群书》2002 年第 11 期）